SIN IGUAL

BIENVENIDO A LA FIESTA

SIN IGUAL

ALYSON NOËL

HarperCollins *Español*

© 2016 por HarperCollins Español

Publicado por HarperCollins Español® en Nashville, Tennessee, Estados Unidos de América.

HarperCollins Español es una marca registrada de HarperCollins Christian Publishing.

Título en inglés: Unrivaled

© 2016 por Alyson Noël

Publicado por Katherine Tegen Books, un sello de HarperCollins Publishers, New York, NY. EUA.

Esta es una obra de ficción. Los nombres, personajes, lugares y sucesos que aparecen en ella son fruto de la imaginación de la autora, o se usan de manera ficticia, y no pueden considerarse reales. Cualquier parecido con sucesos, lugares y organizaciones reales, o personas reales, vivas o muertas, es pura coincidencia.

ISBN: 978-0-71808-030-3

Impreso en Estados Unidos de América

16 17 18 19 20 DCI 6 5 4 3 2 1

Para Jackie y Michelle, mis mejores amigas desde hace tantas décadas que he perdido la cuenta.

No es oro todo lo que reluce.
William Shakespeare

PRÓLOGO

ESTRELLAS PERDIDAS

LOST STARS
Adam Levine

A pesar de la muchedumbre de turistas que abarrota las aceras año tras año, Hollywood Boulevard es un lugar que conviene ver a través de unas gafas de sol polarizadas y sin demasiadas expectativas.

Entre la hilera de destartalados edificios en diversas fases de decadencia, las tiendas de *souvenirs* horteras precedidas por estatuas de plástico de Marilyn con su vestido blanco volando al viento y el desfile inacabable de yonquis, jóvenes huidos de casa y transeúntes desprovistos de todo *glamour,* las masas de turistas calzados con playeras blancas no tardan mucho en darse cuenta de que allí no van a encontrar esa ciudad de Los Ángeles que andan buscando.

En una urbe que se alimenta de la juventud y la belleza, Hollywood Boulevard se asemeja más a una antigua diva de la gran pantalla que ha conocido mejores tiempos. El sol incesante es un compañero brutal y desabrido, empeñado en poner de relieve cada arruga, cada mancha de la piel.

Y, sin embargo, para aquellos que saben mirar (y para los afortunados que tienen su hueco en la lista de invitados), también sirve de oasis: un oasis poblado por los clubes nocturnos más codiciados de la ciudad, una especie de puerto de abrigo hedonista para jóvenes fabulosamente ricos.

En el caso de Madison Brooks, el bulevar era tal como lo había soñado. Quizá no se pareciera a la esfera de nieve que había tenido de niña, esa en la que caían trocitos de brillantina dorada sobre una reproducción en miniatura del famoso cartel de Hollywood, pero tampoco esperaba que se pareciera. A diferencia de esos turistas ingenuos que esperaban ver a sus actores favoritos esperando junto a las estrellas del Paseo de la Fama, repartiendo autógrafos y abrazos a todo el que pasara, Madison sabía muy bien lo que iba a encontrarse.

Se había informado de antemano.

No había dejado nada al azar.

A fin de cuentas, cuando se planea una invasión, conviene familiarizarse con el terreno.

Y ahora, apenas un par de años después de salir de aquella sucia estación de autobuses en el centro de Los Ángeles, su cara aparecía en la portada de casi todas las revistas y tabloides. La ciudad era oficialmente suya.

Aunque el camino había sido mucho más arduo de lo que aparentaba, Madison se las había arreglado para sobrepasar las expectativas de todo el mundo, excepto las suyas propias. La mayoría solo esperaba que sobreviviera. Ni una sola persona de su vida anterior tenía confianza en que consiguiera ascender a la cumbre a la velocidad del rayo; en que, pasado un tiempo, fuera tan conocida, tan aclamada y tuviera tantos contactos que estuviera en situación de acceder, sola y sin que nadie cuestionara su derecho a estar allí, a uno de los clubes nocturnos más afamados de Los Ángeles mucho después de su hora de cierre.

En uno de sus raros instantes de soledad, se acercó al borde de la azotea desierta de Night for Night. Los tacones de aguja de sus Gucci se deslizaron delicadamente por el suelo de piedra lisa. Llevándose una mano al corazón, se inclinó hacia la línea del horizonte y se imaginó que aquellas luces parpadeantes eran un público formado por millones de personas: teléfonos móviles y encendedores alzados en su honor.

Aquella fantasía le recordó un juego al que solía entregarse de niña, cuando representaba complicados números musicales ante una multitud de peluches sucios, tullidos y con el pelo apelmazado. Sus ojos de botón, fijos y deslustrados, la miraban sin pestañear mientras bailaba y cantaba ante ellos. Aquellos ensayos incansables le habían servido de preparación para el día en que sus peluches de segunda mano se convirtieran en fans de carne y hueso que la aclamarían entre gritos de júbilo. Nunca, ni una sola vez, había dudado de que su sueño se haría realidad.

No se había convertido en la estrella más candente de Hollywood solamente por hacerse ilusiones, fantasear o recurrir a la ayuda de otros. Su ascenso había estado guiado en todo momento por la disciplina, el autocontrol y una férrea determinación. Aunque los medios se complacían en retratarla como una chica frívola y amante de las fiestas (si bien con evidente talento para la actuación), bajo los jugosos titulares se escondía una joven enérgica y decidida que había tomado las riendas de su destino y lo había sometido a su voluntad.

Ella jamás lo admitiría, desde luego. Era preferible dejar que el gran público la creyera una princesa cuya vida fluía sin ningún obstáculo. Era una mentira que le servía de escudo y que impedía que se supiera la verdad. Quienes se atrevían a rascar bajo la superficie nunca llegaban muy lejos. La carretera hacia el pasado de Madison estaba tan llena de barricadas que hasta los periodistas más decididos acababan por desistir y escribían acerca de su inigualable belleza, como el tipo que la había entrevistado recientemente para *Vanity Fair*, según el cual su cabello era del color de las castañas maduras en un frío día otoñal. También había descrito sus ojos violetas como envueltos en un nimbo de espesas pestañas que servía unas veces para velar y otras para desvelar.

¿Y acaso no había calificado también su cutis de opalino o de evanescente, o empleando algún otro sinónimo de «radiante»?

Tenía gracia que hubiera empezado la entrevista como cualquier otro periodista curtido, seguro de que podría hacerla resquebrajarse. Convencido de que su gran diferencia de edad (ella tenía dieciocho; él superaba ampliamente los cuarenta: un anciano en comparación), junto con su superior cociente intelectual (cosa que él daba por sentada, no ella) significaban que podía engatusarla para que revelara algo comprometedor que hiciera tambalearse su carrera. Sin embargo, había salido de la entrevista completamente frustrado y un poco enamorado de ella. Igual que todos sus predecesores que, aun a regañadientes, habían tenido que reconocer que Madison Brooks tenía algo distinto. No era una estrella al uso.

Se inclinó un poco más hacia la oscuridad, se pasó los dedos por los labios y describió un amplio arco con el brazo, lanzando una rociada de besos a sus fans imaginarios, que brillaban y relucían allá abajo. Embriagada por la euforia sin límites que le producía todo cuanto había logrado, levantó la barbilla con aire triunfal y soltó un grito tan atronador que ahogó el ruido incesante del tráfico y las sirenas de la calle.

Era agradable desinhibirse.

Dejarse ser tan salvaje e indomable como había sido de niña, aunque solo fuera por un instante.

—¡Lo he conseguido! —se dijo en voz baja mientras las lucecitas de sus seguidores imaginarios seguían brillando a lo lejos.

Pero se lo decía, sobre todo, a quienes habían dudado de ella e incluso habían intentado frustrar sus sueños.

La segunda vez que lo dijo, dejó que aflorara el llamativo acento que había abandonado hacía mucho tiempo, y le sorprendió que todavía le fuera tan fácil evocarlo: era otro vestigio de su pasado del que nunca podría librarse por completo. Y, teniendo en cuenta la temeridad que había demostrado últimamente, se preguntaba si de veras quería librarse de él.

El recuerdo del chico al que había besado seguía aún fresco en sus labios. Por primera vez desde hacía mucho tiempo, se había permitido a sí misma relajarse, bajar la guardia y mostrarse tal y como era.

Aun así, no podía evitar preguntarse si no habría sido un error.

La sola idea de que lo fuera bastó para acongojarla, pero fue al echar una ojeada a su Piaget incrustado con diamantes cuando encontró verdaderos motivos de preocupación.

La persona con la que estaba citada ya debería estar allí y su tardanza, junto con el silencio del club cerrado y desierto, empezaba a parecerle más opresiva y fantasmagórica que liberadora. A pesar del calor de la noche de verano en California, se ciñó un poco más el chal de cachemira. Si había algo que le hacía estremecerse, era la incertidumbre. Conservar el control era para ella tan necesario como respirar. Y sin embargo allí estaba, dudando del mensaje que le había enviado él.

Si eran buenas noticias, como le había asegurado, se olvidaría de aquel incordio y no volvería a echar la vista atrás.

Si no lo eran… Bien, también tenía un plan para esa eventualidad.

Confiaba, sin embargo, en que no fuera necesario. Odiaba que las cosas se complicaran.

Se agarró con sus dedos delicados a la fina mampara de cristal, lo único que la separaba de una caída de doce metros, levantó la mirada al cielo e intentó encontrar una sola estrella que no fuera en realidad un avión. Pero en Los Ángeles las estrellas eran de un solo tipo.

Aunque normalmente procuraba no pensar en el pasado, esa noche, por un instante, se permitió el lujo de rememorar un lugar en el que abundaban las estrellas auténticas.

Un lugar que debía permanecer enterrado.

Una brisa acarició su mejilla, llevándole el ruido de unos pasos ligeros y un olor extrañamente familiar que no alcanzó a

15

identificar. Esperó, sin embargo, unos segundos antes de volverse y aprovechó aquel instante para pedir un deseo a una estrella fugaz que al principio confundió con un avión. Cruzó los dedos al tiempo que el meteoro describía un amplio y reluciente arco a través del cielo negro y aterciopelado.

Todo saldría bien.

No había por qué preocuparse.

Se volvió, lista para enfrentarse a todo, fuera lo que fuese, y se estaba diciendo que de todos modos podría controlarlo cuando una mano firme y fría le tapó la boca y Madison Brooks desapareció como por arte de magia.

UN MES ANTES

1

BESO HIPÓCRITA

HYPOCRITICAL KISS
Jack White

Layla Harrison no podía estarse quieta. Primero se hundió en su tumbona y enterró los pies en la arena de la playa. Luego se retrepó en el asiento y estuvo así un rato, hasta que el roce de la lona empezó a producirle un incómodo hormigueo en los hombros. Finalmente se dio por vencida y, entornando los ojos, miró hacia el océano, donde Mateo, su novio, aguardaba la llegada de una ola decente: un empeño tedioso que Layla no lograba entender y que en cambio para él era fuente de felicidad infinita.

A pesar de lo mucho que lo quería (y lo quería de verdad: qué demonios, era tan mono, tan sexy y tan tierno que habría estado loca si no lo quisiera), después de pasar tres horas esquivando el sol bajo su sombrilla gigantesca mientras luchaba por escribir un artículo más o menos pasable que contuviera la dosis correcta de humor y sarcasmo, deseó que Mateo lo dejara de una vez y emprendiera el largo camino de vuelta a la playa.

Estaba claro que su novio ignoraba lo insoportablemente incómodo que era pasar horas sin fin sentada en la tumbona vieja y endeble que le había prestado, pero ¿cómo iba a saberlo? A fin de cuentas, nunca la usaba. Siempre estaba en el mar, con su tabla y ese aire de estar totalmente en paz, tan guapo y tan zen, mientras ella, Layla, hacía todo lo posible por escapar al esplendor de Malibú. La enorme sombrilla bajo la que se ocultaba era solo el principio.

Debajo de la voluminosa sudadera y la toalla extra que se había echado sobre las rodillas llevaba una gruesa capa de protector solar, y naturalmente jamás se aventuraba a salir sin sus grandes gafas de sol y sin el arrugado sombrero de paja que le había traído Mateo de uno de sus últimos viajes a Costa Rica para hacer surf.

En opinión de Mateo, aquel empeño ritual en taparse y protegerse del sol era, como mínimo, inútil. «No se puede dominar el entorno», decía. «Hay que respetarlo, apreciarlo y jugar conforme a sus normas. Es una locura pensar que tú mandas: la naturaleza siempre tiene la última palabra».

Era fácil decirlo cuando uno tenía una piel inmune a las quemaduras del sol y prácticamente se había criado sobre una tabla de surf.

Layla volvió a fijar la mirada en su portátil y arrugó el entrecejo. Escribir un blog de cotilleos cutres distaba mucho de la columna fija en el *New York Times* con la que soñaba, pero por algún sitio tenía que empezar.

Desarrollo interrumpido

No, no me refiero a *Arrested Development*, la serie de culto que dejó de emitirse por ser demasiado ingeniosa (¿Cómo pudieron dejar de emitirla? ¡Ay, qué duro es estar rodeada de idiotas!). Hablo, gente, del verdadero *desarrollo interrumpido*, de ese del que hablan los manuales de introducción a la Psicología (y esto va para aquellos de vosotros que leéis algo más que tuits y blogs de cotilleos). Una servidora presenció anoche un ejemplo clarísimo en Le Château, cuando tres de las estrellas más jóvenes y explosivas de Hollywood (si bien no las más brillantes) llegaron a la conclusión de que las aceitunas servían para algo más que para quedarse tontamente en el fondo de un vaso de Martini y…

—¿Sigues con eso?

Mateo se erguía ante ella con la tabla bajo el brazo y los pies hundidos en la arena.

—Solo estoy haciendo unas correcciones de última hora —masculló Layla mientras lo veía soltar la tabla sobre la toalla.

Mateo se pasó la mano por el pelo descolorido por el sol y el salitre y se bajó la cremallera del traje de neopreno. Se lo bajó tanto que Layla no pudo evitar tragar saliva y quedarse muda de asombro al ver el increíble cuerpo de su novio desnudo ante ella, brillando al sol.

Mateo demostraba una indiferencia por su belleza natural muy extraña en una ciudad rebosante de egos desmesurados, de vanidades excesivas y de devotos de la secta de los zumos de verduras, y a Layla le costaba casi siempre entender qué veía en una chica tan paliducha y descreída como ella.

—¿Puedo ayudarte?

Él recogió su botella de agua como si nada le interesara más que leer su opinión acerca de tres *celebrities* de primera fila que, atiborradas de martinis, habían decidido rememorar sus travesuras de instituto arrojando aceitunas a todo el que se les pusiera a tiro.

Típico de él. Había sido así desde la noche en que se conocieron, hacía poco más de dos años, el día en que ella cumplía dieciséis. A los dos les asombró descubrir que, pese a llevarse apenas un año y diez días de diferencia, eran de signos zodiacales distintos, casi opuestos.

Mateo era Sagitario, es decir, un soñador de espíritu libre.

Layla, en cambio, era Capricornio, lo que la convertía en ambiciosa y un poquitín controladora. Si uno creía en esas cosas,

21

claro, y ella, por supuesto, no creía. Solo era una curiosa coincidencia que en su caso fuera cierto.

Le pasó el portátil a Mateo y se hundió más aún en la tumbona. Escuchar a Mateo leer su trabajo en voz alta era para ella como un subidón de *crack*.

Le sentaba bien a su proceso creativo. La ayudaba a corregir y a pulir su prosa. Pero Layla era lo bastante lúcida como para saber que, en lo tocante a su forma de escribir, estaba siempre deseosa de halagos, y normalmente Mateo siempre encontraba algo agradable que decirle, por insulso que fuera el contenido.

Con la botella de agua en una mano y el MacBook Air de Layla en la otra, empezó a leer. Cuando llegó al final, la miró y dijo:

—¿Pasó de verdad?

—Me guardé una aceituna como recuerdo.

Él entornó los párpados como si intentara imaginarse una pelea de aceitunas entre *celebrities*.

—¿Hiciste fotos? —Le devolvió el portátil.

Layla negó con la cabeza, hizo una pequeña corrección y guardó al archivo en vez de pulsar la tecla de Enviar.

—En el Château se toman muy en serio lo de no hacer fotografías.

Mateo meneó la cabeza y vació la botella de agua de un solo trago mientras ella seguía mirándolo con ojos de deseo, a pesar de sentirse un poco perversa por reducir a su novio al papel de hombre objeto.

—¿Vas a mandarlo? —preguntó él—. Parece que ya está listo.

Ella guardó el ordenador en su bolsa.

—Ya sabes que últimamente no paro de hablar de crear mi propio blog, *Bellos ídolos*. —Lo miró, indecisa—. Pues estoy pensando que esta podría ser la entrada perfecta para lanzarlo.

Él se removió, jugando con el tapón de la botella.

—Es una buena entrada, Layla. —Hablaba como si escogiera con todo cuidado cada palabra—. Es divertida, y precisa, pero…

—Se encogió de hombros y dejó que el silencio dijera lo que él no se atrevía a decir: que no era, ni de lejos, una pieza del calibre del que ella era capaz.

—Sé lo que estás pensando —contestó Layla poniéndose a la defensiva—. Pero ninguna de las mierdas sobre las que escribo pueden considerarse noticias capaces de cambiar la historia, y estoy harta de trabajar a cambio de unas migajas. Si quiero trabajar por mi cuenta, tendré que empezar por alguna parte. Y aunque puede que el blog tarde un tiempo en despegar, cuando por fin despegue puedo ganar un montón de dinero solo con la publicidad. Además, he ahorrado más que suficiente para mantenerme hasta entonces.

Este último comentario, hecho atropelladamente, podía no ser cierto pero sonaba bien y pareció convencer a Mateo, que respondió tirando de ella y estrechándola entre sus brazos.

—¿Y qué vas a hacer exactamente con todo ese dinero de la publicidad?

Ella pasó un dedo por su pecho, intentando ganar tiempo. Aún no le había contado que soñaba con ir a Nueva York a estudiar Periodismo, y contárselo en ese momento les habría puesto en una situación violenta que prefería evitar.

—Bueno, imagino que casi todo irá a parar al fondo para burritos.

Mateo sonrió y rodeó su cintura con los brazos.

—La receta perfecta para una vida feliz: tú, buenas olas y un fondo para burritos bien nutrido. —Tocó con los labios la punta de su nariz—. Por cierto… ¿Cuándo vas a dejar que te enseñe a hacer surf?

—Nunca, seguramente.

Dejó que su cuerpo se derritiera contra el de él y escondió la cara en el hueco de su cuello, donde aspiró un olor embriagador a mar, a sol y a honda felicidad, aderezado con una nota de honor, sinceridad y una vida vivida en equilibrio. Era todo cuanto Layla deseaba ser (y sabía que nunca sería), condensado en un solo aliento.

Sin embargo, y pese a sus enormes diferencias, Mateo la aceptaba tal y como era. Nunca intentaba cambiarla ni hacerle ver las cosas a su manera.

Layla habría deseado poder decir lo mismo.

Cuando él le puso un dedo bajo la barbilla y bajó la cabeza para besarla, ella respondió como si hubiera pasado las tres horas anteriores esperando aquello (y así había sido). Al principio, el beso fue suave y juguetón. La lengua de Mateo se deslizó suavemente por la suya. Hasta que Layla frotó las caderas contra las suyas y le devolvió el abrazo con una pasión que le hizo gruñir su nombre con voz ronca.

—Layla... Uf... —balbució—. ¿Qué te parece si buscamos un sitio donde seguir con esto?

Ella enlazó una pierna con la suya atrayéndolo hacia sí hasta donde lo permitían sus vaqueros cortados y el traje de neopreno de él. Solo era consciente del calor que recorría su cuerpo cuando Mateo deslizó las manos bajo su sudadera. Estaba tan embriagada por sus caricias que de buena gana le habría tumbado sobre la arena caliente y dorada y se habría sentado a horcajadas sobre él. Por suerte, Mateo tuvo la prudencia de apartarse antes de que los detuvieran por culpa de Layla.

—Si nos damos prisa, podemos tener la casa para nosotros solos.

Tenía una sonrisa floja, una mirada lánguida y vidriosa.

—No, gracias. —Layla lo apartó, malhumorada de pronto—. La última vez que Valentina estuvo a punto de pillarnos, el pánico que sentí acortó mi vida una década. No puedo arriesgarme a que eso vuelva a suceder.

—Así que vivirías hasta los ciento cuarenta en vez de hasta los ciento cincuenta. —Mateo se encogió de hombros e intentó volver a abrazarla, pero Layla se desasió—. En mi opinión merece la pena.

—Para ti es fácil decirlo, señor Maestro Zen. —Era uno de

los muchos motes que le había puesto—. Vamos a mi casa. No hay hermanas pequeñas y, aunque mi padre esté en el estudio, no creo que vaya a molestarnos. Está muy metido en su nueva serie de pinturas, aunque yo todavía no las he visto. Me alegro de que esté trabajando. Hacía siglos que no vendía una obra.

Mateo hizo una mueca. Evidentemente quería estar con ella, pero la sola mención de su padre bastaba para desinflar su entusiasmo.

—Es que no me acostumbro. —Se entretuvo guardando sus cosas, desmontando la sombrilla y guardándola en su funda—. Es demasiado raro.

—Para ti, solamente. No olvides que mi padre se describe a sí mismo como un bohemio de mentalidad abierta que cree en la libre expresión. Y, lo que es más importante, confía en mí. Y tú le caes bien. Piensa que eres una influencia tranquilizadora para mí.

Esbozó una sonrisa. Era indudablemente cierto. Luego, echándose la bolsa al hombro, se dirigió al Jeep negro de Mateo. Quitó un folleto del parabrisas y leyó: *Preséntate a las pruebas para trabajar este verano como relaciones públicas de Unrivaled Nighlife Company, la empresa de Ira Redman, y consigue un increíble premio en metálico.*

Aquello picó su curiosidad al instante.

Tenía puestas sus miras en la facultad de Periodismo de Nueva York desde su primer año de instituto y, aunque estaba eufórica porque la hubieran aceptado, no tenía ninguna posibilidad de asistir: la matrícula astronómica y el alto coste de la vida en la gran urbe eran como un muro de ladrillo que se interponía en su camino. Y dado que el bache económico que atravesaba su padre estaba durando más de lo normal, pedirle ayuda estaba descartado.

Su madre podía facilitarle cualquier cantidad que necesitara (o, mejor dicho, podía facilitársela el *marido* rico de su madre, porque la madre de Layla era solo una más de las muchas zombis de Santa Mónica que iban del gimnasio a la peluquería de moda arrastrando los pies). Pero lo cierto era que Layla no se hablaba con su madre desde hacía años, y no pensaba empezar a hacerlo ahora.

En cuanto a Mateo… Su sueldo como monitor de surf en algunos de los hoteles más caros de la playa no daba para mucho (y aunque no fuese así, Layla tampoco estaba dispuesta a aceptar su ayuda). Además, todavía no le había contado que quería irse a vivir a Nueva York, principalmente porque estaba segura de que insistiría en acompañarla y, aunque sería muy agradable tenerlo cerca, la distraería de su objetivo. Mateo no compartía su ambición y, por dulce y tierno que fuera, Layla se negaba a ser una de esas mujeres que dejaban que un chico mono le impidiera alcanzar sus sueños.

Echó otro vistazo al folleto: un trabajo así podía ser justo lo que necesitaba. Tendría acceso directo a la escena nocturna de Hollywood, dispondría de mejor material para sus artículos en el blog, ¿y quién sabía adónde podía conducirla aquello?

Mateo pasó a su lado y le quitó el folleto de las manos.

—Dime que no te interesa esto.

Se volvió para mirarla, entornando sus ojos marrones. Layla respondió mordiéndose el labio. No estaba dispuesta a reconocer que era lo más emocionante que le había pasado en todo el día (aparte de aquel beso en la playa).

—Nena, créeme, no te conviene meterte en esto —añadió él en un tono severo que Layla escuchaba rara vez—. La vida nocturna es muy estresante, como mínimo. Acuérdate de lo que le pasó a Carlos.

Ella se miró los pies cubiertos de arena, avergonzada por haberse olvidado del hermano mayor de Mateo, que murió de sobredosis justo delante de un club de Sunset Boulevard, igual que River Phoenix delante del Viper Room, solo que en su caso nadie construyó un monumento conmemorativo. Aparte de su familia más cercana, nadie se detuvo siquiera a llorarle. En el momento de su muerte, había caído tan bajo que los únicos amigos que le quedaban eran camellos, y ninguno de ellos se molestó en asistir a su entierro. Aquella era la mayor tragedia de la vida de Mateo. De niño había idolatrado a su hermano.

Pero ¿y si aquella era la manera perfecta de rendir homenaje a Carlos, tal vez incluso de reivindicar su figura?

Rozó con los dedos el brazo de Mateo antes de echar a andar a su lado.

—Lo que le pasó a Carlos fue la peor de las tragedias porque podría haberse evitado —afirmó—. Pero quizás el mejor modo de reivindicar a Carlos y a otros chicos como él sea poner al descubierto lo que de verdad pasa en ese mundillo. Y este tipo de empleo me permitiría hacerlo.

Mateo arrugó el ceño. Layla iba a tener que poner más empeño si quería convencerlo.

Miró el folleto que él tenía entre las manos, convencida de que tenía razón. La resistencia de Mateo solo consiguió aumentar su determinación.

—Odio el culto a la fama de nuestra cultura tanto como tú, y estoy totalmente de acuerdo en que el ambiente de los clubes nocturnos es un asco. Pero ¿no te gustaría que hiciera algo para airear un poco todo ese mundo? ¿No es mejor eso que quedarse de brazos cruzados, quejándose?

Aunque no le dio la razón, Mateo tampoco le llevó la contraria. Una pequeña victoria que Layla se apresuró a aprovechar.

—No me hago ilusiones, sé que no voy a ganar la competición. Qué digo, ni siquiera me importa. Pero si puedo meterme en ese mundillo tendré la munición necesaria para sacar a la luz todas sus falsedades. Y si puedo conseguir que un solo chico o chica deje de reverenciar a esos gilipollas que no se merecen su admiración, si consigo convencer a un solo adolescente de que el mundo de los clubes nocturnos es peligroso y sórdido y de que conviene evitarlo, habré cumplido mi misión.

Mateo miró hacia el océano y estuvo un rato observando el horizonte. Al verlo así, de perfil, silueteado por los últimos rayos de sol, Layla se enterneció. Mateo la quería. Solo deseaba lo mejor para ella. Por eso quería mantenerla alejada del mundo que le había arrebatado a su hermano. Pero, a pesar de lo mucho que lo quería ella, no estaba dispuesta a dejarle ganar.

Mateo siguió contemplando un momento el atardecer en el océano, perfecto como una postal, antes de volverse para mirarla.

—No soporto pensar que puedas mezclarte en todo eso. —Cerró el puño, arrugando ruidosamente el folleto—. Todo ese mundo es mentira, e Ira se ha ganado a pulso su fama de ser una alimaña. Le importan una mierda los chicos que le han hecho rico. Solo piensa en sí mismo. Echaron a Carlos y le dejaron morir en la calle para no tener que llamar a una ambulancia y cerrar el local esa noche. Pero luego no se cortaron un pelo cuando llegó el momento de beneficiarse del escándalo.

—Pero no fue en el club de Ira.

—Son todos iguales. Carlos era un chico listo y mira lo que le pasó. No puedo permitir que eso te pase a ti.

—Yo no soy Carlos. —En cuanto lo dijo, se arrepintió de sus palabras. Habría dado cualquier cosa por retirarlas y volver a tragárselas.

—¿A qué viene eso?

Layla se detuvo, no del todo segura de cómo iba a explicarse sin ofender aún más a Mateo.

—Yo entraría en ese mundo con una misión, con un objetivo…

—Hay otras formas mejores de hacerlo.

—Dime una. —Levantó la barbilla, confiando en hacerle entender con una mirada que, pese a que lo quería, habían llegado a un callejón sin salida.

Mateo arrojó el folleto a la papelera más cercana y abrió la puerta del copiloto del coche como si diera por zanjado el asunto.

Pero no estaba zanjado.

Ni mucho menos.

Layla ya había memorizado la página web y el número de teléfono.

Se acercó un poco a él. Odiaba que discutieran y, además, era absurdo: ella ya había tomado una decisión. Cuanto menos supiera él a partir de ese momento, mejor.

Sabiendo cómo podía distraerlo, pasó las manos por su muslo. Se negó a detenerse hasta que vio que cerraba los párpados, que su respiración se agitaba y que se olvidaba por completo de que había mostrado interés por trabajar en los clubes de Ira Redman.

2

MIENTRAS MI GUITARRA LLORA DULCEMENTE

WHILE MY GUITAR GENTLY WEEPS
The Beatles

—Vamos, tío, tienes que mojarte. No nos marcharemos hasta que te mojes.

Tommy levantó la vista del número de *Rolling Stone* que estaba leyendo y miró con expresión aburrida a los dos aspirantes a roqueros que tenía delante. Llevaba cuatro horas y media trabajando, algo más de la mitad de su turno, y aún no había vendido ni una púa de guitarra. Por desgracia, aquellos dos tampoco iban a comprar nada.

—¿Eléctrica o acústica? —preguntaron los dos a coro.

Tommy miró detenidamente una foto de las larguísimas piernas de Taylor Swift antes de pasar la página y dedicar igual atención a una foto de Beyoncé.

—Son las dos igual de buenas —contestó por fin.

—Eso es lo que dices siempre. —El del gorro de lana lo miró con desconfianza.

—Y aun así seguís preguntándome. —Tommy arrugó el ceño, preguntándose cuánto tiempo insistirían antes de marcharse.

—En serio, tío, eres el peor vendedor de la historia —dijo el de la camiseta de Green Day, que quizá se llamaba Ethan, aunque Tommy no estaba seguro.

Tommy apartó la revista.

—¿Cómo lo sabéis? Nunca habéis intentado comprar nada.

Los dos amigos pusieron los ojos en blanco, parados uno junto al otro.

—¿Es que lo único que te interesa es la comisión?

—¿Tan capitalista eres?

Tommy se encogió de hombros.

—Cuando se debe el alquiler, todo el mundo es capitalista.

—Pero tendrás alguna preferencia —insistió el del gorro.

Tommy los miró a ambos y se preguntó cuánto tiempo podría seguir dándoles largas. Se pasaban por la tienda al menos una vez por semana, y aunque él siempre actuaba como si sus preguntas continuas y sus payasadas le irritaran, la mayoría de los días eran el único entretenimiento que encontraba en su aburridísimo trabajo.

Pero lo del alquiler era cierto. Lo que significaba que no estaba de humor para aguantar a gamberros que le hacían perder el tiempo y que se marchaban sin comprar ni siquiera una partitura.

Iba a comisión y, si no podía vender nada, prefería invertir el tiempo que pasaba en la tienda hojeando ejemplares de *Rolling Stone* y soñando con el día en que su cara aparecería en la portada, o buscando trabajo en Internet: el mínimo esfuerzo a cambio del salario mínimo. A él le parecía un trato justo.

—Eléctrica —dijo por fin, y le sorprendió el silencio asombrado que se produjo a continuación.

—¡Sí! —El de la camiseta de Green Day levantó el puño como si su opinión fuera muy importante.

Resultaba un poco inquietante que le admiraran tanto. Sobre todo porque su vida no merecía precisamente admiración.

—¿Por qué? —preguntó el del gorro, visiblemente ofendido.

Tommy agarró la guitarra acústica que sostenía el chico y tocó el *riff* inicial del tema *Smoke on the water*, the Deep Purple.

—¿Oyes eso?

El chico asintió con cautela.

Tommy le devolvió el instrumento y agarró la guitarra eléctrica de doce cuerdas con la que soñaba desde que había empezado a trabajar en Farrington's. La guitarra que tal vez fuera suya algún día, si aquellos inútiles tenían la bondad de comprar algo alguna vez.

Tocó el mismo fragmento mientras los chicos se inclinaban hacia él.

—Suena más alto, tiene más cuerpo, es más brillante. Pero es solo mi opinión, no vayáis a creer que es el Evangelio ni nada por el estilo.

—Lo haces muy bien, tío. Deberías pensar en unirte a nuestra banda.

Tommy se rio y pasó la mano con delicadeza por el mástil de la guitarra antes de devolverla a su soporte.

—Bueno, ¿cuál vais a comprar? —Volvió a mirarlos.

—¡Todas! —El del camiseta de Green Day sonrió.

A Tommy le recordó a sí mismo a su edad: una mezcla letal de inseguridad y chulería.

—¡Sí, en cuanto venda en eBay su colección de pelis porno de maduritas! —El del gorro se rio y corrió hacia la puerta perseguido por su amigo, cuyos insultos no eran, ni mucho menos, tan buenos como la pulla que había recibido.

Tommy los vio salir, oyó el tintineo de la campanilla de la puerta y se alegró de poder pasar por fin un rato solo.

Y no porque le desagradaran sus clientes: la tienda de guitarras *vintage* Farrington's era conocida por atraer a una clientela muy específica y obsesionada con la música, pero aquel no era precisamente el trabajo con el que fantaseaba cuando había pisado Los Ángeles por primera vez. Tenía algunos talentos que, como siguiera así, iban a desperdiciarse. Si las cosas no mejoraban, no le quedaría más remedio que ir en busca de aquellos chicos y suplicarles que le hicieran una prueba.

Aparte de tocar la guitarra, también sabía cantar. Aunque eso a nadie le importaba una mierda. Su último intento de conseguir trabajo como cantante había sido un completo fracaso. Los más de cien carteles que había colgado por toda la ciudad (en los que aparecía vestido con unos vaqueros descoloridos de cintura baja y la guitarra cruzada sobre el pecho desnudo) solo habían obtenido dos respuestas: una de un pervertido que le había ofrecido una «prueba» (la risilla lasciva que acompañó la llamada le había hecho pensar seriamente en cambiar de número de teléfono) y otra la de una cafetería que ofrecía actuaciones en directo. Esta última parecía prometedora hasta que el gerente, desdeñando sus temas originales, se empeñó en que se pasara tres horas seguidas tocando versiones acústicas de los grandes éxitos de John Mayer. Al menos había conseguido una fan: una rubia de cuarenta y tantos años que le había pasado una servilleta arrugada con el nombre de su hotel y su número de habitación escritos en tinta roja y le había guiñado un ojo al salir por la puerta contoneando las caderas (no había otra forma de describirlo), convencida de que iría tras ella.

Cosa que no había hecho.

Aunque tenía que reconocer que le habían dado tentaciones. Los seis meses que llevaba en Los Ángeles habían sido deprimentes, y aquella rubia era guapísima. Y además estaba en forma, a juzgar por las curvas que marcaba su vestido ajustado. Pero, aunque agradecía su franqueza, y a pesar de que seguramente tenía un cuerpo paradisíaco, no soportaba la idea de convertirse en un simple entretenimiento para una mujer hastiada de los hombres de su edad.

Más que ninguna otra cosa en el mundo, Tommy deseaba que le tomaran en serio.

Por eso había cruzado medio país con todas sus pertenencias terrenales (una docena de camisetas, varios vaqueros viejos, un tocadiscos que había sido de su madre, su preciada colección de discos de vinilo, un montón de libros de bolsillo y una guitarra de seis cuerdas de segunda mano) metidas en el maletero de su coche.

Imaginaba, claro, que tardaría algún tiempo en establecerse, pero aquella penuria de actuaciones no formaba parte del plan.

Ni tampoco el trabajo vendiendo guitarras, pero al menos así podía decirle a su madre que trabajaba en la «industria musical».

Pasó la página de la revista y vio un artículo a toda página alabando a los Strypes, una banda de chavales de dieciséis años que por lo visto iba a comerse el mundo. De pronto se preguntó si no habría alcanzado el momento álgido de su carrera dos años antes y ni siquiera se había enterado.

Cuando se abrió la puerta Tommy se alegró de tener una distracción, hasta que vio que era un ricachón que parecía totalmente fuera de lugar entre los carteles de Jimi Hendrix, Eric Clapton y B. B. King que adornaban las paredes de la tienda. Seguramente sus vaqueros de diseño y su camiseta costaban más de lo que él ganaba en una semana. Eso por no hablar de su americana de ante, su reloj de oro y sus mocasines (probablemente fabricados a mano en Italia), que seguramente costaban más que todas sus posesiones juntas, incluido su coche.

«Un turista de los bajos fondos».

El barrio de Los Feliz estaba lleno de ellos. *Hipsters* ricos y con pretensiones artísticas que entraban y salían de los numerosos cafés, galerías de arte y tiendas alternativas de la zona confiando en poder impregnarse un poco de cultura callejera para luego regresar a su barrio de Beverly Hills e impresionar a sus amigos contando anécdotas de su viaje al lado más salvaje de la vida.

Tommy frunció el ceño y siguió hojeando la revista. El artículo sobre los Strypes le había puesto de mal humor.

Esperar a que el cliente completara la vuelta de rigor por la tienda e incluso le pidiera una tarjeta (eran unos *souvenirs* estupendos: ¡demostraban que uno había estado allí de verdad!) también le estaba poniendo de un humor de perros.

Pero, a diferencia de los Strypes, aquel tipo pasaría por su vida sin dejar ninguna huella. En cambio, todas las bandas que salían en la revista parecían mofarse de él y obligarle a cobrar conciencia de hasta qué punto había sido un fracaso su traslado a Los Ángeles.

Pensando que podía hacer un pequeño esfuerzo y dirigir la palabra a aquel cretino pretencioso que había invadido su espacio personal, se disponía a hablar cuando la voz se le atascó en la garganta y se descubrió mirándolo con los ojos como platos, como una *groupie* de la peor especie.

Era Ira.

Ira Redman.

El gran Ira Redman, el propietario de Unrivaled Nightlife, uno de los hombres mejor relacionados de Los Ángeles y, casualmente, también padre de Tommy.

Aunque lo de que fuera su padre era en realidad un simple tecnicismo. Ira era más bien un donante de esperma que un padre de verdad.

Por de pronto, no tenía ni idea de que existía Tommy.

Claro que él tampoco se había enterado de que Ira era su padre hasta el día de su dieciocho cumpleaños. Hasta entonces, se había creído la historia que le contaba su madre: que su padre había sido un héroe de guerra muerto prematuramente. Había descubierto la verdad por pura casualidad. Pero, nada más descubrirla, su destino había quedado sellado. Para consternación de su madre (y de sus abuelos, y su exnovia, y su psicólogo), agarró el dinero que tenía ahorrado para la universidad, se graduó antes de tiempo en el instituto y se fue derecho a Los Ángeles.

Lo tenía todo planeado. Primero encontraría un apartamento fantástico (un cuchitril en Hollywood), luego conseguiría un trabajo alucinante (Farrington's dejaba mucho que desear en ese aspecto) y por último, pertrechado con toda la información que había reunido sobre su padre gracias a Google, Wikipedia y un número antiguo de *Maxim*, buscaría a Ira Redman y se enfrentaría a él como el joven independiente y prometedor que era.

Lo que no esperaba era sentirse tan intimidado simplemente por estar cerca de él.

Poco después de llegar a Los Ángeles, había buscado y seguido a Ira, espiándolo desde el parabrisas agrietado de su coche, una cafetera que en Tulsa era lo más pero que en Los Ángeles resultaba tan ofensiva que hasta los aparcacoches se sonreían con desdén al verla. Vio el Cadillac Escalade de Ira, conducido por su chófer, aparcar junto a la acera y vio a su padre salir del coche y entrar en un restaurante derrochando soberbia y aplomo a partes iguales, como si en lugar de alimentarse de comida se alimentara de poder. El matiz de calculada crueldad de su mirada severa y penetrante convenció enseguida a Tommy de que Ira Redman estaba muy lejos de su alcance.

El reencuentro soñado que había impulsado su viaje desde Oklahoma a California se evaporó entre la polución de Los Ángeles y, al escapar de allí, Tommy se juró a sí mismo labrarse un nombre antes de volver a intentar enfrentarse a su padre.

Y ahora allí estaba. Ira Redman, aspirando oxígeno como si también tuviera un buen paquete de acciones en la atmósfera.

—Hola —masculló Tommy, y escondió las manos bajo el mostrador para que Ira no viera cómo le temblaban en su presencia, aunque el temblor de su voz sin duda le delataba—. ¿Qué hay?

Era una cuestión bastante sencilla, pero Ira decidió convertirla en un momento de incomodidad. Al menos para Tommy. Ira pareció contentarse con quedarse allí de pie, con la mirada fija en él, como si sopesara su derecho a existir.

«No te muevas, no apartes primero la mirada, no te muestres débil». Tommy estaba tan concentrado en *no* reaccionar que, cuando Ira señaló con un dedo la guitarra que tenía detrás, su gesto casi le pasó desapercibido.

Estaba claro que había decidido tomarse un rato libre, dejar a un lado su papel de amo del universo y satisfacer una fantasía latente: la de ser una estrella de rock. Lo cual a Tommy le parecía muy bien: necesitaba vender. Pero ni muerto iba a permitir que saliera de allí con la preciosa guitarra de doce cuerdas que había considerado suya desde el instante en que se la había colgado del hombro y había tocado el primer acorde.

Agarró a propósito la que estaba justo encima y ya la había descolgado cuando Ira le corrigió:

—No, la que está justo detrás de ti. La azul metalizada —dijo como si fuera una orden. Como si Tommy no tuviera más remedio que obedecer cada uno de sus caprichos.

Era humillante. Degradante. Y Tommy sintió aún más rencor por él del que ya sentía.

—No está en venta.

Intentó enseñarle otra, pero Ira no se dejó engañar.

Sus ojos de color azul marino, del mismo tono que los de Tommy, se entornaron al mismo tiempo que su mandíbula se endurecía, como le pasaba a él cuando ensayaba un tema que le costaba tocar.

—Todo está en venta. —Observó a Tommy con una intensidad que le hizo estremecerse—. Solo es cuestión de negociar el precio.

—Puede que sí, tío.

¿Tío? ¿Había llamado «tío» a Ira Redman? Antes de que le diera tiempo a pensar en ello, se apresuró a añadir:

—Pero esa es mía y va seguir siéndolo.

Ira fijó en él su mirada de acero.

—Es una lástima. Aun así, ¿te importa que le eche un vistazo?

Tommy dudó, lo cual era absurdo, dado que era poco probable que fuera a robar la guitarra. Y sin embargo le costó un ímprobo esfuerzo pasársela y quedarse allí parado, viendo cómo la sostenía entre las manos como si esperara que su peso le revelara alguna información importante. Cuando se la colgó sobre el pecho y adoptó una pose ridícula de seudoastro del rock, riéndose al mismo tiempo con una carcajada cómplice, como si compartieran los dos una broma privada, Tommy tuvo que contener las ganas de vomitar.

Ver a Ira manoseando su guitarra soñada le hizo sudar hasta empapar su camiseta de Jimmy Page. Y su manera de levantarla y de fingir que la inspeccionaba minuciosamente cuando saltaba a la vista que no tenía ni idea de qué buscar dejaba claro que estaba representando un papel.

Pero ¿con qué fin?

¿Era así como se divertía la gente rica?

—Es una pieza preciosa. —Se la devolvió a Tommy, que, aliviado por verla a salvo de sus garras, volvió a apoyarla contra la pared—. Entiendo que quieras conservarla. Aunque no estoy seguro de que sea tuya.

Tommy se puso tenso.

—Tu forma de manejarla... —Ira puso las dos manos sobre el mostrador, separó sus dedos de uñas impecables y su reloj de oro brilló como una broma cruel, como si dijera: «Esta es la vida que podrías haber tenido, una vida de privilegios y riquezas en la que podrías acosar a aspirantes a estrellas del rock y mearte en sus sueños solo por diversión»—. La tratas con demasiada veneración para que sea tuya. No te sientes cómodo con ella. Es algo ajeno, no forma parte de ti.

Tommy apretó los labios. Cambió el peso del cuerpo de un pie al otro. No tenía ni idea de qué contestar, aunque no le cabía ninguna duda de que todo aquello era un examen que acababa de suspender.

—Manejas esa guitarra como si fuera una chica a la que no te crees que puedas tirarte, no como a una novia con la que estás acostumbrado a follar. —Ira se rio enseñando un montón de carillas dentales, como relucientes soldaditos blancos en perfecta formación—. Así que, ¿qué te parece si doblo el precio que crees que puedes pagar por ella?

Su risa se extinguió tan rápidamente como había empezado.

Tommy negó con la cabeza y se miró sus viejas botas de motero, que en presencia de Ira ya no le parecían tan geniales. El dibujo de la suela estaba desgastado. Tenían una raja en un lateral. Era como si sus botas favoritas le hubieran traicionado de pronto, recordándole la enorme brecha que se abría entre su sueño y él. Aun así, prefería mirarse los pies que mirar a Ira, quien claramente le consideraba un tonto.

—Muy bien, el triple, entonces.

Tommy se negó a contestar. Ira estaba loco. Todo aquello era un disparate. Se decía de él que era un negociador infatigable, pero ¿todo aquello por una guitarra? Por lo que había leído sobre él, la única música que le interesaba era el tema que sonaba a la hora de cierre de sus varios clubes nocturnos, cuando llegaba el momento de recoger la recaudación.

—Eres duro de roer. —Ira se rio, pero no fue una risa auténtica. Sonó desafinada.

Tommy no tuvo que mirarlo para saber que había entornado los ojos, que tenía la boca ancha y tensa y que había levantado la barbilla con ese aire arrogante tan propio de él. Había visto montones de fotos de Ira en aquella pose de canalla cínico y soberbio, y las había memorizado todas.

—Bueno, ¿qué te parece si cuadruplico mi oferta, te doy mi tarjeta de crédito y tú me das la guitarra? Supongo que trabajas a comisión. No creo que vayas a dejar escapar una oportunidad como esta.

Estaba claro que le había clasificado como el pobre diablo que era, y sin embargo Tommy se mantuvo en sus trece.

La guitarra era suya.

O lo sería en cuento cobrara un par de sueldos más.

Y aunque era arriesgado negarle algo a Ira Redman, por fin vio que se daba por vencido y salía de la tienda con la misma arrogancia con que había entrado.

Tommy apretó la guitarra contra su pecho, casi sin poder creer que hubiera estado a punto de perderla. Si conseguía gastar lo mínimo durante los dos o tres meses siguientes, ahorraría lo suficiente para hacerla oficialmente suya. Antes incluso, si se ponía en huelga de hambre.

Y así fue como lo encontró Ira: de pie tras el mostrador de cristal sucio, abrazado a su guitarra soñada como si fuera una amante.

—Farrington quiere hablar contigo. —Ira le pasó su teléfono y Tommy no tuvo más remedio que aceptarlo.

¿Quién iba a imaginar que Ira y Farrington eran amigos?

O, mejor dicho, ¿quién no habría imaginado que Ira conocía al dueño de la tienda?

El puto Ira conocía a todo el mundo.

La conversación fue breve, pero no por ello menos humillante. Farrington le ordenó que le vendiera la guitarra a Ira por su precio original. Puede que también le amenazara con despedirlo, pero Tommy no lo oyó porque ya le estaba devolviendo el teléfono a Ira, y los improperios airados de Farrington quedaron reducidos a un chillido lejano e incomprensible.

Conteniendo unas lágrimas demasiado ridículas para dejarlas caer, Tommy entregó la guitarra. Ni siquiera había llorado la noche que se despidió de Amy, su novia desde hacía dos años.

No lloraría por una guitarra.

Y desde luego no iba a llorar porque su padre le hiciera quedar como un tonto y le demostrara lo insignificante que era.

Algún día le daría una lección, le demostraría su valía y haría que se arrepintiera de haber entrado en Farrington's.

No sabía cómo, pero lo haría. Estaba más decidido que nunca.

Con la guitarra en su poder (pagada con su tarjeta Amex Black, que seguramente tenía un límite de un trillón de dólares), Ira le lanzó una última mirada calculadora y luego se sacó un papelito doblado del bolsillo interior de la chaqueta y lo deslizó por el mostrador.

—Buen intento, chico. —Se dirigió a la puerta con la guitarra colgada del hombro—. Quizá podrías haberla comprado antes si trabajaras para mí.

3

RAZONES PARA SER BELLA

REASONS TO BE BEAUTIFUL
Hole

Aster Amirpour cerró los ojos, respiró hondo y se deslizó bajo el agua hasta que las burbujas cubrieron su cabeza y el mundo exterior desapareció. Si tuviera que elegir un paraíso, sería aquel. Envuelta en el cálido abrazo de su *jacuzzi,* libre de la carga de las expectativas de sus padres y del peso de su mirada reprobadora.

Con razón de niña siempre había preferido las sirenas a las princesas.

Solo cuando sus pulmones se contrajeron, doloridos, volvió a la superficie. Parpadeando para quitarse el agua de los ojos, se apartó el pelo de la cara, lo dejó caer en largas y oscuras cintas que quedaron flotando en el agua hasta la altura de su cintura y se ajustó los tirantes de su bikini Burberry. Había tardado un mes en convencer a su madre para que le comprara aquel bikini, y luego un mes más en persuadirla de que le dejara ponérselo, aunque solo fuera en el recinto de su jardín amurallado.

—¡Yo solo veo cuatro triángulos diminutos y unos cuantos tirantes muy finos! —había dicho su madre escandalizada, sujetando el bikini con la punta del dedo índice.

Aster puso cara de fastidio. ¿No era ese el propósito de un bikini: enseñar toda la carne bella y joven que se pudiera mientras todavía tenía una carne bella y joven que enseñar?

Pero Dios no quisiera que se pusiera algo que pudiera considerarse impúdico dentro de los límites de su barrio de Teherángeles.

—¡Pero si es de Burberry! —había replicado Aster, apelando a la adicción de su madre a las marcas exclusivas. Como no sirvió de nada, añadió—: ¿Y si te prometo que solo me lo pondré en casa? —La miró intentando leerle el pensamiento, pero el rostro de su madre permaneció tan inmutable como siempre—. ¿Y si te prometo que solo me lo pondré en casa cuando no haya nadie?

Su madre había permanecido en silencio ante ella, sopesando una promesa que Aster no tenía intención de cumplir. Todo aquello era absurdo. ¡Aster tenía dieciocho años! Ya debería poder comprarse su propia ropa, pero sus padres preferían controlar sus gastos con mano férrea, igual que controlaban sus idas y venidas.

En cuanto a la posibilidad de buscarse un empleo para pagarse los bikinis... Aster sabía que carecía de sentido proponerlo siquiera. Aparte de alguna rara excepción (una abogada aquí, una afamada pediatra allá), las mujeres de la familia Aster no trabajaban fuera de casa. Hacían lo que se esperaba de ellas: se casaban, criaban a sus hijos, iban de compras, salían a comer y presidían alguna que otra gala benéfica y, entre tanto, fingían sentirse satisfechas. Pero Aster no se lo tragaba.

¿Qué sentido tenía ir a aquellas imponentes universidades de la Liga de la Hiedra si no se daba ningún uso a aquella formación tan costosa?

Era una pregunta que Aster había formulado una sola vez. Y la mirada acerada que había recibido en respuesta la había convencido de que no debía volver a formularla.

Aunque quería a su familia con todo su corazón y haría cualquier cosa por ellos (hasta morir, si hacía falta), no pensaba vivir a su manera.

Era demasiado pedirle.

Respiró hondo y estaba a punto de sumergirse otra vez cuando sonó su móvil y salió tan bruscamente del *jacuzzi* que tuvo que tirarse de la braguita del bikini para que no se le bajara.

Al ver el nombre de su agente en la pantalla, cruzó los dedos, tocó la mano de Fátima de oro y diamantes que llevaba colgada al cuello (regalo de su abuela) y contestó intentando transmitir en un simple «hola» toda su hondura emocional.

—¡Aster! —La voz de su agente resonó a través del altavoz—. Tengo una oferta interesante que hacerte. ¿Te pillo en buen momento?

La llamaba por la prueba. Aster había puesto todo su corazón y su alma en ella, y estaba claro que había funcionado.

—Es por el anuncio, ¿no? ¿Cuándo quieren que empiece?

Antes de que contestara Jerry, empezó a imaginarse cómo les daría la noticia a sus padres.

Estaban pasando el verano en Dubái, pero aun así tenía que decírselo, y les iba a dar un ataque de pánico. Soñaba con ser una actriz de fama mundial desde que era una cría, le suplicaba continuamente a su madre que la llevara a *castings*, pero sus padres tenían otros planes para ella. Desde el momento en que la primera ecografía reveló que era una niña, le impusieron una serie de expectativas bastante simples: ser guapa, portarse bien, sacar buenas notas, mantener las piernas firmemente cruzadas hasta que se casara con el perfecto chico iraní elegido por sus padres al día siguiente de graduarse en la universidad y, diez respetables meses después, empezar a producir perfectos bebés iraníes.

Aunque Aster no tenía nada en contra del matrimonio ni de los bebés, pensaba posponer ambas cosas todo lo posible. Y ahora que había llegado su primera gran oportunidad, estaba decidida a lanzarse de cabeza a la piscina.

—No, no se trata del anuncio.

Aster pestañeó y agarró el teléfono con más fuerza, convencida de que había oído mal.

—Han optado por otra persona.

Aster se retrotrajo velozmente a aquel día. ¿No había convencido al director de que aquellos asquerosos cereales eran la cosa más deliciosa que había probado nunca?

—Buscaban algo más étnico.

—¡Pero yo soy étnica!

—A alguien de otra etnia. Escucha, Aster, lo siento, son cosas que pasan.

—¿Sí? ¿O solo me pasan a mí? O soy demasiado étnica, o de la etnia equivocada o... ¿Te acuerdas de aquella vez que dijeron que era demasiado guapa? Como si una pudiera ser demasiado guapa.

—Ya habrá otras pruebas —contestó Jerry—. ¿Recuerdas lo que te dije sobre Sugar Mills?

Aster puso los ojos en blanco. Sugar Mills era la clienta con más éxito de Jerry. Una seudofamosilla sin ningún talento descubierta en Instagram gracias a la enorme cantidad de gente que no tenía nada mejor que hacer que seguir las peripecias diarias de su anatomía, debidamente *photoshopeada*. Debido a ello, había conseguido protagonizar un anuncio en el que salía comiendo una enorme y grasienta hamburguesa vestida con un bikini minúsculo, lo que inexplicablemente le había granjeado un papel en una película en la que hacía de novia de un hombre mucho mayor que ella. Solo de pensar en ello, le daban náuseas y al mismo tiempo se moría de envidia.

—Supongo que habrás oído hablar de Ira Redman —dijo Jerry rompiendo el silencio.

Aster arrugó el ceño y volvió a meterse en el agua hasta que las burbujas le llegaron a los hombros.

—¿Quién no ha oído hablar de él? —replicó, enfadada con un sistema que encumbraba a chicas como Sugar Mills y no le daba una oportunidad a ella, que tenía mucha más clase—. Pero a no ser que haya decidido meterse en el negocio del cine...

—No, Ira no va a hacer cine. Por lo menos, de momento.

—Jerry hablaba como si le conociera personalmente, pero Aster estaba segura de que no era así—. Pero necesita relaciones públicas para sus discotecas, ha montado una especie de concurso y está haciendo *casting*.

Aster cerró los ojos. Aquello era un horror. Un horror. Se preparó para lo que vendría a continuación.

—Si te seleccionan, pasarás el verano promocionando alguno de los locales de Ira. Que, como seguramente sabes, frecuentan algunos de los grandes peces gordos de Hollywood. Publicitariamente es una gran oportunidad, y el ganador de la competición se llevará un buen pellizco. —Hizo una pausa para que Aster asimilara la noticia.

Ella, entre tanto, procuró refrenar su sentimiento de decepción.

Salió del *jacuzzi*. El calor del agua, unido al ardor de su vergüenza, era insoportable. Prefirió poner fin a la llamada descalza, mojada y tiritando y dijo:

—Suena sórdido. Y asqueroso. Y cutre. Y desesperado. No pienso rebajarme a eso.

Miró hacia su casa: un ostentoso y enorme monumento a la riqueza de su familia construido en estilo mediterráneo, con pistas de tenis, galerías cubiertas, fuentes adornadas con querubines y grandes praderas de césped inmaculado. Una riqueza que algún día sería suya y de su hermano Javen, siempre y cuando siguieran el estricto y aburrido plan de vida que sus padres habían trazado para ellos.

Estaba harta de que intentaran chantajearla con su herencia. Harta de que la sumieran en un tumulto de emociones con su insistencia en que eligiera entre complacerlos y cumplir sus propios sueños. Pues a la mierda. Estaba harta de fingir. Quería lo que quería y sus padres tendrían que asumirlo. Y si Jerry pensaba que aquella era una buena oportunidad profesional, era hora de cortar amarras y prescindir de él. Tenía que haber otra manera. Alguien que orientara mejor su carrera. El problema era que Jerry era el único agente de una lista muy larga que había estado dispuesto a recibirla.

—Te equivocas respecto a Ira —le dijo él—. Tiene mucha clase, y sus clubes atraen a lo mejor de lo mejor. ¿Has ido a alguno?

—Acabo de cumplir dieciocho años. —Le irritó tener que recordárselo. Era su agente: debería saberlo.

—Sí, ya. —Se rio—. Ni que eso fuera un obstáculo. Venga, Aster, sé que no eres tan ingenua como quieres aparentar.

Ella frunció el ceño, incapaz de deducir si acababa de decir una impertinencia o si solo estaba hablando con franqueza. Estaba acostumbrada a cómo reaccionaban los hombres ante ella. Incluso los hombres mucho mayores, que debían ser más prudentes. Pero por lo visto haría falta algo más que una piel tersa, unas piernas largas y una estructura facial privilegiada y superfotogénica para conseguirle un billete a la fama.

—Entonces, ¿intentas convencerme en serio de que trabajar como camarera en una discoteca va a ayudarme en mi carrera como actriz?

—Como relaciones públicas de una discoteca. Y de Ira Redman, nada menos.

—¿Y por qué no hacer fotos de mi culo y colgarlas en Instagram? A Sugar le dio buen resultado.

—Aster... —A Jerry comenzó a agotársele la paciencia por primera vez desde que había comenzado la conversación.

No era el único al que se le había agotado. Aster, sin embargo, era lo bastante lista (y estaba lo bastante desesperada) como para saber cuándo dar su brazo a torcer.

—Bueno, ¿y cómo funciona? ¿Vas a quedarte con el diez por ciento?

—¿Qué? ¡No! —exclamó él como si hubiera dicho un disparate. Y como si ese no fuera el principal objetivo de un agente—. Sé lo difícil que es conseguir una oportunidad, y estoy convencido de que tienes algo especial. Por eso precisamente acepté representarte. Si trabajas para Ira, verás a más gente influyente en una noche que en veinte pruebas juntas. Si de verdad crees que vas a rebajarte por emprender el camino hacia la fama, tal vez es que no la deseas tanto como dices.

Aster deseaba alcanzar la fama. Agarró una toalla de una tumbona cercana y se envolvió en ella. Y aunque estaba claro que aquello no era como conseguir el papel protagonista (o cualquier papel) en una película, por algún sitio tenía que empezar.

Además, Jerry tenía razón: todo el mundo sabía que los locales de Ira atraían a montones de estrellas de Hollywood y, en una ciudad llena de chicas preciosas, todas ellas obsesionadas con conseguir fama y dinero, aquello podía ser justo lo que necesitaba para que alguien se fijara en ella y la descubriera.

Intentando aparentar un mínimo de entusiasmo, se dirigió a la caseta de la piscina y dijo:

—Voy a buscar un boli para anotar los datos.

4

PIEL DE FAMOSA

CELEBRITY SKIN
Hole

Madison Brooks se tumbó en el mullido diván de terciopelo alojado en un rincón de su enorme vestidor, bebió un sorbo del zumo de verduras recién licuado que le había llevado Emily, su asistente, y arrugó la nariz mientras miraba los vestidos que su estilista, Christina, iba sacando de un montón de bolsas con el nombre de las boutiques más exclusivas de Los Ángeles.

Aquella era una de sus actividades preferidas, y aquel uno de sus lugares predilectos. El vestidor era para ella una especie de santuario en el que se refugiaba de las incesantes exigencias de su vida cotidiana. Había elegido con sumo cuidado cada objeto para que evocara una suntuosidad sin límites, un sentimiento de paz y confort: desde las cajoneras a las suaves alfombras, pasando por las lámparas de cristal que colgaban del techo y las paredes recubiertas de seda pintada a mano. Lo único que desentonaba ligeramente era Blue, que dormía acurrucado a sus pies.

Mientras que otras estrellas preferían los perros con pedigrí del tamaño de un bolso pequeño, para Madison aquel chucho zarrapastroso y de origen indeterminado poseía todas las características que debía tener un perro: era recio, duro, poco amigo de tonterías y un poco tosco. Así prefería también a sus novios. Al menos, así los había preferido antes, cuando todavía le permitían elegirlos por sí sola.

Si algo le sorprendía de la mecánica interna de Hollywood era ese enfoque de las relaciones de pareja como una mercancía más: como algo que ponía a punto y con lo que comerciaba un equipo de mánager, publicistas y agentes, o, en ocasiones, las propias estrellas.

Tener una pareja adecuada podía elevar el perfil de una actriz de un modo que era difícil de lograr por otros medios y que podía asegurar una publicidad inagotable y un hueco permanente en los tabloides, pero que por desgracia también daba lugar al irritante y empalagoso fenómeno de la fusión de los nombres de los presuntos enamorados. El problema era que la mayoría de las actrices estaban tan acostumbradas a encarnar a un personaje que hasta llegaban a creerse de veras que habían encontrado a esa persona sin la cual no podían vivir. A su alma gemela, o cualquier otra cursilada que les hubieran inoculado desde niñas.

—Creo que este iría bien con esos Jimmy Choo nuevos.

Christina colgó ante ella un vestido muy mono que combinaba colores vivos, pero Madison no quería un vestido *mono*. Quería algo especial, no lo mismo que llevaba todo el mundo.

Sonó su móvil, pero Madison no hizo caso. No porque fuera perezosa (que no lo era), ni porque estuviera mimada en exceso (que sí lo estaba), sino porque sabía que era Ryan y no tenía ningún interés en hablar con él.

Christina hizo una pausa pero Madison le indicó que continuara. La siempre fiel Emily se acercó, agarró el teléfono de la mesa y en un tono de contenida excitación dijo:

—¡Es Ryan!

Madison tuvo que contener las ganas de echarse a reír. Emily era una buena asistente, seria y leal, pero estaba tan colada por Ryan que era imposible confiar en ella. Cuanto menos supiera sobre los verdaderos sentimientos de Madison hacia Ryan, mejor.

—Hola, nena —dijo él con voz grave y parsimoniosa cuan - do su cabello rubio y sus ojos verdes y soñolientos llenaron la pantalla—. Llevo todo el día pensando en ti. ¿Tú has pensado en mí? Madison vio que Christina y Emily salían de puntillas del vestidor y cerraban la puerta.

—Claro.

Se hundió aún más en los cojines y se echó una manta de cachemira sobre las piernas. Cada vez que estaba con Ryan o que hablaba por teléfono con él sentía el impulso de agarrar una manta o una almohada: cualquier cosa que sirviera de barrera entre ellos.

—¿Sí? ¿Y qué pensabas exactamente? —Ryan se estiró en el sofá de su caravana de rodaje con la cabeza apoyada en un cojín y comenzó a desabrocharse el cinturón.

—No podrías soportarlo si te lo dijera —contestó ella, ocultando a duras penas el rencor que sentía hacia él por permitir que la empujara a hacer cosas que le desagradaban.

Y no porque ella fuera una mojigata (nada de eso), o porque él no estuviera buenísimo. En realidad, siendo el protagonista de una popular serie de televisión, Ryan Hawthorne alimentaba las fantasías de innumerables adolescentes. Pero sencillamente no era su tipo, y eso ninguna maniobra publicitaria podría cambiarlo. Llevaba soportándole seis meses y estaba deseando cortar con él, pero su agente se oponía y la presionaba para que siguiera con aquella farsa hasta que firmara su siguiente contrato. Pero su agente no tenía que besar a Ryan, ni tenía que verle masticar con la boca abierta, ni defenderse de su necesidad constante de sexo por videoconferencia. Ya se habían hecho suficientes arrumacos en público. Era hora de poner fin al tándem RyMad. Aunque era importante elegir el momento adecuado.

—Claro que puedo soportarlo —contestó él con voz ronca y la respiración agitada mientras se bajaba la cremallera. Medio segundo más y se habría quitado los pantalones.

—Cariño… —Madison puso una voz grave y aterciopelada, como le gustaba a Ryan—. Sabes que está aquí Christina. Y Emily también.

—Sí, pues mándalas a hacer un recado o algo así. —Se bajó los calzoncillos hasta las rodillas—. Te echo de menos, nena. Necesito pasar un *Mad-rato*.

Madison hizo una mueca. Odiaba que dijera cosas como «un Mad-rato». No sonaba nada sexy. Y tampoco tenía nada de sexy ver a Ryan Hawthorne desnudarse en la pantalla de su móvil, pese a lo que pudieran pensar millones de fans.

—Pero todavía no he encontrado un vestido para la fiesta de Jimmy Kimmel y es mañana —repuso ella con una voz que esperaba fuera lo bastante persuasiva.

—¿Jimmy tiene *esto*?

—No me cabe duda de que sí.

Ryan estaba tan distraído que no se dio cuenta de que Madison ponía cara de fastidio.

—Tú estás bien con cualquier vestido, nena —añadió con voz ronca.

Madison apagó el volumen mientras acariciaba distraídamente la cicatriz de la cara interna de su brazo: la única mácula de su piel blanca e impecable. A menudo le preguntaban por ella en las entrevistas, pero Madison tenía una respuesta bien ensayada para todo lo relacionado con su pasado.

Esperó a que Ryan acabara, preguntándose cuánto tiempo más podría darle largas sin que se diera cuenta de hasta qué punto había llegado a despreciarle. Cuando acabó, subió el volumen y ronroneó:

—No te imaginas cuánto te echo de menos. —Y no era del todo mentira, se dijo, puesto que evidentemente no tenía ni idea de que no le echaba de menos en absoluto—. Pero ahora no es buen momento.

Él no hizo intento de taparse, a pesar de que le había dejado claro que no iba a haber segundo asalto. Sin embargo, un segundo después se pasó la camiseta por la cabeza y preguntó:

—¿Lo dejamos para otro momento?

Eso era lo único bueno de Ryan: que tenía la capacidad de concentración de un mosquito y era fácil hacerle cambiar de rumbo. Estaba a punto de preguntarle a qué hora podía llamarla otra vez cuando Madison sonrió con cara de disculpa y cortó la llamada.

Se recostó en los cojines y esperó. Emily y Christina estaban seguramente con la oreja pegada a la puerta. No tardarían en entrar.

—Bueno, entonces… —Christina se asomó en ese instante a la habitación. Encogió los hombros hasta las orejas y sus ojos azules adoptaron una expresión preocupada—. ¿No te gusta ninguno?

Madison parpadeó. Quizá los vestidos no estuvieran tan mal como le había parecido. Seguramente podría quedarse con alguno.

Claro que ¿por qué no fingir que los detestaba? Era bueno zarandear un poco a la gente. Hacer que se esforzaran más. Que afinaran su ingenio.

Arrugó la nariz y meneó la cabeza. Tenía por delante un largo y cálido verano de entrevistas televisivas, viajes promocionales y sesiones fotográficas. Christina tendría que esforzarse un poco más.

—Según me han dicho, Heather se muere de ganas de ponerse el negro —comentó la estilista.

Madison cruzó las piernas y tocó a Blue con la punta del pie. El perro seguía adormilado, y le hizo gracia ver cómo levantaba las orejas un segundo para luego volver a bajarlas. Pero al pensar en su excompañera de reparto, Madison arrugó el entrecejo. Heather estaba siempre intentando promocionarse a través de sus contactos, por tenues que fueran, con las grandes estrellas, y Madison jamás se perdonaría el haber caído en sus redes.

Se habían conocido muy al principio de su carrera, cuando Madison no conocía a nadie y se había sentido muy afortunada por encontrar una amiga en aquella ciudad inhóspita. De ahí que hubiera preferido ignorar los rasgos más alarmantes del carácter de Heather, entre ellos su competitividad patológica.

Pero, tan pronto Madison alcanzó el estrellato y su luz eclipsó la de Heather hasta reducirla a un destello fugaz, los comentarios malintencionados, los insultos apenas velados y los ataques de celos aumentaron hasta el punto de que Madison no pudo seguir ignorándolos. Así pues, cortó toda relación con Heather, fue a visitar un refugio para perros, encontró allí a su nuevo mejor amigo, Blue, y no miró atrás ni una sola vez. Y sin embargo Heather seguía persiguiéndola, la etiquetaba en Twitter o intentaba emular cada uno de sus movimientos como si hubiera una fórmula para alcanzar el éxito aparte del esfuerzo, la determinación y una pizca de buena suerte. Qué aburrimiento.

—Bueno, imagino que si lo quiere es seguramente porque cree que tú lo quieres. —Christina se volvió hacia el perchero con ruedas y comenzó a cerrar las pesadas bolsas de los trajes para llevarlas a su coche.

Al verla guardar los vestidos, a Madison la apenó un poco haberse dado tanta prisa.

Después de la decepción que se había llevado con Heather no había vuelto a hacer amigas. Tenía montones de conocidas, claro, pero ni una sola buena amiga. El problema con las chicas (con las agradables, no con las locas como Heather) era que siempre querían escarbar demasiado. Compartir cosas, intercambiar confesiones, escudriñar los pensamientos íntimos, explorar el territorio compartido de los problemas con papá y mamá. Y, a diferencia de lo que ocurría con los chicos, no se las podía disuadir sirviéndose del sexo (por lo menos, a la mayoría). Ellas exigían respuestas. Y Madison no podía arriesgarse a caer en esa clase de intimidad. Los ratos que pasaba probándose ropa y cotilleando con Christina eran lo más parecido que tenía a una amistad.

—Pues se llevará un chasco cuando se entere de que lo he rechazado. —Madison estaba decidida a retrasar todo lo posible la marcha de su estilista—. A no ser que no se lo digamos. Quizá sea divertido verla intentar vencerme de nuevo poniéndose el mismo vestido que yo para que nos comparen y digan «ella lo llevaba mejor».

Christina sonrió sagazmente. Tenía fama de ser la mejor y limitaba su lista de clientes a los miembros más destacados de la élite de Hollywood.

—No creo que eso vaya a suceder en un futuro inmediato.

Madison dibujó una media sonrisa mientras tocaba de nuevo a Blue con la punta del pie.

—Llevas aquí más de una hora, ¿y el único cotilleo que me cuentas es sobre Heather? ¿Te estás haciendo de rogar?

Christina le lanzó una mirada alarmada y, al ver que estaba bromeando (más o menos), se relajó y dijo:

—Ha sido una semana muy tranquila, pero he oído algo acerca de un concurso que está preparando Ira. ¿No te has enterado? Hay carteles pegados por toda la ciudad.

Madison la miró con curiosidad. Conocía a Ira como conocía a casi todo el mundo relacionado con la industria del entretenimiento: a través del circuito de fiestas, eventos benéficos y galas de entrega de premios. Sabía, desde luego, que tenía fama de ser el zar de la escena nocturna de Los Ángeles (eso lo sabía todo el mundo), pero su relación se limitaba a los diversos intentos que había hecho Ira para atraerla a sus locales sirviéndose de halagos y obsequios. Por su último cumpleaños le había mandado un bolso Kelly de Hermès de color rojo que costaba tres veces más que el Gucci que le había enviado su agente. Madison lo había desenvuelto a toda prisa, lo había añadido a su colección de bolsos de diseño y había encargado a Emily que le mandara una tarjeta dándole las gracias.

—El caso es que se trata de promocionar sus discotecas, pero tengo un amigo que trabaja para él y me ha dicho que tú estás entre los principales objetivos de su lista. Así que prepárate para que un montón de chicos y chicas desesperados intenten convencerte para que vayas de copas a un local de Ira Redman.

55

Madison se hundió más aún en los cojines y dejó escapar un suspiro de contento. ¿Qué importaba que su vida estuviera llena de cotillas y aduladores a los que pagaba generosamente para que acariciaran su ego y se rieran de sus chistes? Seguía siendo la persona con más suerte que conocía y llevando una vida de lujos inconcebibles para la mayoría de la gente. ¿Y acaso no era una de las mayores ventajas de ser rica y famosa el acceso ilimitado a todo cuanto deseaba?

La mejor mesa en un restaurante atestado de gente, con una lista de espera de tres horas.

El mejor asiento en primera en un avión con *overbooking*.

Pases VIP para cualquier concierto o acontecimiento deportivo digno de verse.

Las mejores prendas puestas a su disposición para que se las probara a su antojo.

El equipo perfecto de gente que hacía que su vida funcionara como una seda, a cambio de un salario generoso...

Se había esforzado mucho por conseguir esos privilegios y le parecía de lo más natural sacarles el mayor partido posible.

Si Ira Redman quería alistar a un montón de chicas y chicos para halagarla, ¿quién era ella para impedírselo?

—Vuelve mañana por la mañana —dijo, dando por sentado que Christina pospondría cualquier otra cita—. Y tráeme algo bonito. Quiero dejar a Jimmy sin habla. Ah, y tráeme también una lista de esos chicos de los que te ha hablado tu amigo. Me gusta saber quién me persigue.

5

RAYUELA MENTAL

MENTAL HOPSCOTCH
Missing Persons

Layla se sentía mal por haber mentido a Mateo, pero ¿qué alternativa tenía? Él le había dejado muy claro lo que pensaba de la vida nocturna de Los Ángeles aquel día en la playa. Si le decía que había decidido presentarse a las pruebas, solo conseguiría que se enfadara. Además, no iba a sacar nada en claro de todo aquello. Sin duda Ira se daría cuenta de que ella no encajaba en aquel mundo.

Dirigió su Kawasaki Ninja 250R hacia Jewel, el club designado para la entrevista, y se disponía a aparcar en un hueco libre cuando de pronto un Mercedes Clase C blanco se metió en su carril y la obligó a dar un frenazo. La rueda trasera derrapó mientras intentaba controlar la moto. Por fin pudo detenerse y, casi milagrosamente, logró mantenerse erguida mientras veía con una mezcla de rabia e impotencia cómo el conductor del Mercedes le robaba el sitio delante de sus narices.

—¡Eh! —gritó con el corazón latiéndole a mil por hora por el susto—. Pero ¿qué haces? —Indignada, vio salir del coche, derrochando arrogancia, a una chica morena con un vestido negro muy ajustado—. ¡Ese era *mi* sitio! —gritó, rabiosa.

En una zona en la que escaseaba el aparcamiento, robar un hueco suponía una grave falta de civismo.

La chica se apoyó las gafas de sol en la frente y la miró con desdén.

—¿Cómo va a ser tu sitio si ya he aparcado yo?

Layla la miró perpleja.

—¿Lo dices en serio? —dijo, tan furiosa que casi escupió las palabras—. ¡Has estado a punto de matarme!

La chica le lanzó una mirada burlona, se echó la larga melena sobre el hombro y se dirigió al club. Cuando Layla encontró otro hueco libre, mucho menos conveniente que el primero, hacía largo rato que la chica había desaparecido. Seguramente se habría saltado la fila y ya estaría dentro. A ella, en cambio, le tocaría hacer cola con los demás y avanzar penosamente hacia la puerta.

Se quitó el casco, se pasó una mano por su pelo trigueño y observó su reflejo en el cristal sucio de la moto, confiando en que su camiseta gris de cuello de pico, su americana negra ceñida y sus mallas de cuero tuvieran un aire elegantemente roquero. No quería que la tomaran por un Ángel del Infierno. Luego cambió sus gruesas botas por unos tacones de aguja de diseño que había comprado especialmente para la ocasión y con los que apenas podía caminar.

A pesar de que se ganaba la vida informando sobre la vida social de las *celebrities*, no recordaba la última vez que había estado dentro de una discoteca. Casi todos sus artículos giraban en torno a las travesuras de los famosos a la hora del cierre de los locales nocturnos, cuando salían en tromba por las puertas, tambaleándose precariamente sobre sus *jimmy choos*, camino del coche. Aquellos momentos de borrachera, cuando bajaban la guardia, le procuraban material a montones. Lo había aprendido de primera mano cuando, una noche, un famosillo de segunda fila estuvo a punto de arrollarla con su Porsche. Cuando utilizó su móvil para grabar la escena, el famosillo fue tras ella y, en venganza, Layla vendió la exclusiva resultante a TMZ, lo que, sin proponérselo ella, lanzó su carrera como periodista *free lance*.

Aquel no era, desde luego, el trabajo periodístico con el que soñaba, pero gracias a él había podido pasar los años de instituto sin tener que recurrir a su padre, cuya carrera como pintor sufría continuos altibajos. Y aunque se decía que hacía todo lo posible por erosionar aquel mundillo despreciable, la mayor parte del tiempo se sentía como una vulgar *paparazzi*, más que como una auténtica periodista. Pero, si conseguía aquel trabajo con Ira Redman, podría dejar todo eso atrás.

Cuando por fin llegó a la puerta y el portero la dejó entrar (las seis personas que iban delante de ella no habían tenido tanta suerte), le dieron una solicitud y una pegatina para que escribiera en ella su nombre y se la pegara en la chaqueta. Después la dirigieron hacia un fotógrafo que se dio tanta prisa en disparar que Layla estaba segura de que la había pillado con los ojos cerrados. Todavía deslumbrada por el *flash*, fue conducida por otro asistente a la Cámara (la muy codiciada sección VIP de la discoteca, que se asemejaba más al mullido interior de un joyero que a una cámara acorazada, como esperaba Layla), donde le dijeron que esperara.

La mayoría de la gente se dirigió a los asientos delanteros centrales en un intento de hacerse notar. Ella, en cambio, se fue derecha a la parte de atrás. No porque fuera tímida (que lo era) o porque se sintiera intimidada (como así era, en efecto), sino porque desde allí podía ver toda la sala, observar a sus rivales y decidir a quién podía vencer y a quién desdeñar.

A pesar de que nunca se ponía competitiva por las cosas más corrientes, como ser la chica más guapa de la sala (el esfuerzo que exigía pasar de mona a guapa no merecía la pena, en su opinión), o llamar la atención de los tíos más buenos (eso ya lo había conseguido: Mateo era el tío más bueno de toda la ciudad), cuando llegó el momento de asegurarse la entrevista se convirtió en una estratega astuta, dispuesta a conseguir el trabajo a toda costa.

Naturalmente, la chica que le había robado el aparcamiento (Aster, se llamaba, según su pegatina) estaba sentada delante, en el centro. Y lo que es peor, ni siquiera pestañeó o apartó la mirada cuando Layla la sorprendió mirándola abiertamente. Siguió con la mirada fija en ella, sin vacilar ni un momento, blandiendo su deslumbrante belleza como un arma diseñada para amedrentar a sus adversarios. Así pues, Layla hizo lo único que se le ocurrió: puso los ojos en blanco y desvió la mirada, siendo consciente de que acababa de retrotraerse a sus tiempos de colegiala. Aun así, hacer caso omiso de las matonas de la clase nunca daba resultado. Ni entonces, ni ahora. Las chicas como Aster ladraban mucho, pero Layla sabía dar buenas dentelladas. Aster sería una idiota si la subestimaba.

El resto de la gente era tan variopinta que parecía sacada de un *casting* de *American Idol*. Había góticos, punks, *heavys*, raperos, princesitas rubias y una chica con botas de *cowboy* rosas y unos pantalones tan cortos que Layla se preguntó si no se habría equivocado y habría entrado allí con intención de hacerse la depilación brasileña. Todos ellos rivalizaban por llamar la atención y, en opinión de Layla, ninguno tenía ni idea de nada.

—Eh, tú eres la chica de la moto, ¿verdad? —preguntó una voz cuyo acento dejaba claro que su dueño no era de por allí—. Te he visto llegar.

Los ojos de Layla se deslizaron por un par de viejas botas de motero negras y recorrieron unos vaqueros deshilachados y rajados por la rodilla antes de detenerse en una camiseta retro de Jimmy Page, tan lavada que no pudo evitar preguntarse si también dormía con ella.

Respondió encogiéndose de hombros. Su encontronazo con Aster la había predispuesto a odiar a cualquiera que invadiera su espacio personal, empezando por aquel cliché andante de roquero *indie*, que seguramente no había montado en moto en toda su vida.

—¿Te importa que me siente aquí?

—Tú mismo —masculló, y enseguida se avergonzó de sí misma.

No solía ser tan borde, pero no estaba allí para hacer amigos, y menos aún para ponerse a charlar con un recién llegado a Los Ángeles ansioso por conseguir contactos, y no se le ocurría otra forma mejor de dejar claras ambas cosas.

El chico se sentó abriendo mucho las piernas, y una de sus rodillas chocó con la de Layla.

Ella suspiró lo bastante alto para que la oyera. Había pasado de borde a zorra repugnante en un abrir y cerrar de ojos, pero no le importaba.

—Perdona. —Él cerró un poco las piernas, lo cual estaba mejor, hasta que empezó a mover el pie.

Layla fijó la mirada en su móvil y procuró ignorarle, pero no había forma.

—¿Podrías…?

El chico siguió la dirección que indicaba su dedo, hasta su propio pie.

—Ah. Creo que estoy un poco nervioso. —Se rio—. Lo que seguramente hace que parezca un pardillo, pero es la verdad. Bueno, ¿y tú cómo te enteraste de esto?

Perdiendo por completo la paciencia, Layla se volvió hacia él y dijo:

—Mira, ¿te importa que lo dejemos?

—¿Dejar qué? —En su cara se dibujó muy despacio una sonrisa desarmante. Y cuando sus ojos se encontraron, Layla solo pudo contener la respiración. Nunca había visto unos ojos de un azul tan intenso.

Lanzó una rápida mirada a la etiqueta con su nombre, *Tommy*, e intentó recobrarse de la impresión.

—Charlar, hablar de tonterías o fingir que somos amigos —replicó en un tono mucho más áspero del que exigían las circunstancias, pero empezaba a pensar que debería haber hecho caso a Mateo y no haberse presentado allí.

—Como quieras. —Tommy se encogió de hombros,

prescindiendo de ella tan fácilmente que Layla no pudo evitar que aquello también la irritara un poco—. Aunque es una lástima. Por lo que he visto, por aquí escasean los amigos.

Sus palabras se posaron en torno a Layla y, aunque deseó en parte poder mostrarse de mejor humor, otra parte de su ser (la parte más irritable, insegura y desubicada) contestó:

—Sí, bueno, bienvenido a Hollywood.

6

ALTA Y *COOL* (CON VESTIDO NEGRO)

LONG COOL WOMAN (IN A BLACK DRESS)
The Hollies

Aster solo necesitó cinco minutos para descartar como posibles rivales a todos los presentes en la sala. Los clubes nocturnos se alimentaban del *glamour* y la belleza: los feos no tenían hueco allí. Bastaba con eso para que Aster tuviera asegurada una plaza entre los elegidos.

Aun así, Layla (¿o era Lila? Desde allí no veía bien la etiqueta con su nombre) podía representar una amenaza. No era tan guapa como ella ni mucho menos, pero no había dudado en reprocharle el incidente del aparcamiento. Aster ni siquiera la había visto hasta salir del coche, cuando Layla se había encarado con ella. Durante el trayecto entre Beverly Hills y Hollywood había estado tan nerviosa (alternando entre darse ánimos a sí misma diciéndose «¡tú puedes!» y desesperarse por haber caído tan bajo recién salida del instituto) que, cuando Layla le reprochó que le hubiera quitado el aparcamiento, reaccionó del único modo que sabía: con toda la soberbia y el engreimiento de que era capaz.

Todo el mundo tenía sus mecanismos de defensa. Algunas personas se enfurecían, como Layla. Otras bromeaban, como Javen, el hermano de Aster. Y otras se comportaban como pavos reales estúpidos y arrogantes. Pero, en fin, ya estaba hecho. No había vuelta atrás. Además, Aster tenía la sensación de que en el fondo Layla no era tan dura como aparentaba. Ella, que estaba acostumbrada a representar un papel en casi todas las facetas de su vida, reconocía ese mismo rasgo de carácter en otras personas. Se trataba de un juego que combinaba la distracción y el ilusionismo a partes iguales, y Layla lo jugaba muy mal.

Para empezar, sus zapatos *no* eran Louboutins: eso saltaba a la vista. El rojo de la suela ni siquiera daba el pego. Eso por no hablar de la altura del tacón. Y el modo en que había entrado en la sala, como un potrillo recién nacido poniendo a prueba sus patas, demostraba a las claras que no se había molestado en practicar con ellos, como había hecho ella al comprarse su primer par. Un error de novata al cien por cien. Cualquier aficionada sabía que había que ensayar el papel que querías representar hasta hacerlo tan tuyo que ya no distinguieras entre tu verdadero yo y tu yo de ficción. Layla estaba fuera de lugar allí. Intentaba parecer fuerte y capaz, pero aquellos patéticos zapatos de imitación la delataban como lo que era: una impostora que intentaba habitar un mundo cuya reglas no entendía. Y sin embargo estaba claro que era tan ávida y tan implacable como ella. Que estaba dispuesta a jugar sucio si hacía falta, de ahí que Aster se hubiera fijado en ella.

Aster era una triunfadora acostumbrada a destacar en todo aquello que se proponía. Alumna sobresaliente, reina del baile de promoción, delegada de clase: todo le había resultado fácil. No conseguía, sin embargo, que su carrera como actriz acabara de despegar, y necesitaba aquel trabajo más que nunca. Era un empleo cutre y hortera, muy por debajo de su nivel, pero precisamente por eso tenía que conseguirlo. Si no triunfaba ni siquiera como relaciones públicas de una discoteca, ¿en qué situación quedaría?

Ira ocupó su lugar en el estrado y, sin perder un instante, Aster cruzó las piernas levantando visiblemente el bajo de su ajustado vestido de Hervé Léger con la esperanza de que se fijara en sus muslos morenos y bronceados, haciéndole ver al mismo tiempo que conocía las reglas del juego.

Vestido con vaqueros oscuros y camisa negra, Ira parecía tan alto, tan seguro de sí mismo y tan imponente como si estuviera delante del atril presidencial luciendo un traje hecho a medida.

—Todos vosotros tenéis una cosa en común —comenzó a decir—. Os atrae la idea de una competición épica, el acceso a las discotecas más famosas y la promesa, no lo olvidemos, de un importante premio en metálico.

Recorrió el auditorio con la mirada y, al encontrarse con la mirada de Aster, ella habría jurado que se detuvo un instante más de la cuenta. Claro que era posible que solo fueran imaginaciones suyas. Ira tenía mucho carisma: el tiempo parecía detenerse y ponerse en marcha otra vez, dependiendo de dónde fijara su atención.

—Al igual que vosotros, yo fui joven una vez, y tenía ganas de comerme el mundo. —Les obsequió con una sonrisa bien ensayada—. En aquel entonces habría aprovechado sin pensármelo dos veces la oportunidad que hoy os estoy ofreciendo.

Otra pausa teatral. «Vaya, ¿es que aquí todo el mundo quiere ser actor? No me extraña que sea tan difícil conseguir trabajo».

—Las reglas son muy sencillas. A los que consigan pasar el corte se les asignará un club que promocionar. Al principio trabajaréis por equipos, pero no penséis ni por un segundo que podéis escaquearos y dejar que los demás hagan el trabajo duro. Os estaré observando. Yo siempre estoy alerta. Conozco a todo el que cruza las puertas de mis locales, y sabré gracias a quién han venido.

Echó mano de una botella de agua y tomó un largo trago, no porque tuviera sed sino para dejar que sus palabras calaran entre el público. Se estaba presentando a sí mismo como una especie de sabio que todo lo veía y todo lo sabía y, a juzgar por los carraspeos y el rebullir que cundió por la sala, lo estaba consiguiendo.

—Ganaréis puntos si conseguís una buena concurrencia en vuestros locales. Y no voy a andarme por las ramas, ya que sois todos mayores de edad... —Miró a su asistente—. Son todos mayores de edad, ¿verdad? ¿Lo habéis comprobado? —La asistente sonrió sagazmente—. En el mundo de las discotecas, cuanto más jóvenes, más famosos y más guapos sean los clientes, más puntos valen. Todas mis discotecas son para mayores de dieciocho años. Hay que tener dieciocho años para entrar y veintiuno para beber, evidentemente. —Enarcó una ceja y dejó pasar unos segundos para que el público se riera, lo que naturalmente hizo. Luego prosiguió diciendo—: Cada semana, el relaciones públicas que menos puntos haya conseguido será eliminado, y el que tenga más puntos ganará dinero para invertirlo en marketing y planificación de fiestas para su local. El que tenga más puntos al final del verano, gana. Y con ello me refiero a que se llevará *la mitad de la recaudación de las entradas que hayan hecho las discotecas a lo largo de todo el verano.*

Pronunció estas últimas palabras en cursiva. O al menos así lo entendió Aster.

—Cuanto más trabajéis, mayor será el premio. Los beneficios podrían ser *enormes*, y el ganador se embolsará la mitad.

Bla, bla, bla. A Aster le importaba un bledo el dinero. Sería agradable tener dinero propio para comprarse bikinis Burberry, sí, pero lo que de verdad le interesaba eran los contactos. Su agente tenía razón: los locales de Ira atraían a la flor y nata de Hollywood. Empezaba a preguntarse por qué aquella idea no había salido de ella.

—¿Alguna pregunta?

El tono de Ira dejaba claro que las preguntas no serían bien recibidas, pero justo cuando Aster levantaba la mano sin tener ni idea de qué iba a preguntar pero decidida a que se fijara en ella, aquella tal Layla le tomó la delantera.

—¿Qué hay de la primera semana?

Ira entornó los ojos y jugueteó con el tapón de su botella de agua.

—¿Qué pasa con ella?

—¿Nos darán una asignación promocional para que empecemos a trabajar?

—Solo doce personas pasarán el corte. No merece la pena hablar de detalles que no afectarán a la mayoría.

Layla asintió con la cabeza y lanzó una mirada a Aster entornando los párpados.

Estaba claro que la respuesta le importaba una mierda. Solo quería lo mismo que Aster: hacerse notar en medio de aquel mar de advenedizos demasiado asustados para hablar en presencia de Ira Redman.

Sí, decididamente tendría que vigilarla muy de cerca.

7

SATISFACCIÓN

SATISFACTION
The Rolling Stones

Tommy siguió a la asistente de Ira a su despacho, procurando no mirar demasiado el contoneo de sus caderas enfundadas en un vestidito negro. Por lo que había podido ver, todas las ayudantes de Ira estaban buenísimas. Estaba claro que su padre se daba la gran vida.

—Señor Redman, está aquí Tommy Phillips —anunció la chica en tono serio y formal, pero la mirada íntima que lanzó a Ira bastó para que Tommy se convenciera de que se la estaba tirando.

Bueno, por lo menos alguien de la familia se divertía. Su madre había renunciado a los hombres hacía mucho tiempo. Decía que era perfectamente feliz compartiendo casa con su loro bilingüe. Y en cuanto a él, en una ciudad como Los Ángeles su físico le servía de muy poco teniendo un coche de mierda, un apartamento minúsculo y una cartera casi vacía.

Al sentarse delante de Ira, se arrepintió de no haberse preparado a conciencia. Sabía que era importante ensayar antes de una actuación y sin embargo, al llegar la hora de la entrevista más importante de su vida, ni siquiera se había molestado en repasar algunas posibles respuestas a las preguntas que inevitablemente le haría su padre. Aun así, nada podría haberle preparado para la impresión que le produjo encontrarse cara a cara con Ira en una habitación cerrada, flanqueado por dos asistentes despampanantes y armadas con portafolios.

Ira se recostó en su silla y se subió las mangas, dejando ver una pulsera de pequeñas cuentas redondas que a Tommy le recordó el rosario que su madre llevaba siempre en la muñeca. Parecía un capricho extraño en un hombre como él. Claro que a la mayoría de los grandes magnates de Hollywood les gustaba aparentar que tenían un lado espiritual, y decían someterse a estrictos ejercicios de yoga y meditación antes de salir al mundo a aniquilar a sus rivales, a cargarse a empresas enteras o a borrar de un plumazo cualquier otra cosa que se les pusiera en medio.

Justo por encima de la pulsera llevaba un carísimo reloj de oro, un Cartier, no el Rolex de la vez anterior. Seguramente tenía una colección entera de relojes de oro (uno para cada día del mes), mientras que Tommy dependía de su móvil para saber la hora. Y si las cosas no mejoraban tendría que venderlo en Internet.

Aquello era un error: uno de los mayores, en una larga lista de errores. Debería haber dejado aquel absurdo folleto en la papelera donde lo tiró en un principio.

—Bueno —dijo Ira—, cuéntame algo de ti que no sepa ya.

Tommy dudó, sin saber a qué se refería. ¿Le había reconocido Ira, de aquel día en la tienda de guitarras?

Se obligó a mirarle a los ojos, preguntándose cómo reaccionaría si le decía «Pues verás, *papá*, da la casualidad de que soy el hijo al que abandonaste hace muchos años».

¿Perdería su aplomo? ¿Haría que le echaran a patadas del despacho?

No valía la pena averiguarlo. Al menos, de momento.

—Supongo que eso depende de lo que *sepa* —contestó, prácticamente desafiando a Ira a recordarle que se le habían saltado las lágrimas cuando se había llevado la guitarra de sus sueños.

Seguramente Ira le consideraría un masoquista por hacer algo así.

—Tienes hambre. —Ira juntó las yemas de los dedos y apoyó la barbilla en ellas—. Si no, no estarías aquí. La cuestión es ¿de qué tienes hambre?

«De dinero para pagar el alquiler, de un estante lleno de Grammys, de demostrar mi valía y de superarte algún día y triunfar a lo grande, como tú ni siquiera puedes imaginar».

Tommy se encogió de hombros y paseó la mirada por el despacho. Era elegante, moderno y minimalista, y muy lujoso. Hasta la inevitable pared dedicada al autobombo, cubierta de arriba abajo con fotografías enmarcadas de Ira en la portada de diversas revistas, demostraba buen gusto.

—Me gusta ganar.

Se removió en su asiento y al instante lamentó haberlo hecho. Hacía que pareciera nervioso e inseguro. Y lo era, pero no tenía por qué demostrarlo.

—¿Y a quién no?

Ira arrugó el ceño, bajó las manos y se puso a jugar con las cuentas de ojo de tigre de su pulsera mientras Tommy se preguntaba si se le habría pegado algo de su madre durante su breve idilio amoroso.

La madre de Tommy era una *hippie* de la nueva era, aunque ella detestaba esa expresión: según decía, sus creencias se remontaban a miles de años atrás. Creía no solo en el poder curativo de los cristales, sino también en que cada persona tenía un ángel que guiaba sus pasos y en que el Amor con A mayúscula lo curaba todo, además en muchas otras cosas con las que Tommy nunca había podido sintonizar por completo. Era ella quien debería haberse mudado a Los Ángeles. Habría encajado mejor. Aunque su madre habría dicho (si no le fallaba la memoria) que el ojo de tigre tenía efectos protectores, que defendía del mal de ojo o algo por el estilo. Lo único que sabía Tommy era que en su primer día de instituto le había metido una piedra de esas en el bolsillo. Al acabar la tercera clase ya la había perdido, y aun así había logrado sobrevivir aquellos cuatro años y salir casi indemne. Aunque por otro lado era lógico que Ira necesitara ese tipo de protección. Un tío como él debía de tener una larga lista de enemigos esperando el momento de atacar.

Tommy se contaba entre ellos.

Pellizcó el agujero que tenía en la rodilla de los vaqueros y esperó a que Ira continuase.

—Tengo entendido que te causé ciertos inconvenientes en Farrington's. —Ira hizo una pausa y aguardó a que Tommy lo confirmara o lo negase.

Era una prueba. Cada segundo con Ira era como un examen final.

—Me puso en la calle.

Tommy se encogió de hombros como si no importara, aunque los dos sabían que no era así.

—Tal vez creas que eso va a hacer que me sienta en deuda contigo. —Ira se miró las uñas, que no llevaba pintadas con brillo, sino solo limadas y bruñidas: una manicura muy *viril*—. Pero si es así cometes un error. —Fijó la mirada en Tommy—. Suelo adoptar una postura mucho más nihilista. Al menos, en las cuestiones de moralidad social más corrientes.

¿De veras hablaba en serio? ¿Todas las entrevistas eran así: se ponía Ira a pontificar sin ton ni son, como si los dos tuvieran todo el tiempo del mundo?

¿Y cómo se suponía que tenía que responder a una afirmación como aquella?

Ira era un charlatán de cuidado al que le encantaba oír su propia voz.

Tommy, en cambio, era de pocas palabras.

Estaba claro que salía a su madre.

—Ese día tomaste una decisión. Elegiste actuar por tu cuenta y arriesgarte a sufrir las consecuencias. Todos nuestros actos tienen consecuencias. Que te despidieran fue culpa tuya.

Tommy se pasó la lengua por las encías, apoyó la bota sobre la rodilla y toqueteó la raja que tenía por encima de la suela. Ya no le importaba que Ira viera el estado lamentable de sus zapatos, de su economía, de su vida en general. Tenía la impresión de que aquella entrevista estaba condenada al fracaso desde mucho antes de empezar. Era de nuevo como en Farrington's. Ira carecía por completo del gen de la empatía. Menuda figura paterna estaba resultando ser.

Era hora de regresar a Oklahoma, donde al menos la gente decía lo que pensaba y no se burlaba de las desgracias ajenas. En Oklahoma no conocía a nadie que se comportara como Ira. Sus paisanos eran buena gente, decente y de fiar. No podía creer que hubiera usado la palabra «paisanos», pero así era, sus *paisanos* jamás harían…

—Por eso no encajas.

El despacho quedó en silencio. Tommy no tenía ni idea de qué acababa de pasar.

—Entonces… ¿no encajo porque usted prefiere adoptar una postura nihilista o porque le fue muy fácil conseguir que me despidieran? —preguntó, intentando retomar el hilo de la conversación.

—¿Tú qué crees?

Tommy meneó la cabeza. Aquello era increíble, joder.

—Dices que te encanta ganar, pero no has dicho ni una sola cosa para convencerme.

—Usted ni siquiera me conoce.

Tommy se levantó y procuró mantener la calma. No valía para aquel trabajo, no valía para ser el hijo de Ira. Nunca se había sentido tan impotente como en ese momento.

—¿No?

Ira ladeó la cabeza y le observó como si pudiera ver su interior.

—No tiene ni idea de lo que soy capaz.

Ira se encogió de hombros y echó mano de su teléfono, lo que enfureció más aún a Tommy. Tal vez estuviera sin blanca y tuviera mala suerte, pero no tenía por qué aguantar que le trataran así, y no se marcharía sin decírselo a Ira.

—Solo para que conste… —Apartó la silla, casi volcándola—. La consecuencia de *su* decisión será que usted saldrá perdiendo, no yo.

Se dirigió a la puerta pasando entre las asistentes, que se apartaron rápidamente.

—Empiezo a preguntarme si tienes razón —dijo Ira de pronto.

Tommy abrió la puerta de un tirón, dispuesto a marcharse mientras aún pudiera salvar su dignidad.

—Eres, de lejos, el candidato más débil.

Tommy arrugó el ceño. Ira era un gilipollas. Un gilipollas que no sabía cuándo parar.

—Pero si consigues aprender a dominar ese mal genio y a servirte de él para alcanzar tus metas en vez de usarlo como excusa para seguir siendo una víctima, tal vez acabes sorprendiéndonos a los dos.

Tommy se volvió.

—Así que ahora va a citar a Oprah.

Ira se rio. Fue una risa breve, casi inaudible, pero Tommy la oyó.

—Normalmente, llegados a este punto, el entrevistado se arrastra y al mismo tiempo suelta un torrente de expresiones de gratitud casi imposible de contener.

—No recuerdo haberme arrastrado —replicó Tommy, preguntándose si no sería él quien no sabía cuándo parar.

—Lo cual dice mucho de ti. —Ira asintió con la cabeza. Dividiendo su atención entre su teléfono y Tommy, añadió—: Jennifer te acompañará a la sala donde esperan los demás candidatos. Tendrás que quedarte allí hasta que terminen las entrevistas. Entonces se te asignará un destino.

Tommy meneó la cabeza mientras intentaba comprender lo que había sucedido. Tal vez Ira no fuera tan malo como pensaba. Tal vez solo hiciera falta acostumbrarse a él. Además, todo eso sobre Oklahoma era una idiotez. La gente era gente en todas partes. Y hacía lo que tenía tendencia a hacer. La geografía no tenía nada que ver con eso.

—Ah, y Tommy… —En los ojos de Ira brilló una emoción que Tommy no alcanzó a comprender—. Entiendo que te gustara tanto esa guitarra. Mi profesor dice que, para un principiante, es un instrumento tan bueno como el que más.

Otra prueba. Ira intentaba hacerle perder los nervios dando a entender que su guitarra soñada no era para tanto. Pero él se limitó a sonreír. Al salir detrás de Jennifer respondió:

—Me alegro de que le esté dando buen resultado.

8

SUEÑO ADOLESCENTE

TEENAGE DREAM
Katy Perry

Aster pasó el corte, naturalmente. Vio cómo la miraba Ira. Como a casi todos los hombres que habían alcanzado una posición de poder, le gustaba regalarse la vista contemplando a una chica bonita. Posiblemente pensaba, incluso, que su éxito le daba derecho a salir con ella. Solo que en el caso de Ira no se trataba únicamente de eso.

Mientras estaba sentada frente a él, Aster notó que, aunque era evidente que le gustaba lo que veía, Ira pensaba más bien en las ventajas que podía reportarle su físico para la buena marcha del negocio, en vez de imaginársela rodeándolo con sus piernas, o cualquier otra cosa con la que fantasearan los hombres mayores cuando pensaban en chicas mucho más jóvenes. Sus ojos la inspeccionaron minuciosamente, evaluando su físico como si fuera una mercancía más y calculando el mejor modo de sacarle partido económico, lo cual a Aster no le importó lo más mínimo. Había sobrevivido a suficientes pruebas fallidas como para saber cuál sería el resultado de aquella. Era la primera vez que tenía asegurado el triunfo.

Se preguntaba si habría sido por su respuesta a la última pregunta de Ira.

—¿Qué te hace pensar que puedes ganar el concurso? —había preguntado mientras la observaba con mirada penetrante.

Durante unos segundos de pánico, Aster había permanecido muda ante él, intentando decidir cuál era el mejor modo de enfocar la respuesta. Por fin había llegado a la conclusión de que Ira no parecía de esos hombres que admiraban los derroches de humildad y, sosteniéndole la mirada, había contestado:

—A mi lado, todos los demás son unos simples aficionados. —Y había acompañado su respuesta con la sonrisa provocativa y firme que había ensayado con anterioridad.

Él se había quedado mirándola largo rato, el suficiente para que Aster dudara de lo acertado de su respuesta. Estaba a punto de decir algo que suavizara aquella muestra de jactancia cuando él pidió a su asistente que la acompañara a la sala de al lado.

Lo que no esperaba fue encontrarse allí con un grupo tan variopinto. Naturalmente, la dichosa Layla estaba allí, eso se lo esperaba. Pero a Tommy lo había descartado desde el principio. Era mono, suponía, si a una le gustaban los pobretones angustiados y con pinta de estar hambrientos. A ella no le gustaban. En cuanto a los demás, bien, lo de Karly fue una sorpresa. Claro que a algunos tíos (a muchos, a la mayoría) les gustaban las rubias alegres y pizpiretas. Ash, el chico gótico, también estaba allí, igual que Brittney, la chica de las botas de *cowboy* y los pantalones vaqueros tan cortos que cubrían el culo solo un poquito más que la braguita de su bikini Burberry. Había otro chico, Jin, tan pálido y flacucho que Aster lo tomó por un *gamer* o por un obseso de la informática de los que rara vez salían al exterior, y una chica de aspecto andrógino, Sydney, llena de *piercings* y tatuajes (por lo menos, a Aster le *pareció* una chica). Dos de los chicos, Diego y Zion, parecían bastante normales (bueno, normales para ser de Los Ángeles). O sea, que parecían recién salidos de un anuncio de calzoncillos de Calvin Klein. Eran guapos, sin duda, pero a ella no solían gustarle los chicos excesivamente guapos porque pasaban demasiado tiempo pensando en sí mismos y muy poco pensando en ella. Los dos últimos candidatos eran muy americanos: la chica, Taylor, tenía un aspecto tan fresco y saludable que daba la impresión de acabar de salir de una clase de equitación, y el chico, Brandon, tenía la piel tostada y el pelo un poco revuelto, como si hubiera atracado su yate en el puerto y estuviera esperando a que su chófer le llevara a cenar y a tomar una copa en el club.

Ira había reunido un amplio abanico de *looks* y etnias. Seis chicas y seis chicos, ni uno solo mayor de diecinueve años. No parecía estar bromeando al decir que su meta era atraer a clientes jóvenes y diversos.

Aster se acomodó entre los demás, evitando ostensiblemente a Layla, a la que consideraba su principal competidora, y esperó a ver qué ocurría a continuación. Aquella sala, a diferencia de la anterior, estaba en silencio, seguramente porque ya no eran compañeros en potencia, sino rivales.

Cruzó las piernas y se masajeo los músculos tensos del tobillo y la pantorrilla. Había sido un día largo y empezaban a dolerle los dedos de los pies por pasar tantas horas embutidos en los Louboutin. Miró de reojo a Layla y se preguntó si a ella también le hacían daño sus zapatos falsos, pero descubrió que los había cambiado por un par de imponentes botas de motera negras.

—Ha sido un día largo y agotador. —Ira entró en la sala seguido por su equipo de asistentes—. Lo que debería serviros como ejemplo del nivel de compromiso que espero. Aunque, antes de que echéis las campanas al vuelo por haber llegado hasta aquí, permitidme que os recuerde que ni uno solo de vosotros tiene más de diecinueve años, lo que os convierte en personas con muy poca experiencia, aunque vosotros creáis lo contrario. Trabajar para mí os proporcionará la formación práctica que no podéis conseguir en una facultad. Pero, antes de continuar, ¿alguien se lo ha pensado mejor? ¿Alguno quiere dejarlo? —Recorrió la sala con la mirada antes de proseguir—: Bien, en cuando a la logística… Tenéis que rellenar varios impresos. Mis ayudantes os darán las indicaciones necesarias. Pero, primero, seguramente os estaréis preguntando qué discotecas vais a promocionar.

Asintieron todos como si estuvieran preguntándose exactamente eso, Aster incluida. Tenía puestas sus miras en Night for Night, la auténtica joya de la corona, una discoteca elegante, muy al estilo de Casablanca, perfecta para ella en todos los sentidos: tenía clase, una atmósfera sensual y su nombre hacía referencia a una técnica cinematográfica que se usaba para rodar de noche. Aster sentía debilidad por Marruecos desde que se tropezó con un montón de *Vogues* viejos de su madre y se pasó un día entero mirando la famosa foto de Talitha Getty vestida con botines blancos de piel y un caftán de colores, reclinada en una azotea con un hombre misterioso al fondo. Si tuviera que elegir un momento decisivo que había dado forma a la idea que se hacía de sí misma en un futuro sería aquel: aquella fotografía de Talitha Getty, bella, mimada, exótica y adorada. Y quizá también ligeramente hastiada, pero en el buen sentido: como si su vida estuviera tan repleta de aventuras que no pudiera evitar preguntarse si aún quedaba algo que pudiera divertirle.

Aster tocó la mano de Fátima que llevaba al cuello para atraer la buena suerte mientras Ira miraba con los ojos entornados el portafolios que su ayudante sostenía ante él.

—Layla Harrison, tú vas a promocionar Night for Night.

Aster sofocó involuntariamente un gemido de sorpresa y lanzó una rápida mirada a Layla, intentando evaluar su reacción. Pero Layla se limitó a asentir, impasible.

—Tommy Phillips... —Cuando Ira posó la mirada en Tommy, a Aster le pareció advertir una extraña comunicación entre ellos que no supo interpretar—. Tú vas a promocionar Jewel.

Si Tommy pareció decepcionado, fue posiblemente porque tenía sus ilusiones puestas en el Vesper, un club de ambiente *underground* que estaba cobrando fama de atraer a músicos de primera fila: el sitio ideal para alguien como él. Jewel, en cambio, era una discoteca moderna y sofisticada que atraía a gente guapa. Allí Tommy estaría fuera de su elemento.

Ira siguió leyendo la lista y, aunque Aster le estaba escuchando con atención, no pudo evitar que se le escapara un gruñido cuando fijó la mirada en ella. Sabía lo que iba a decir.

—Aster Amirpour, tú vas a promocionar el Vesper.

Ella meneó la cabeza y levantó la mano. Ira la miró.

—¿Algún problema?

—Me gustaría pedir otro local.

En el Vesper no encajaría, era imposible, y alguien tan sagaz para los negocios como Ira sin duda tenía que saberlo. Se preguntó si la estaba poniendo a prueba. A ella y a todos los demás.

Él se quedó mirándola un momento.

—Entonces creo que tendrás que encontrar a alguien que quiera cambiarte el suyo.

Se marchó sin decir nada más, dejando allí a sus asistentes para que les repartieran un montón de papeles.

Aster metió los documentos en su bolso. Tenía que hablar con las tres personas a las que les había tocado Night for Night.

—Sydney, ¿verdad? —Se acercó a la chica que, por lo que había podido deducir, llevaba todo el cuerpo tatuado.

Estaba a punto de hacerle un cumplido sobre el *piercing* que llevaba en el tabique nasal (cualquier cosa con tal de congraciarse con ella) cuando Sydney le soltó:

—No te molestes. Ya se lo he cambiado a Taylor. —Y se volvió antes de que Aster pudiera reaccionar.

Aster se fue en busca de Diego y Jin, que estaban al otro lado de la sala, pero cuando llegó ya estaban negociando con Brittney y Ash, de modo que solo le quedaba Layla.

«Genial».

Y encima Layla se había ido.

—Oye... ¿Aster?

Se giró y vio a Tommy tras ella.

—Me preguntaba si querrías hacer un cambio conmigo.

—No, a no ser que te haya tocado Night for Night, y los dos sabemos que no es así.

Se dirigió a toda prisa hacia la puerta. Seguramente Layla se había ido ya, y tenía que alcanzarla mientras aún tuviera ocasión. Pero al recordar lo que acababa de decir, se obligó a dar marcha atrás. Ya se había ganado una enemiga. No necesitaba más.

—Perdona —le dijo a Tommy—. Eso ha estado fuera de lugar.

—No te lo discuto.

La cara de Tommy se distendió en una sonrisa que hizo brillar sus ojos. Quizá fuera más mono de lo que le había parecido en un principio.

—Es que… Me apetece muchísimo trabajar en Night for Night.

—Pues Jewel se le parece más que el Vesper, ¿no?

Sin duda era mejor, pero a Aster no le bastaba con eso.

—¿Puedes ayudarme a hablar con Layla? —preguntó, confiando en que él le hubiera causado mejor impresión que ella.

Tommy se pasó una mano por la barbilla y le lanzó una mirada escéptica.

—Lo dudo —contestó.

—¿Podrías intentarlo al menos? —Le dedicó su mejor sonrisa, la que reservaba para los *castings* y las sesiones fotográficas.

—Depende. —Cruzó los brazos y cambió el peso del cuerpo de un pie a otro como si tuviera todo el tiempo del mundo—. ¿Qué gano yo a cambio?

—El Vesper. —Aster se encogió de hombros—. Es lo que quieres, ¿no?

Él la observó un momento y luego la condujo a la entrada, donde Layla estaba hablando por teléfono. Al ver a Aster y Tommy, cortó rápidamente la llamada.

—¿Puedo ayudaros en algo? —preguntó frunciendo el ceño.

Tommy señaló a Aster con el pulgar.

—He pensado que debíais conoceros.

—Ya nos hemos presentado. —Layla se dio la vuelta y echó a andar—. Ha estado a punto de matarme por un aparcamiento.

—Y quería pedirte disculpas por eso. —Aster se puso rápidamente a su lado.

Aquella noticia pareció divertir a Tommy.

—Así que es cierto.

—No, no es cierto —replicó Aster—. Ni siquiera la vi. Ha sido un enorme malentendido.

—Claro que me viste. —Layla se volvió bruscamente hacia ella—. No intentes fingir que no me viste.

—No me extraña que quisieras que mediara entre vosotras. —Tommy miró a Aster sacudiendo la cabeza.

—Ya me estoy arrepintiendo, te lo aseguro —respondió ella.

—Puede que sí, pero un trato es un trato —le recordó Tommy—. Yo he hecho mi parte, ahora haz tú la tuya.

Layla los miró a los dos.

—¿Qué trato? ¿Qué está pasando?

—Aster quiere cambiar de local.

—¡Eh, que estoy aquí! ¡Puedo hablar por mí misma! —Aster meneó la cabeza.

Quizá debía quedarse con el Vesper. Lo prefería a soportar aquello. Pero ¿a quién pretendía engañar? No, sería un desastre. Además, seguía convencida de que todo aquello formaba parte de un extraño juego al que estaba jugando Ira.

—Entonces, ¿por qué me has pedido ayuda?

—Te he pedido que me ayudaras a encontrarla, no que… En fin, olvídalo, ¿vale? Escuchad. —Los miró a los dos—. Os propongo un trato. Todos queremos otros locales. Así que, ¿qué os parece si dejamos a un lado nuestros sentimientos personales y…?

—Yo no quiero el tuyo. —Layla salió a la calle atestada de turistas y Aster y Tommy apretaron el paso para seguirla.

—¿Me dices en serio que prefieres Night for Night? ¿Que no prefieres trabajar en Jewel?

Layla se detuvo.

—¿Qué diferencia hay? Una discoteca es una discoteca.

—¡No hablarás en serio! —exclamó Aster, y puso mala cara al ver a un tipo vestido con un disfraz de Supermán que a la intensa luz del sol de verano se veía decrépito y andrajoso.

Seguramente hasta olía mal. Y sin embargo no faltaban los turistas dispuestos a hacerse fotos con tarados como aquel. A veces la gente la dejaba completamente alucinada. Layla incluida.

—Así se negocia —comentó Tommy riendo, lo que solo consiguió irritarla aún más, sobre todo porque tenía razón.

Todo aquello era un lío, y además era culpa suya. No sabía qué era, pero había algo en Tommy y Layla que la sacaba de quicio. Normalmente no le costaba hacer amigos y conservar la calma.

—Hay una gran diferencia —afirmó, decidida a dominarse—. Y tú encajarías mucho mejor en Jewel, Layla.

—¿Y eso por qué? —Cruzó los brazos, dispuesta a defenderse contra cualquier ofensa que pudiera lanzarle Aster.

—Porque es un sitio moderno, sofisticado y excéntrico. Características con las que no encaja Tommy, pero tú sí.

—Ah. —Layla se relajó visiblemente, aunque solo un poco—. Bien, a ver si me aclaro. Tommy quiere tu local y tú quieres el mío.

—Sí —contestó Aster rotundamente.

Sin duda hasta Layla vería que su plan era el más lógico.

—Pues buena suerte a los dos.

Layla se dirigió a su moto. Aster la siguió a toda prisa y Tommy se quedó parado.

—Escúchame un momento —la llamó Aster—. Es lo único que te pido.

Para su sorpresa, Layla se detuvo y miró ostensiblemente la hora en su teléfono.

—Mira, siento lo que pasó antes —dijo Aster atropelladamente pero de todo corazón mientras intentaba recobrar el aliento—. En serio, pero si pudieras…

—Dime una cosa. —Layla ladeó la cabeza y entornó los párpados y, pese a cómo se afilaron sus rasgos, Aster se sorprendió al descubrir que era muy guapa—. Si te hubiera tocado Night for Night, ¿habrías intentado disculparte?

Aster tardó un momento en contestar, indecisa.

—¿Sinceramente? —dijo por fin—. Lo más probable es que no.

Layla asintió con la cabeza, aparentemente satisfecha.

—Bueno, ¿y qué gano yo? —Aster la observó intentando deducir por qué le interesaba el concurso de Ira. Imaginaba que la mayoría de la gente iba tras el dinero, pero había algo en Layla que le decía que no se trataba únicamente de eso. Aun así, solo se le ocurrió ofrecerle dinero.

—Te daré mi parte de la asignación de marketing para la primera semana.

Layla puso cara de fastidio.

—Por favor, conduces un Mercedes. Un Clase C, pero aun así Mercedes. No quiero tu dinero, quiero algo que de verdad te cueste trabajo.

Aster se quedó de piedra. Un Mercedes Clase C era mucho mejor que cualquier moto barata. Layla estaba intentando provocarla, pero ella no pensaba caer en la trampa.

—Dime qué —contestó, dispuesta a zanjar la cuestión de una vez por todas.

—Te lo diré en cuanto se me ocurra algo.

Los ojos de Aster se agrandaron. No podía hablar en serio, ¿verdad?

Layla se paró el tiempo justo para dejar pasar a un grupo de turistas extranjeros cuya guía señalaba afanosamente todos los hitos del paisaje urbano que los lugareños ya no se molestaban en mirar.

—Ya te avisaré cuando lo decida —dijo por fin.

—Eso no me parece bien —replicó Aster.

—Pues es problema tuyo, no mío. —Layla se encogió de hombros—. Y ni se te ocurra intentar dar marcha atrás cuando llegue el momento de cumplir el trato, porque *te haré cumplir* tu parte.

Aster se mordisqueó la parte interior de la mejilla, un tic nervioso del que aún no se había curado.

—No irás a pedirme que te entregue a mi primogénito o algo así, ¿verdad?

Layla puso los ojos en blanco.

—¿Para qué iba yo a querer ese error de la naturaleza?

Aster suspiró. Aquella chica era una pesadilla. ¿Quién sabía qué le pediría? Pero, en fin, ya pensaría en eso más adelante. Por ahora tenía Night for Night, y eso era lo que importaba.

—Deduzco que a partir de ahora promocionas Jewel —dijo.

Layla se encogió de hombros como si no le importara lo más mínimo y se marchó. Aster se quedó mirándola mientras se alejaba, preguntándose si no habría cometido un error.

—¿La has convencido? —preguntó Tommy al verla volver.

Aster asintió con un gesto y se preguntó si le notaba lo nerviosa que estaba.

—Tengo la sensación de que acabo de hacer un pacto con el diablo, pero sí, ya está hecho.

—Espero que merezca la pena. —Tommy la observó atentamente, guiñando los ojos para protegerse del sol.

Ella se encogió de hombros y pulsó la llave para abrir el coche. Acordándose de sus buenos modales, cosa que casi no había hecho en todo el día, miró hacia atrás y dijo:

—Oye, Tommy… Buena suerte en el Vesper.

Él sonrió.

—Lo mismo digo: buena suerte.

La competición había empezado oficialmente.

9

TRISTEZA DE VERANO

SUMMERTIME SADNESS
Lana del Rey

Layla salió de la ducha y agarró una toalla en el mismo momento en que llamaron a la puerta.

—Ya voy yo —se ofreció Mateo y, al verla desnuda, se detuvo un momento para sonreír con admiración antes de alejarse por el pasillo.

Ella se envolvió en la toalla y se peinó. Tenía el pelo fatal, mucho más descuidado que de costumbre, como el pelo de una madre superestresada que se hubiera quedado sin ansiolíticos. Tenía que ponerle más empeño. Tal vez se lo tiñera de otro color. Aunque lo dudaba. Bastante había hecho ya poniéndose unos tacones de aguja para dar el perfil en la entrevista. Si empezaba a ponerse mechas, ¿dónde acabaría? ¿Mirando foros de Pinterest en busca de ideas para pintarse las uñas de fantasía? Se negaba a ser *así*.

Claro que a Mateo le habían interesado muchísimo los zapatos. Sobre todo porque Layla se los había dejado puestos después de quitarse todo lo demás. Y desde hacía unos días hacer feliz a Mateo aliviaba enormemente su mala conciencia por no haberle dicho que trabajaba para Ira. Quería decírselo, pero no encontraba el momento oportuno. Esa noche, sin embargo, se lo diría sin falta. Era oficialmente su primer día de trabajo, y no quería que Mateo se enterara por otros medios.

Se puso un poco de crema hidratante, dejó que la toalla cayera lentamente al suelo como una vedete de cuarto de baño y guiñó provocativamente un ojo a Mateo a través del espejo cuando él regresó llevando un gran sobre blanco en la mano.

Se esforzó por distinguir el remite, pero los dedos de Mateo tapaban el logotipo.

—¿Por fin mis editores me han mandado ese cheque de un millón de dólares? —Se rio con aire juguetón, hasta que vio la expresión dolida de Mateo y la risa se le borró de los labios.

Ira debía mandarle ese día la primera lista de famosos a los que atraer al local que le habían asignado, pero Layla había dado por sentado que se la enviaría por *e-mail*. No se le ocurrió que pudiera mandársela por mensajero. Y su teléfono había empezado a sonar anunciando la llegada de nuevos mensajes entrantes. Seguramente serían los miembros de su equipo, que querrían trazar una estrategia.

—¿No vas a contestar? —Mateo se esforzó por mantener una expresión neutra al señalar el teléfono.

Ella negó con la cabeza, recogió la toalla y se tapó rápidamente.

—¿Y si Ira te necesita? —preguntó él cuando el móvil volvió a sonar.

Layla se tragó el nudo que tenía en la garganta y buscó las palabras adecuadas para explicarse, pero no había ninguna.

—¿Cuándo ibas a decírmelo? ¿O no ibas a decírmelo?

—Esta noche. —Le miró a los ojos, ansiosa porque la creyera.

—¿Y desde cuándo lo sabes?

Bajó la cabeza, aunque solo fuera para dejar de ver su expresión dolida. Siempre había sido tan franco y sincero con ella… Ella era la que ocultaba cosas, la que traficaba con secretos y mentiras.

—Un par de días —contestó con voz apenas audible.

Él exhaló un largo suspiro. Si la decepción tuviera un sonido propio, sería aquel suspiro. Le entregó el sobre. Ella lo agarró de mala gana. A pesar de lo mucho que había deseado el empleo, de pronto tenía la sensación de que no valía la pena conseguirlo si para ello tenía que traicionar la confianza de Mateo.

—Ya sabes lo que pienso de ese mundo. Pero si eso es lo que quieres, no voy a ser yo quien te detenga —dijo él.

—¡Pero si no se trata de eso! —Layla agarró el sobre tan fuerte que se arrugó—. Voy a hacerlo por Carlos, para arrojar luz sobre ese mundo tan turbio y oscuro y para poder… —Se detuvo, intentando ganar tiempo.

Si acababa la frase le desvelaría otro secreto, y no estaba preparada para eso.

A Ira, en cambio, no le había costado nada revelárselo. En cuanto le había preguntado por qué quería ganar, le había dicho la verdad: que tenía que encontrar un modo de pagarse la carrera de Periodismo. La entrevista concluyó poco después y, de todas las preguntas que le hizo Ira, y fueron unas cuantas, Layla sabía que aquella había sido la decisiva.

Pero ahora estaba hablando con Mateo, y no había modo de decirle: «Ah, por cierto, estoy decidida a estudiar Periodismo en Nueva York y confío en que este trabajo me dé suficiente dinero para poder trasladarme allí. Y, solo para que lo sepas, tú no estás invitado».

¿Cómo iba a decirle eso precisamente a Mateo?

Pero, por lo mucho que duró su silencio, ya se lo había dicho. O al menos le había alarmado lo suficiente para impulsarle a preguntar:

—¿Para poder qué, Layla? —Su voz sonó enfadada, pero hundió los hombros, derrotado—. ¿Es por el dinero del premio? Porque ya sabes que te daría encantado todo lo que tengo.

Layla paseó la mirada por la habitación, fijándose en el suelo de madera oscura y en el friso blanco de las paredes, a juego con el resto del bungaló reformado de Venice Beach. Vio el montón de ropa recién lavada que tenía que guardar y la pila de libros que pensaba leer en cuanto tuviera tiempo libre. Se detuvo en el retrato que le había hecho su padre a la edad de cinco años. Tenía la cabeza echada hacia atrás, los ojos fuertemente cerrados y la boca distendida en una carcajada, riéndose de algo que ya no podía recordar. Aquella fue posiblemente la última vez que la vida le pareció sencilla, la última vez que se sintió niña. Menos de un año después su madre se marchó, y su padre y ella tuvieron que dar los primeros pasos vacilantes para forjarse una nueva vida sin ella.

Quizás el abandono de su madre la había afectado más de lo que pensaba. Tal vez un psicólogo diría que por eso se había convertido en una perfeccionista que no soportaba decepcionar a nadie por miedo a que prescindieran de ella. Lo único que sabía con toda certeza era que no quería decepcionar a Mateo, y sin embargo sabía que acabaría haciéndolo.

Se mordisqueó el labio y se ciñó con más fuerza la toalla. Al echar una ojeada a su cara, comprendió que desconfiaría de todo lo que le dijera.

—Si no te lo he dicho ha sido solamente porque sabía que no te gustaría, y no quería que te enfadaras…

—No estoy enfadado. —Sacudió la cabeza y empezó otra vez—: Bueno, sí, estoy enfadado porque me lo hayas ocultado. Pero sobre todo estoy preocupado porque te metas en ese ambiente.

—No tienes por qué preocuparte.

—Claro que sí. Te quiero —dijo como si fuera así de senillo: como si fuera la única respuesta posible.

Se metió las manos en los bolsillos y sus vaqueros se deslizaron sugestivamente hacia abajo.

—¿Y cuándo vamos a vernos? Trabajarás todas las noches.

—Solo de jueves a sábado. Ah, y tenemos una reunión todos los domingos. Y durante la semana tendré que dedicarme a la planificación, pero por lo demás soy toda tuya. Y siempre puedes ir a verme a la discoteca, ya lo sabes.

Mateo hizo una mueca, y ella se apresuró a añadir:

—O no, pero… —Se obligó a mirarle—. Confía en mí. Te prometo que no tienes por qué preocuparte. Ya lo verás.

Él contrajo los labios y miró por la ventana del dormitorio de Layla, hacia el pequeño jardín.

—¿Estás segura de que es lo que quieres?

Lo que de verdad quería era rebobinar la mañana, que Mateo volviera a meterse entre las suaves sábanas arrugadas y repetir las cosas deliciosas que se habían hecho mutuamente apenas unas horas antes. Pero tenían que resolver aquello, así que se limitó a asentir con la cabeza.

Él frunció el entrecejo, agarró su camiseta del respaldo de una silla y se la pasó por la cabeza. Al verlo, Layla sintió al mismo tiempo alivio y terror. Alivio porque hubieran zanjado la cuestión y pánico al pensar que quizá no volviera.

—Mira, no voy a mentirte, me gustaría muchísimo que te lo replantearas. Esto no cambia lo que siento por ti, pero necesito un tiempo para asimilarlo. —Él se pasó una mano por el pelo, recogió sus gafas de sol y sus llaves de encima de la cómoda y se dirigió hacia la puerta.

—Lo siento —murmuró Layla con un nudo en la garganta, pero Mateo ya se había ido, y su teléfono sonaba otra vez.

10

MÍSTER OPTIMISTA

MR. BRIGHTSIDE
The Killers

Cuando Layla entró en el Lemonade, Tommy la vio enseguida a pesar de que el local estaba lleno a rebosar de gente vestida a la última moda. Estaba convencido casi al cien por cien de que no aparecería y, ahora que estaba allí, sintió un nerviosismo que no lograba explicarse.

Ella colgó el bolso del respaldo de la silla y se sentó frente a él.

—¿Qué es lo que pasa? —dijo con el mismo fastidio que mostraba su cara.

Tommy fijó la mirada en sus ojos y se inclinó hacia ella, una maniobra que en Oklahoma nunca le fallaba. Pero Layla era inmune a sus encantos.

—Como ahora trabajamos juntos, he pensado que podíamos intentar conocernos mejor.

Ella suspiró, agarró su bolso y empezó a levantarse.

—Me estás haciendo perder el tiempo.

—O podríamos saltarnos todo eso y pasar directamente a hablar de estrategia.

—Tommy… —Le miró como si estuviera a punto de decirle la verdad acerca de Papá Noel y el Ratoncito Pérez—. Sé que no eres de aquí, así que voy a hacerte un favor y a…

—¿Cómo sabes que no soy de aquí? —la interrumpió él.

—Primero, porque tienes acento aunque tú creas lo contrario. Y segundo, porque eres demasiado relajado para que te confundan con un lugareño.

—¿Qué? Pero si todo el mundo sabe que los angelinos son muy relajados.

Ella puso los ojos en blanco.

—Todo eso es pura publicidad. Si quieres ver el verdadero espíritu de la ciudad, arriésgate a tomar la autopista 405 en hora punta, a ver cuánto tardas en cambiarte al carril de la izquierda y cuántas veces te mandan al carajo por el camino.

Tommy reprimió una sonrisa. Layla era sarcástica y muy mona, pero eso era mejor callárselo.

—Vale, así que esta es una ciudad dura, escasean los amigos... Todo eso está muy bien, pero ya hablamos de ello en la entrevista. Está claro que me has tomado por un paleto con una boñiga de caballo pegada a la suela del zapato.

Layla se mordió el labio, visiblemente avergonzada, lo cual fue una sorpresa.

—Sé que no te gusta charlar, pero vamos a dejar una cosa clara: sí, soy de Tulsa o, mejor dicho, de un pueblecito de las afueras de Tulsa del que nadie ha oído hablar, así que es más fácil decir que soy de Tulsa. Pero, al contrario de lo que puedas pensar, *no* me crie bebiendo leche de mi propia vaca. No hacía mis necesidades en una letrina, ni me enrollaba con mis primas. Mi vida ha sido hasta ahora muy normal, aunque quizá ligeramente distinta a la tuya, pero eso es cuestión de simple geografía. No soy un estereotipo. Así que, por favor, no me trates como si lo fuera.

Ella frunció el ceño y se recostó en su asiento.

—Y lo de hablar de estrategia no era una broma. —Tommy se pasó la mano por la barba que asomaba a su barbilla y que él cultivaba cuidadosamente—. Creo que podemos ayudarnos mutuamente.

Layla cruzó los brazos y miró hacia la puerta con expresión anhelante.

—Estamos en distintos equipos. Tengo que reunirme con el mío dentro de una hora.

—Pues yo acabo de salir de mi segunda reunión con el mío y ha sido una pérdida de tiempo total.

—¿Y ahora intentas vengarte de ellos haciéndome perder el mío?

Tommy sacudió la cabeza, negándose a darle la razón.

—Según lo veo yo, este concurso está pensado para beneficiar a Ira, no a nosotros.

—Eh, sí —replicó Layla secamente, lo que era el equivalente verbal a poner los ojos en blanco—. *Siempre* se trata de Ira. Lo de que alguien gane el concurso es un detalle sin importancia.

—Y sin embargo cada semana van a eliminar a uno de nosotros por no hacer bien su trabajo o por cualquier otra excusa que se le ocurra a Ira.

Layla se permitió asentir cautelosamente con la cabeza. Seguía estando allí: Tommy no podía pedirle más.

—Pues, no sé tú, pero yo no confío mucho en mi equipo. Y no pienso compartir mis mejores ideas con ellos para que las utilicen en mi contra.

Layla entornó los ojos, desconcertada, lo que hizo que estuviera aún más guapa.

—Entonces… ¿quieres contármelas *a mí* para que pueda usarlas en tu contra?

—Sí. —Tommy sonrió—. Aunque no del todo… —Se giró en su asiento, observó la fila del mostrador y, sin decir palabra, se levantó y se puso a la cola.

Era un truco que empleaba a veces, cuando necesitaba un momento para ordenar sus pensamientos. Y además le permitía desconcertar a su interlocutor, obligándole a preguntarse qué ocurría y a olvidarse de los argumentos que podía acumular en su contra.

Cuando regresó unos minutos después, llevando un vaso de limonada en cada mano, dejó elegir a Layla.

—¿Menta o naranja?

Layla hizo un ademán, como si le diera igual uno que otro.

—Si quieres apelar a mi lado bueno, elige siempre café, por defecto. Pero vale, naranja mismo. ¿Todo esto tiene algún sentido?

—El caso es… —Tommy rodeó con las manos la base de su vaso y se inclinó hacia ella—. Ira nos necesita más a nosotros que nosotros a él. Después de vender sus discotecas de Sunset Boulevard, el año pasado, está empeñado en conquistar Hollywood Boulevard. Lo de Sunset fue pan comido. Es desde siempre una zona de marcha. —Miró a Layla con énfasis—. Puede que no sea de aquí, pero estoy bien informado. El caso es que Ira ha invertido un montón de dinero en revitalizar la zona para convertirla en un nuevo Sunset Boulevard, un montón de dinero que seguramente puede permitirse perder si le sale mal la jugada, dado que todos sabemos que está forrado. Pero Ira siempre juega a ganar. No contempla el fracaso. Si se mete en algo, es para ganar. Siempre. Y hará cualquier cosa por conseguirlo.

—Parece que sabes mucho sobre Ira. ¿Se puede saber por qué? —Layla arrugó la frente al mismo tiempo que hacía un mohín adorable con la boca, en el que Tommy procuró no fijarse.

Respondió encogiéndose de hombros. No tenía sentido darle a entender hasta qué punto estaba obsesionado.

—Me gusta saber para quién trabajo. Además, por lo que he podido averiguar, las discotecas no acaban de despegar. Se han pasado por allí algunos peces gordos de la industria, claro, pero Hollywood Boulevard es más difícil de vender que Sunset, así que no han tomado impulso. Ahí es donde entramos nosotros. Estamos aquí para realzar su marca, para hacerla atractiva, exclusiva y, lo que es aún más importante en Hollywood, juvenil. Al final, solo quedaremos tres. Bueno, en última instancia solo uno, pero antes quedaremos tres, porque es imposible que Ira elimine a todo un club de la competición si puede seguir ganando dinero. Irá eligiéndonos uno por uno, como dijo, pero lo hará con mucha más táctica de la que dio a entender. Y luego nos hará luchar a muerte, seguramente para divertirse, porque así funciona él.

Layla se tomó un momento para reflexionar.

—Muy bien —dijo—. Pero ¿por qué yo? Entre todos los demás concursantes, ¿por qué precisamente yo? ¿Por qué no, no sé, El *Gamer*, El Gótico, La Vaquera, o incluso Aster la Puta Reina? —Al ver la cara que ponía Tommy, explicó—: Prefiero los motes a los nombres verdaderos, y el de Aster es de una vieja canción de David Bowie.

—*Queen Bitch*, del álbum *Hunky Dory*. —Asintió con la cabeza complacido, y se alegró al ver la cara de sorpresa de Layla—. ¿Qué pasa? ¿Es que me habías tomado por un fan de One Direction o de Justin Bieber?

—No, yo… —Meneó la cabeza y miró su bebida. Estaba completamente desconcertada, como quería Tommy.

—Escucha —dijo él bajando la voz en tono conspirativo—. Da la impresión de que tienes tolerancia cero a las gilipolleces, y no pareces completamente fascinada por Ira.

Ella hizo un gesto afirmativo. De momento, estaban de acuerdo.

—Pero ese también es tu principal problema.

Layla entornó los párpados, visiblemente molesta por aquel repentino giro de la conversación, que había pasado de los cumplidos a ciertos problemas que ignoraba tener.

—Por lo que he podido observar, la gente de aquí suele ser un poco ansiosa. Trabajan duro y dedican tanto esfuerzo a hacer ejercicio y a estar guapos como a ganar dinero. Viven para el halago, para los cumplidos y para sentirse importantes. Todos quieren ser el centro de atención y estar en lo más alto de la lista VIP.

—Y tú hablas de estereotipos. —Layla frunció el ceño—. En

94

esta ciudad viven más de cuatro millones de personas. Evidentemente, no todo el mundo responde a esa descripción...

—Puede que no, pero los que sí responden a ella son los que suelen frecuentar las discotecas de Ira.

Layla esperó un momento antes de responder.

—Sí, de acuerdo, tienes razón.

—Y, corrígeme si me equivoco, pero no me pareces de las que se abrazan en grupo y gritan «¡Vamos, chicos, a por ellos!».

Ella se mordisqueó el labio y enseguida se obligó a detenerse.

—Así que me estoy ofreciendo a ayudarte a mejorar tus habilidades sociales y, a cambio, tú vas a ayudarme planteando ideas. Así todos salimos ganando.

Ni siquiera había terminado cuando Layla se apartó bruscamente de la mesa como si considerara seriamente la idea de tirarle la limonada a la cabeza, pero se conformó con recoger su bolso.

—¿Estás loco? —preguntó sin molestarse en bajar la voz.

Los demás clientes del local se volvieron a mirarlos un momento y luego siguieron con sus conversaciones.

Tommy bebió un sorbo de su bebida y siguió observándola.

—Siento que te hayas sentido ofendida. Solo quería decir que puedo ayudarte a limar algunas... asperezas, y a cambio...

—Y a cambio yo te doy todas mis ideas. Sí, me parece un trato muy justo, una oferta verdaderamente fantástica, y en absoluto ofensiva. No, para nada. —Se colgó el bolso del hombro y se dirigió a la puerta.

—¡Layla! —Tommy se levantó bruscamente y corrió tras ella—. Me gusta tu actitud, y sé que no te andas con tonterías. Dime en qué situación estoy, aunque ahora mismo está claro que estoy más cerca de ti de lo que te gustaría.

Ella ya estaba en la calle. Había entornado los ojos para defenderse del sol y buscaba sus gafas a tientas.

—Mira, lo siento...

Con las gafas ya puestas, Layla giró sobre sus talones, esquivó por los pelos a una mamá que empujaba un carrito de gemelos (uno de ellos chillaba y el otro observaba el mundo plácidamente) y bajó por Abbot Kinney. Tommy corrió tras ella.

—Layla…

Se giró hacia él y estuvo a punto de chocar con una chica en bikini que llevaba un gato en brazos.

—¿Qué, Tommy? ¿Qué es lo que intentas decirme?

—Imagino que has recibido la lista de Ira. —Intentó ver más allá de los cristales de sus gafas de sol, pero eran demasiado oscuras—. Pareces la última persona capaz de hacerle la pelota a un famoso, y eso es una parte fundamental de este trabajo.

Ella tragó saliva, pero no se movió.

—Así que te va a costar mucho trabajo ganarte a Madison Brooks y a Ryan Hawthorne, y no digamos ya a Heather Rollins y Sugar Mills.

Layla estaba temblando. Temblaba de rabia, una reacción que a Tommy le pareció absolutamente desproporcionada dadas las circunstancias. Claro que él no tenía ni idea de por qué se había presentado al concurso. Estaba claro que Layla se jugaba algo importante. Todos se jugaban algo importante, seguramente. Pero él solo intentaba ayudar. Y ayudarse a sí mismo, al ayudarla a ella.

—Tommy… —dijo con voz tensa.

Él metió las manos en los bolsillos y adoptó una pose relajada, listo para encajar lo que le lanzara.

—Hazte un favor y borra mi número de tu agenda. —Sus labios se adelgazaron, irguió la espalda y cerró los puños. Hasta su pelo pareció crisparse.

Era la chica más irascible que Tommy había conocido nunca.

—Imagino que este no es buen momento para preguntarte qué mote me has puesto a mí —preguntó él cuando ya se alejaba, y la vio mascullar un insulto en voz baja y cruzar la calle a toda prisa.

Estaba tan ansiosa por alejarse de él que se arriesgó a que la atropellara el anciano conductor de un Bentley al cambiar de sentido en zona prohibida.

Su encuentro había salido aún peor de lo que temía Tommy, y sin embargo no pudo evitar sonreír al recordar la conversación.

Layla no era su tipo. No se podía decir que tuviera mucho pecho, y aun así las camisetas de tirantes le quedaban tan bien que habría sido la envidia de cualquier chica. Era rubia, lo cual era un aliciente. Pero no era el tipo de rubia que solía gustarle. No era como esas rubias californianas a las que las chicas de su pueblo se esforzaban por emular. Tenía gracia que hubiera ido hasta Los Ángeles para interesarse por una chica cuyo cabello era del color de los campos de trigo de Oklahoma.

A pesar de que estaba claro que Layla le odiaba, aquel encuentro le produjo una excitación que hacía tiempo que no sentía.

«Borra mi número», había dicho ella. Ni en sueños. Se retiraría de momento. Le daría espacio. Pero había dicho en serio que podían ayudarse mutuamente. Solo confiaba en que Layla superara la primera semana.

Pensó en ponerse en contacto con Aster. En la entrevista solo había hablado con Layla y con ella, pero dudaba de que la conversación llegara muy lejos. Aster se parecía demasiado a Madison Brooks, tenía ese mismo aire de niña bien caprichosa y mimada. Seguramente se reiría en su cara. Además, él no tenía nada que ofrecerle a una chica como Aster, y dudaba de que ella tuviera algo que ofrecerle a él, aparte de una abultada lista de contactos llena de pijos forrados de dinero que no se dignarían poner un pie en el Vesper.

¿O quizá sí?

Tommy vio salir al protagonista de una famosa serie de la televisión por cable de un Porsche negro descapotable y entrar en una cafetería ecológica sin que nadie se fijara en él. En Oklahoma, un actor de ese calibre habría causado un tumulto. En Venice, en cambio, la gente era tan *cool* que ni siquiera se daba por enterada de su presencia.

Los Ángeles funcionaba en otra frecuencia y, si Tommy tenía alguna esperanza de triunfar allí, tendría que encontrar el modo de sintonizar con ella.

¿Y si, en lugar de intentar atraer a Madison desde fuera (una tarea imposible), se concentraba en convertir el Vesper en un club tan de actualidad, tan enigmático y afamado que despertara la curiosidad de los pijos (incluida Madison) hasta el punto de impulsarles a darse una vuelta por los bajos fondos, igual que esos ricachones que iban de visita al barrio de Los Feliz y entraban en Farrington's?

Podía funcionar.

Sí, podía funcionar al cien por cien.

Por primera vez desde que había conseguido el trabajo, tenía un plan, y muy bueno además.

Naturalmente, no podía llevarlo a cabo solo. Necesitaría el permiso de Ira. Pero ¿qué mejor modo de impresionar al viejo que proponerle una idea que podía salvarlos a los dos del fracaso?

11

REGIOS

ROYALS
Lorde

Aster Amirpour estaba sentada a la mesa del comedor, revolviendo la comida de su plato y haciendo caso omiso del constante tintineo de su teléfono como una niña buena y obediente, tal y como le había enseñado Mitra, su *nanny*. Tenía dieciocho años y seguía vigilándola la misma niñera que le había cambiado los pañales de bebé. Era tan ridículo que rozaba lo grotesco, lo escandaloso, lo absurdo, lo risible…

—¿No vas a contestar? —Javen, su hermano pequeño (que parecía una versión de Aster en masculino, solo que con las pestañas aún más largas y espesas) ladeó el tenedor indicando el iPhone de su hermana.

—Claro que no. Estamos comiendo y sería de mala educación.

Aster le devolvió la mirada antes de posar de nuevo los ojos en la mantelería irlandesa, la reluciente cubertería de plata y la vajilla de finísima porcelana que adornaba la mesa: todo un despliegue de lujo. Incluso en ausencia de sus padres la familia Amirpour seguía respetando sus tradiciones más acendradas.

—Entonces, ¿podrías silenciarlo al menos?

Javen mordió la punta de un espárrago y cerró los ojos mientras masticaba. Cuando Mitra decidía cocinar (normalmente, cocinaba el chef personal de la familia), preparaba unos manjares exquisitos.

Aster silenció su teléfono y siguió comiendo, o al menos fingiendo que comía. Tenía el estómago tan cerrado por los nervios y la emoción que no le cabía nada más. Era su primera noche de trabajo y tenía un plan que podía ponerla en cabeza. Si Ira quería que la discoteca se llenara de gente joven y guapa, invitaría a todos sus contactos (que a su vez invitarían a los suyos). Naturalmente no tenía ni una sola posibilidad de conseguir a Madison Brooks, y mucho menos a los demás personajes de la lista de Ira, pero tampoco la tenían sus compañeros. Y tal vez fuese prematuro, pero tenía la sensación de que les llevaba mucha ventaja.

Comparada con los demás concursantes, era lo más parecido a Madison. Tenían ambas tantas cosas en común que casi daba miedo. Las dos eran muy femeninas, lo que significaba que la gente solía pasar por alto su inteligencia y su ambición. Las dos sabían valorar las cosas más exquisitas de la vida (es decir, las prendas y los accesorios de diseño), las dos sabían atraer todas las miradas con solo entrar en una habitación, y las dos tenían que soportar que la gente las subestimara y se negara a verlas como algo más que una cara bonita. Aster no podía evitar preguntarse si Ira también la habría subestimado.

Durante la entrevista la había mirado con expresión descaradamente calculadora, como si fuera una obra de arte que confiaba en vender con amplios beneficios, lo cual estaba muy bien porque le había asegurado el trabajo, pero Aster estaba decidida a demostrar que era algo más que una cara bonita que podía servir como cebo para atraer clientes al Night for Night. No se había presentado al concurso solo para ganar, sino para conocer al tipo de gente que podía lanzar su carrera. Y sí, ya que estaba allí, ¿por qué no borrar del mapa al resto de sus rivales y dejar su huella en aquel mundo?

—Aster, por favor, ¡come!

La voz de Mitra la sacó de sus cavilaciones. La niñera señaló su plato casi lleno, entrecerró los ojos oscuros y sus labios perfectamente perfilados y pintados dibujaron un mohín.

—Estás demasiado delgada —dijo en tono de reproche.

«Ya estamos otra vez». Mitra no se daría por satisfecha hasta que tuviera celulitis en los muslos y una enorme barriga fofa. Según ella, no solo no comía lo suficiente («¡estás demasiado flaca!»), sino que sus clases semanales de tenis y baile no le hacían ningún bien («¡demasiados músculos no le sientan bien a una chica!»). Era una batalla inacabable que Aster no tenía ninguna esperanza de ganar.

Miró a Javen buscando apoyo, pero su sonrisilla solo empeoró las cosas. Así pues, se concentró en picotear sus chuletas de cordero y marear las patatas por el plato, pero no consiguió engañar a Mitra.

—A los chicos persas de buena familia no les gustan las flacuchas. Tienes que engordar un poco, rellenar esas curvas.

Aster se dijo que debía callarse, complacer a Mitra y comer un par de bocados. ¿Qué mal podía hacerle? Pero harta de que le dijeran continuamente que debía cambiar para resultar más atractiva a los chicos persas, algo dentro de ella se revolvió de pronto.

—Entonces, a ver si me aclaro… ¿Me estás pidiendo que coma aunque no tenga hambre para que algún chico al que ni siquiera conozco me encuentre convenientemente rellenita? ¿Y luego qué? ¿El chico me pide que me case con él, yo le digo que sí inmediatamente y renuncio a todos mis sueños para procrear una camada de bebés y mantenerme bien gordita para él? —Miró a su niñera a los ojos. Quería mucho a Mitra, tanto como a su propia madre, pero a veces sus ideas le resultaban incomprensibles y sentía el impulso irrefrenable de cuestionarlas—. Por favor, Mitra… —Intentó dulcificar su voz y refrenar su enfado—. Ya no estamos en Irán. En Los Ángeles, la gente prefiere tener otro aspecto, ansía otro tipo de vida. Las chicas no se atiborran para resultar más atractivas a los chicos.

—Aunque a veces *se niegan* a comer para conseguir ese mismo fin —puntualizó Javen.

Aster se rio a regañadientes y Mitra comenzó a juguetear con el colgante de oro que llevaba al cuello y que contenía una fotografía de su difunto marido, y a mascullar en farsi.

—Tan flacas, y siempre enseñando toda esa carne…

Dominaba impecablemente el inglés, pero cada vez que se enfrentaba a un mundo que se movía demasiado deprisa para su gusto, recurría a su lengua materna.

Aster se levantó de su asiento.

—Vamos a dejarlo así, porque te quiero mucho a pesar de que tengas esas ideas tan anticuadas y absurdas.

Se acercó a ella y se inclinó para darle un beso en la coronilla.

—¿Adónde vas? —Mitra la agarró de la mano.

—Ya te lo he dicho —contestó Aster, sabiendo que no se lo había dicho—. Voy a casa de Safi, a ayudarla a prepararse para la fiesta.

Dibujó una sonrisa radiante y se obligó a pestañear. ¿No había leído en algún sitio que los mentirosos parpadeaban menos de lo normal y que así se delataban? ¿O era al revés? Mierda, no se acordaba. Aunque de todos modos no estaba mintiendo del todo: iba a pasarse por casa de Safi, y era verdad que Safi se estaba preparando para una fiesta. Solo que la fiesta era la de la luna llena Night for Night y la había organizado la propia Aster. Era una idea genial. Un golpe de inspiración. Ahora, si conseguía librarse de Mitra, podría ponerla en funcionamiento.

—Y ha prometido dejarme en el centro comercial de camino. —Javen le lanzó su sonrisa más deslumbrante—. He quedado con unos amigos.

Aster le miró con enfado. Llevarle al centro comercial no entraba en sus planes, pero no tendría más remedio que seguirle la corriente.

—Eh, sí, claro, guay —dijo Aster—. Digo sí, claro —se corrigió atropelladamente. Mitra no soportaba el lenguaje informal, y Aster no podía correr ningún riesgo—. Voy a dejar a Javen en el centro comercial, pero tendrá que volver a casa por sus propios medios, *¿verdad, Javen?*

Se miraron el uno al otro (Javen con aire triunfal, Aster con expresión de incredulidad), pero, para asombro de Aster, su *nanny* no se dio cuenta.

—Crecéis demasiado deprisa. —Mitra apartó la servilleta de hilo de su regazo y se incorporó con esfuerzo. Aster corrió a ayudarla y Javen avisó a la doncella de que empezara a recoger los platos—. Eso es justamente lo que voy a decirles a vuestros padres cuando llamen esta noche y no estéis aquí para hablar con ellos.

Aster se alarmó. Había temido que Mitra dijera eso mismo, y en aquel mismo tono de reproche. Pero aquel instante pasó y la niñera recuperó su buen humor.

—Vamos, marchaos de una vez. Vivid la vida. Divertíos. Pero os quiero a los dos en casa a las once en punto.

Ahora se alarmaron los dos.

—Mitra, Safi tiene muchísimas cosas que hacer. A lo mejor me retraso un poco...

—Pero no mucho —repuso la niñera en tono tajante.

Su mirada no admitía discusión, y Aster no tuvo más remedio que asentir.

Luego, en cuanto Mitra ya no pudo oírla, agarró a Javen de la manga y dijo:

—Tenemos que hablar.

Aster miró por el retrovisor de su coche mientras sacaba su Mercedes del garaje subterráneo con espacio para doce coches.

—Esto no me gusta. —Miró a su hermano.

—Has mentido a Mitra. —Javen la apuntó burlonamente, meneando un dedo—. Además, lo sé todo sobre esa fiesta que estás montando en Night for Night —añadió muy satisfecho de sí mismo.

Aster frunció el ceño. Debería haber imaginado que su hermano se enteraría. La mayoría de sus amigas tenían hermanos pequeños más o menos de la misma edad que él.

—Estoy deseando ir. Ya sabes, como recompensa por no contárselo a Mitra.

—Eres menor de edad.

Aster se detuvo ante la gran verja de hierro del final de la avenida, pulsó el mando a distancia y observó cómo se abría la puerta.

—Tenemos carnés falsos.

—¿Ah, sí? —Aster le lanzó una mirada—. ¿De dieciocho años o de veintiuno?

—¿Tú qué crees?

Ella salió a la calle y avanzó ante una fila de mansiones resguardadas detrás de grandes verjas y altísimos setos, en dirección a Santa Monica Boulevard.

—Creo que hay una gran diferencia entre tener quince años y tener dieciocho. Y no digamos ya veintiuno.

—Entonces iré sin más. De todos modos, no puedes impedírmelo.

—¿Y cómo piensas entrar?

—Tengo amigos, Aster.

—Lo sé todo sobre tus amigos, te lo aseguro.

Miró por el parabrisas las calles perfectamente cuidadas, consciente de que su hermano acababa de tensarse a su lado.

—¿Qué quieres decir?

—Sé lo de tus amiguitos. Sé que te gustan más los chicos que las chicas. Y estoy segura de que prefieres que no se haga público.

No tenía ninguna prueba de lo que estaba diciendo, pero al ver que los ojos de Javen se dilataban llenos de temor y que su cara palidecía se sintió la peor hermana del mundo por servirse de sus tendencias sexuales para presionarle.

—Lo siento, Javen —se apresuró a decir, intentando reparar el daño que había hecho.

Le importaba muy poco que Javen fuera gay. Pero, por desgracia, sus padres y Mitra no lo verían del mismo modo.

—Tú sabes que quiero que vivas como tú quieras y que estoy dispuesta a ayudarte para que lo consigas, pero no puedes chantajearme delante de Mitra. Deberíamos colaborar, en vez de chantajearnos el uno al otro.

El color volvió lentamente a las mejillas de Javen.

—¿Significa eso que vas a colarme en la discoteca?

—No. —Arrugó el ceño—. Soy nueva en esto y no puedo correr ese riesgo.

—¿Y más adelante?

—Todo es negociable —respondió ella, a pesar de que sabía que en aquel caso no lo sería.

Hicieron el resto del camino en silencio, hasta que llegaron al aparcamiento del centro comercial, donde Javen había quedado con un amigo.

—Me cubrirás las espaldas esta noche, ¿verdad? —Aster necesitaba que se lo confirmara verbalmente para tener una cosa menos de la que preocuparse.

Javen asintió distraídamente, con la mirada fija en el chico que le esperaba.

—¿Sabes?, cuando papá y mamá nos dijeron que iban a pasar el verano en Dubái, supe que este iba a ser el mejor verano de mi vida. Pero cuando dijeron que Mitra iba a quedarse con nosotros, pensé que mi vida había tocado a su fin.

Aster se rio. A ella le había pasado lo mismo.

—Pero ahora que sé que nos respaldamos mutuamente, estoy seguro de que va a ser un verano mítico.

Javen esbozó una sonrisa tan bella, tan juvenil y llena de ilusiones que a Aster se le encogió el corazón. Su hermano estaba a punto de empezar su vida adulta, a punto de experimentar el gozo indecible y el dolor que podía ofrecerle el mundo. No había nada que ella pudiera hacer para ahorrarle los momentos de abatimiento que sin duda le deparaba el futuro, pero haría todo cuanto estuviera en su mano para defenderle de Mitra y de sus padres.

Javen se levantó y echó a andar con paso alegre hacia su amigo mientras ella, sobrecogida por una oleada de amor y afán de protegerle, tocaba la mano de Fátima de oro y diamantes que colgaba de su cuello y entonaba en silencio una plegaria por su hermano. Después, se dirigió a casa de Safi.

12

QUIERO QUE ME SEDEN

I WANNA BE SEDATED
The Ramones

Layla recorrió con la mirada la discoteca casi vacía y suspiró. Era la hora de cierre en Jewel, y había aún menos gente que antes. La pista de baile se había llenado tan poco que hasta el DJ parecía aburrido. Su primera noche de trabajo había sido un chasco. Y a pesar de que Karly aseguraba que el hermano del novio de la prima de un buen amigo había peinado una vez a Madison en el rodaje de una película y que por tanto era probable que fuera ella quien consiguiera atraerla al club, Madison no había aparecido. Aun así, habían conseguido atraer a público suficiente para que la noche no fuera del todo un desastre, aunque no gracias a Layla.

Aunque tenía bastantes amigos, ninguno de ellos era aficionado a las discotecas. Si le hubieran asignado el Vesper tal vez habrían aparecido, pero en cuanto se enteraron de que iba a promocionar Jewel, aquella discoteca tan pija y exclusiva, se apresuraron a arrugar la nariz de esa manera tan hipócrita y esnob propia de los *indies*, que nunca dejaba de divertir a Layla y de asombrarla. Pensándolo bien, el desdén que mostraban sus amigos por la gente convencional y adinerada les hacía tan esnobs como la gente convencional y adinerada a la que tanto despreciaban. Ellos, sin embargo, no lo veían de ese modo. En fin… Quería a sus amigos. Los quería por los mismos motivos por los que no se dejarían sorprender ni muertos en un lugar como Jewel. Pero aun así sentía que la habían dejado en la estacada.

Confiando en asegurarse algunos clientes para el fin de semana, se acercó a un grupo de chicas cuyos vestiditos minúsculos evidenciaban su deseo de llamar la atención.

—¡Hola! —dijo, ignorando sus miradas fulminantes—. Me preguntaba si os apetece que os haga una foto. —Agitó su móvil delante de ellas, juzgándolas tan vanidosas que sin duda no rechazarían su oferta.

—Eh, no, gracias. —La alta y rubia sonrió desdeñosamente, como si Layla fuera un viejo verde patético.

—No es para mí —se apresuró a explicar ella. Para bien o para mal, ella había empezado aquel lío y estaba decidida a ponerle fin—. Es para la discoteca. Soy una de las promotoras. —Hizo una pausa, dándoles tiempo para que se mostraran debidamente impresionadas, pero siguieron ante ella con los brazos cruzados y las cejas levantadas—. Iba a colgarla en Twitter e Instagram. Ya sabéis, en la página de Jewel.

Frotó los labios uno contra el otro, confiando en que no supieran que la discoteca no tenía ninguna cuenta abierta en las redes sociales. Ira pensaba que sus locales tenían demasiada clase para eso, un error garrafal al que ella pensaba poner remedio.

Esperó mientras conferenciaban entre sí, actuando como si aquello tuviera mucha más importancia de la que tenía en realidad. Layla se sintió tan rara y fuera de lugar como en su primer día en el instituto, cuando las chicas más populares de la clase la echaron de su mesa en el comedor, donde se había sentado por accidente.

—Muy bien —dijo por fin la rubia. Todo grupo tenía su líder, y saltaba a la vista que en aquel era ella quien llevaba la voz cantante—. Pero solo si nos dejas ver la foto antes de colgarla y si prometes poner nuestros nombres en la etiqueta.

Layla pestañeó. Cuántas exigencias.

—Quizá debería consultarlo primero con vuestros agentes —bromeó.

La miraron sin comprender.

—Trato hecho —añadió Layla.

Hizo una serie de fotografías y procuró no reírse cuando se juntaron y pusieron esa extraña boca de pato que parecía decir «mira qué sexy soy» y que Layla nunca había entendido. Tras anotar sus direcciones de Twitter e Instagram, que pensaba utilizar para atraerlas de nuevo al club, les gritó «¡Adiós!» mientras se dirigían a la salida. Pero se arrepintió de haberlo dicho en cuanto se echaron a reír.

Dios, qué patosa era. Mateo no tenía de qué preocuparse. Era imposible que ella quedara abducida por aquel mundillo. El tonto de Tommy tenía razón: si ni siquiera conseguía que se presentaran sus amigos y las chicas con boca de pato se reían de ella, ¿cómo demonios iba a atraer a Madison Brooks? Tenía que hacer algo rápidamente si no quería ser la primera eliminada.

Montó en su moto y bajó por el bulevar, prometiéndose a sí misma que no miraría cuando pasara por Night for Night y el Vesper. Solo haría que se sintiera peor, y sin embargo era tan competitiva que no pudo refrenarse y echó un vistazo de reojo.

Frente a Night for Night había un grupo numeroso de niños pijos, y Layla se preguntó cuántos de ellos frecuentaban ya el local y a cuántos habrían atraído Aster y su equipo.

Cuando llegó al Vesper aceleró, ansiosa por pasar el cruce antes de que el semáforo se pusiera en rojo, y maldijo su suerte cuando el coche de delante frenó y la obligó a detenerse a escasos metros de Tommy y de una rubia platino con medias de rejilla, botines de tacón de aguja y un vestidito negro en el que apenas cabía.

Por suerte Tommy estaba demasiado ocupado coqueteando con la rubia para fijarse en ella.

O no.

—¡Layla!

La llamó dos veces mientras ella miraba fijamente el semáforo, deseando que se pusiera en verde. De no ser porque había una cámara esperando para hacerle una foto y enviarle la multa directamente a su casa, se habría saltado el semáforo.

—¡Eh, Layla!

«Mierda». Ordenó mentalmente al semáforo que cambiara de una vez, pero siguió tercamente en rojo. Tommy se acercó y, parado en medio del bulevar, le tiró de la manga de la chaqueta de cuero negro.

—¿Qué te dije la última vez que nos vimos?

—Has venido a mi puerta. Sería de muy mala educación no saludarte —contestó él con una sonrisa, como si acabara de recitar un poema encantador.

—¿Te importaría soltarme la manga? —preguntó torpemente, pero había cometido el error de mirarle a los ojos y no se le ocurrió nada mejor.

Él bajó la mano pero siguió mirándola fijamente, con aquella sonrisa deslumbrante y aquellos profundos ojos azules.

Cambió el semáforo, pitaron algunos coches y Layla siguió allí, paralizada, odiándose a sí misma por cada segundo que dejaba pasar.

—¿Qué tal tu primera noche? —Tommy parecía inmune al caos que los rodeaba.

—Por lo visto no tan bien como la tuya. —Layla señaló con la cabeza a la chica, que se estaba haciendo *selfies* apuntando a su escote mientras aguardaba el regreso de Tommy.

—No tienes de qué preocuparte —contestó él—. Solo es una amiga.

—¿Preocuparme yo? —Layla le dedicó su mejor expresión de «muérete»—. No te hagas ilusiones.

Tommy no contestó. Ni siquiera se inmutó. Siguió allí, tranquilamente, delante de ella.

Layla miró a la chica y le miró a él. Y se puso furiosa. Debía de ser porque echaba de menos a Mateo. Rara vez discutían y, cuando lo hacían, siempre lo lamentaba. Sobre todo porque solía ser ella quien empezaba la discusión.

—Avísame si cambias de idea —dijo Tommy y, al ver su cara de perplejidad, añadió—: Sobre lo de compartir estrategia.

Ella frunció el entrecejo. A la mierda. Pagaría cualquier multa con tal de librarse de él y de su estúpida sonrisa.

Aceleró y cruzó la intersección en el momento en que el semáforo volvía a ponerse en verde. Necesitaba alejarse de Tommy y de la insidiosa convicción de que seguramente tendría que aceptar su oferta de ayuda, aunque sabía que no debía.

Había algo en él que la ponía nerviosa. Era como si viera a través de su piel, hasta el fondo de su ser, como si intuyera sus peores defectos, todas esas cosas en las que Mateo no reparaba o que perdonaba con excesiva facilidad. Y daba la impresión de que no le repelían en absoluto. Al contrario, parecía encantado con aquel descubrimiento, como si compartieran los dos los mismos defectos.

Condujo un par de manzanas más y luego se detuvo junto a la acera, buscó a tientas su teléfono y rezó para que Mateo estuviera todavía levantado y quisiera hablar con ella.

—¿Estás bien? —fue lo primero que le preguntó él, y Layla se sintió culpable por preocuparle.

—Creo que no estoy hecha para este trabajo —contestó ella con voz cansina—. He hecho el ridículo.

—Pues déjalo.

Layla frunció el ceño. Dejarlo estaba descartado. Prefería morir luchando que enarbolar la bandera blanca. Mateo ya debería saberlo.

El silencio se prolongó hasta que él dijo por fin:

—¿Dónde estás?

Layla vio a un indigente orinando en una pared mientras

otro rebuscaba en una papelera, junto a un carro de la compra que contenía todas sus posesiones.

—En la capital mundial del *glamour*.

—¿Por qué no te pasas por aquí?

—Puede que tarde un rato en llegar.

—No voy a ir a ninguna parte.

No se dio cuenta de lo tensa que estaba hasta que hundió los hombros, aliviada. Aunque no le gustara lo que hacía, Mateo siempre estaría allí, apoyándola. No era rencoroso. Y siempre tenía presente lo que de verdad importaba. La mayoría de las veces, Layla no entendía por qué la quería. Se limitaba a dar gracias porque así fuera.

Sintiéndose mejor, se guardó el teléfono en el bolsillo y volvió a incorporarse al tráfico. Todo iría bien. No perdería el norte. Podía tener a Mateo y su trabajo. No había por qué elegir. Aunque, si no se le ocurría alguna idea, tal vez Ira eligiera por ella.

13

TODOS QUIEREN GOBERNAR EL MUNDO

EVERYBODY WANTS TO RULE THE WORLD
Tears for fears

De pie junto a la cabina del *disk jockey*, Aster observaba a la multitud que se dispersaba lentamente, como una reina que contemplara a sus súbditos. Su primera noche de trabajo había sido un éxito rotundo. Era como si todos los alumnos recién graduados en los institutos privados más exclusivos de Los Ángeles se hubieran presentado luciendo calcomanías fluorescentes de estrellas y lunas, transformando así la pista de baile de Night for Night en una constelación bullente y giratoria, repleta de futuros magnates.

—Bonita vista —comentó Taylor poniéndose a su lado.

Aster miró de reojo a aquella chica rubia y guapa. Estaba sorprendentemente elegante y sexy con su minivestido de cuerpo perforado, a pesar de que al principio Aster la había tomado por una palurda.

—¡Gracias! —contestó con una sonrisa—. Ha venido mucha más gente de la que esperaba.

—¿Ah, sí? —Taylor entornó los ojos.

Aster desvió la mirada, negándose a seguirle el juego. Lo único que importaba era que había pasado la hora de cierre y la gente empezaba a dispersarse.

—Creía que éramos un equipo —repuso Taylor.

Aster siguió mirando la pista de baile. Vio a su amiga Safi

e intentó distinguir al chico con el que estaba antes de que se perdieran entre la multitud.

—Has acaparado la noche como si esto solo fuera cosa tuya. Si no quieres formar parte del equipo, no hay problema. Nos las arreglaremos muy bien sin ti.

—¿De veras? —Aster le devolvió la mirada y vio que mascullaba algo en voz baja y se alejaba hacia donde la esperaban Diego y Ash.

La primera noche de la competición y su equipo ya le había dado la espalda. Pues muy bien. ¿Qué sentido tenía trabajar en equipo si solo podía ganar uno? Aunque no entendía las normas, daba por sentado que sería más ventajoso para ella romperlas que seguirlas al pie de la letra.

La noche había sido un éxito y nada de lo que dijera Taylor podría cambiar eso. Sus únicos problemas urgentes eran el dolor de pies que tenía por culpa de los tacones de diez centímetros, y el dolor de mejillas que le había causado tener que sonreír y besar al aire constantemente. Gajes del oficio. En fin, más valía que se acostumbrara cuanto antes. Si las cosas seguían así, superaría la primera semana sin ningún contratiempo.

—Aster... —Ira se acercó a ella por detrás—. ¿Tienes un momento?

Le siguió escaleras arriba, hasta un despacho de aspecto tan estrictamente profesional como el propio Ira. No había en él ni un solo toque personal. Le indicó una silla y Aster tomó asiento elegantemente. Sofocando un suspiro de alivio por poder sentarse al fin, se frotó las pantorrillas doloridas mientras Ira revolvía papeles en su mesa.

—La afluencia de público no ha sido mala, para ser jueves. —Él sacó un sobre blanco con el logotipo de Unrivaled Night y se reclinó en su silla.

Aster sonrió tranquilamente mientras en su corazón sonaban campanas de alegría.

—¿Te importa decirme cómo lo has conseguido?

—He creado una fiesta dentro de la fiesta. Les dije a todos mis contactos que, si traían un *tatu* con una estrella dorada o una luna, podrían entrar. —Levantó el brazo para enseñarle la calcomanía que llevaba en la muñeca. Luego, sintiéndose torpe bajo el brillo de su mirada fija, bajó la mano—. El caso es que tenían que recurrir a mí para conseguir los *tatus*, e imagino que se ha corrido la voz.

Se encogió de hombros. No quería reconocer que seguramente les había robado posibles clientes a sus compañeros de equipo.

—¿Y?

Aster se removió en su asiento, sin saber muy bien qué quería decir Ira.

—Les prometiste *tatus* fluorescentes, ¿es eso? ¿No consumiciones gratis ni un descuento en la entrada?

—¿Puedo hacer eso? —repuso ella, y se preguntó por qué no se le habría ocurrido antes.

—Solo si se trata de gente famosa. Pero ninguno de ellos lo era.

Aster se hundió un poco más en la silla. Ya no se sentía tan satisfecha de sí misma como un minuto antes.

—Creo que a la gente le gusta sentirse parte de algo que mola.

Ira le lanzó una mirada pensativa.

—Lo que ha dado resultado un jueves no te servirá un sábado. Tienes que apuntar más alto.

Ella fijó la mirada en su regazo.

—Bien, sé que estás cansada, así que ten. —Ira deslizó el sobre por encima de la mesa y, sin necesidad de mirar dentro, Aster supo que estaba lleno de billetes.

Levantó la vista y se sostuvieron la mirada un momento mientras Aster se preguntaba qué esperaba él a cambio.

—Vaya… Gracias. —Estudió el sobre, deseando creer que se trataba de un premio merecido y no de algo turbio que la haría sentirse sucia y degradada.

—Soy yo quien debe darte las gracias. —Ira la observó con aquellos ojos azules oscuros que veían demasiado y no dejaban traslucir nada—. Vas a descubrir que puedo ser muy generoso con quienes me impresionan. —Señaló el sobre con la cabeza mientras Aster buscaba la respuesta perfecta, sin encontrarla—. Aunque te advierto…

Su mirada se hizo más profunda, como si pudiera ver a través de su vestido y atravesar su carne. Tenía edad para ser su padre y sin embargo Aster no pudo evitar preguntarse cómo sería besarle. Y no porque quisiera hacerlo. No quería. En absoluto. Pero aun así Ira hacía que sus novios anteriores parecieran un vergonzoso desfile de críos subdesarrollados y torpones.

—Rara vez me impresiona lo mismo dos veces.

La voz de Ira la sacó de sus cavilaciones. Frotó los labios uno contra otro y se tiró del vestido hacia las rodillas, confiando en no haber revelado inadvertidamente lo que estaba pensando.

Hizo un gesto afirmativo con la cabeza, consciente de que acababa de anotarse un tanto en un marcador todavía vacío. Al día siguiente, a primera hora, en cuanto hubiera descansado lo suficiente, se pondría a discurrir nuevas ideas. Sofocó un bostezo. Esperó a ver si la conversación continuaba. Pero cuando Ira se levantó ella se apresuró a hacer lo mismo.

Él rodeó la mesa para tenderle la mano, una mano que prácticamente se tragó la suya, capaz de aplastarle los dedos sin ningún esfuerzo.

—Ahora, vete a descansar.

La condujo de vuelta a la discoteca casi vacía y Aster se preguntó si pensaba acompañarla hasta su coche. Y si así era, ¿qué debía pensar? ¿Que era algo violento, erótico, grotesco? Antes de que llegara a una conclusión, él le dijo a James, uno de los porteros, que la acompañara fuera y Aster se guardó el sobre en el bolso y se dirigió a su Mercedes. Esperó a que James se marchara para abrir el sobre y echar un vistazo al fajo de billetes de veinte y cien dólares. No había duda: era un montón de dinero. Pero no era tan tonta como para quedarse sentada dentro del coche en medio de Hollywood Boulevard, contando billetes.

Volvió a guardar el dinero en el bolso y arrancó, satisfecha por haber conseguido que Ira se fijara en ella por algo más que su físico.

Ahora, si conseguía entrar en casa sin que Mitra se enterara, la noche sería perfecta.

14

SEXO Y GOLOSINAS

SEX AND CANDY
Marcy Playground

Tommy volvió al Vesper, consciente de que la chica (Serena, Savannah, Scarlet... No estaba seguro de su nombre) le seguía.

¿Cuánto tiempo hacía que no estaba con una chica? Resultaba demasiado deprimente calcularlo, pero lo hizo de todos modos. Desde Amy, su exnovia de Oklahoma. Justo antes de decirle que se marchaba. Después, solo había habido lágrimas, reproches y... Era mejor no pensar en ello. El hecho era que su estancia en Los Ángeles había sido una larga y brutal sequía amorosa. A la gente de allí le encantaba quejarse de lo poco que llovía. Pues él estaba pasando por un periodo de hambruna, y si aquella chica cuyo nombre no recordaba le ofrecía algún alivio, ¿quién era él para rechazarlo?

No tenía por qué sentirse culpable. No tenía que rendir cuentas a nadie. Además, uno no podía pasar tanto tiempo sin sustento. Posó los ojos en el festín que se le ofrecía (los pechos perfectos, seguramente falsos, pero ¿qué más daba eso?, la cintura estrecha que se ensanchaba en unas caderas rotundas con la curvatura de un reloj de arena), la miró a los ojos y dijo:

—Seguramente deberías irte.

Ella pestañeó y se inclinó un poco sobre sus tacones vertiginosos.

—¿Hablas en serio?

Daba la impresión de no poder creer que estuviera rechazando un bocado tan exquisito. También a Tommy le costaba creerlo.

Aun así, y por tentadora que fuese, no quería conformarse con pasar una noche con una tía buena con la que no tenía nada en común. Sabía algo de música, como una *groupie* cualquiera, pero eso podía perdonárselo. Lo que le resultaba insoportablemente aburrido era que le diera la razón en todo.

—Lo siento —dijo—. La discoteca ya ha cerrado.

—No me lo puedo creer. —Hizo un mohín adorable, pero no se movió.

—Si eso hace que te sientas mejor, yo tampoco. —Tommy se encogió de hombros.

—¿Es por tu novia?

Él entornó los ojos, desconcertado.

—La chica de la moto. —Ella señaló hacia la puerta que llevaba a la calle.

Le estaba ofreciendo una salida que salvaría la cara de ambos, pero como no quería mentirle contestó:

—Es complicado.

—Siempre lo es, ¿no? —Le dedicó una sonrisa de soslayo y le dio un beso en la mejilla, dejándole en la piel un aroma a ternura, a promesas y a mujer.

Tommy tuvo que hacer un esfuerzo para no echar a correr tras ella.

Los camareros aún estaban recogiendo. El gerente estaba en la parte de atrás, en algún sitio. Y como estaba demasiado alterado para regresar a su cuchitril, Tommy agarró una guitarra que había por allí, ocupó su lugar en el escenario y empezó a tocar. Estaba tan absorto en su música que hasta que terminó de tocar el segundo tema no se dio cuenta de que Ira Redman le estaba observando.

Se descolgó la guitarra y la apoyó en el taburete, acobardado por la intensa y áspera mirada de Ira.

—Necesitaba desahogarme un poco —dijo Tommy sintiendo el impulso de explicarse, pero deseó no haberlo hecho tan torpemente.

—Es curioso que hayas elegido la música y no a la chica.

Tommy se quedó mirándole. ¿Cuánto tiempo llevaba observando?

—¿Qué tal ha ido la primera noche?

Se encogió de hombros.

—Dímelo tú.

—Me interesa más tu opinión.

A diferencia del resto de su equipo, Tommy no tenía un gran grupo de amigos a los que invitar al local. Así que había hecho imprimir unas tarjetas, las había repartido en su tienda de discos favorita y se había asegurado de dejar algunas en el centro de yoga que había calle abajo. No era una estrategia genial, pero habían acudido bastantes clientes anónimos y unas cuantas chicas impresionantes aficionadas al yoga.

Ira le miró fijamente mientras esperaba una respuesta, pero Tommy sabía que no debía jactarse. Sobre todo, porque no tenía nada de qué presumir. Ira sin duda le pondría en evidencia. Le haría sentirse aún más trémulo de lo que ya se sentía. Era implacable. Prueba de ello era cómo había abandonado a su madre al enterarse de que estaba embarazada. Le había dejado algún dinero, claro: lo justo para pagar el aborto. Pero no se había quedado el tiempo suficiente para acompañarla a la clínica. Ira daba siempre por sentado, como hacía ahora, que todo el mundo cumplía su voluntad. Seguramente ni siquiera se le había pasado por la cabeza que la madre de Tommy hubiera invertido aquel dinero en comprar pañales y una cuna.

—Podría haber ido mejor —reconoció Tommy finalmente—. Y así será. Tengo una idea de la que me gustaría hablarte si tienes un minuto. —Bajó del escenario. Prefería estar a la misma altura que él—. Me gustaría convertir la sala de dentro en una zona privada.

Ira arrugó el ceño.

—Ya es una zona privada.

—No, me refiero a una zona VIP con acceso restringido.

—Es donde descansan los grupos entre actuaciones.

—Exacto —dijo Tommy—. Tenemos un buen programa de actuaciones para el verano y, si abrimos esa sala a un grupo selecto de gente y le damos una atmósfera más acogedora, podríamos aumentar la recaudación y elevar nuestro prestigio.

Ira le miró de arriba abajo, pero no dijo nada.

—Y quiero llevarla yo y conseguir tantos por los clientes famosos a los que atraiga, dado que la idea ha sido mía.

—¿Qué hay de tu equipo?

—¿Qué pasa con ellos? —Tommy se encogió de hombros desdeñosamente.

—¿A qué famosos vas a traer?

—De momento, a ninguno. —No tenía sentido mentir—. Pero pronto traeré a muchos. A más de los que caben en esa sala.

Ira se levantó sin decir palabra y se dirigió a su despacho. Volviendo la cabeza, dijo:

—De momento, ¿por qué no buscas un plan que no dependa de mi ayuda?

Tommy miró con furia su espalda, preguntándose a quién odiaba más en ese momento: si a Ira o a sí mismo. Era una buena idea, casi genial, pero su manera de plantearla había sido un desastre, al mismo tiempo engreída y chapucera. No era de extrañar que Ira no le hubiera tomado en serio. Aun así, confiaba en que no le robara la idea y le negara a él todo el mérito.

Agarró su cazadora de cuero, salió dando un portazo y se dirigió a su destartalado coche. A la mierda. Encontraría otro modo de aumentar la recaudación e impresionar al viejo, hasta obligarle a reconocer su mérito. Tenía otra idea a la que había estado dándole vueltas, pero confiaba en poder dejarla para más adelante, por si acaso se encontraba en situación desesperada. Era muy arriesgada y podía meter en un problema serio a la discoteca, pero no veía razón para esperar. Ir a lo seguro nunca daba buen resultado. Como mínimo, Ira admiraría su ímpetu y su ambición. Y si la cosa salía bien, sería el ganador. Pondría a prueba su idea al día siguiente, el sábado lo tendría todo listo y el domingo Ira le estaría felicitando por lo bien que había hecho su trabajo.

Se preguntó si Layla conseguiría superar aquellos tres días.

Sonrió al recordar su cara: esa dulce cara de duende, con sus labios fruncidos, sus ojos claros y separados y un cutis tan fino como la porcelana.

Tratándose de la red de contactos que necesitaba para triunfar en aquel trabajo, Layla se saboteaba a sí misma. Los Ángeles era una ciudad de actores y narradores, poblada por personas que se sentían más a gusto encarnando un papel que mostrándose tal y como eran, y quien se llevaba la palma era siempre quien mejor fingía.

Layla, sin embargo, *solo* sabía ser ella misma. No tardaría en darse cuenta de que él tenía razón desde el principio.

Todas las Scarlets, Savannahs y Serenas del mundo no tenían nada que hacer a su lado. Tommy había esperado mucho tiempo para estar con una chica. Podía aguantar un poco más, hasta conseguir a la que de verdad le interesaba.

15

JOVEN Y BELLA

YOUNG AND BEAUTIFUL
Lana del Rey

Por suerte Javen había silenciado la alarma de la casa y Aster pudo colarse en su habitación sin alertar a Mitra y caer en un sueño profundo y reparador. O al menos lo fue hasta que a la mañana siguiente sonó su teléfono, anunciándole la llegada de un mensaje de texto en el que una de las asistentes de Ira le confirmaba que Night for Night había sido el club con mayor recaudación, gracias a sus esfuerzos. Su equipo, en cambio, no dio señales de vida, lo que hizo que se sintiera mal. No estaba acostumbrada a que la odiaran.

¿Qué era lo que solía decirse acerca de que el éxito engendraba desprecio? Al parecer, era cierto.

Se apoyó contra el cabecero forrado de seda de la cama, buscó en su bolso el sobre que le había dado Ira y desplegó su contenido sobre las sábanas blancas. A pesar de la enorme riqueza de la familia, sus padres eran muy tacaños con Javen y ella. Tenía exactamente dos vestidos que podía ponerse para ir a la discoteca: el que se había puesto para la entrevista y el de la noche anterior. El resto de su vestuario consistía en prendas a las que su madre daba el visto bueno, lo que significaba que tenía que comprarse urgentemente más vestidos, sensuales pero con clase, nada de chabacanerías. También tendría que comprar unos cuantos pares de zapatos. Y quizá también algunas joyas modernas y bien

123

escogidas, de esas que harían desmayarse a su madre si alguna vez la pillaba llevándolas.

Guardó el dinero en su cartera, llamó a la doncella para que le subiera café y se metió en la ducha. Tenía un largo día de compras por delante.

Aster había crecido en Beverly Hills: conocía numerosas tiendas que podrían haberle servido, pero buscaba alguna que no tuviera ninguna relación con su madre. Por suerte su madre, que era fiel clienta de Saks, nunca había pisado Neiman's, de modo que allí fue donde Aster se encaminó primero.

Dejó el coche en manos del aparcacoches, subió por la escalera mecánica y estuvo largo rato curioseando sin prisas entre los largos percheros repletos de vestidos. Cuando tenía que comprar algo importante, prefería hacerlo sola. Todavía no había conocido a una sola vendedora que no intentara imponerle su gusto personal.

Se llevó todo lo que había elegido a un probador y se probó rápidamente un montón de vestidos ajustados, hasta reducir la lista a uno absolutamente fabuloso y dos de repuesto. Estaba a punto de cambiarse y bajar a la sección de zapatería cuando oyó decir a una chica en el probador de al lado:

—¿A qué no sabes quién está aquí? Ese tío de la tele, ya sabes, el de los ojos verdes y… No puedo creer que se me haya olvidado su nombre. El que sale con Madison Brooks.

Aster se pegó a la puerta, con el corazón latiéndole a mil por hora.

—Ryan Hawthorne —susurró, y esperó a que la chica se lo confirmara.

—¿Ryan Hawthorne?

—Sí, está abajo. Seguramente comprando algo para Madison.

—Si se acaba su serie, será el último regalo que le haga en mucho tiempo.

Se rieron las dos.

—Tienes que verle. En persona es aún más guapo.

—Voy. De todos modos no quiero estos vaqueros. Me hacen mucho culo.

Sin esperar a oír más, Aster salió del probador vestida con el más provocativo de los tres vestidos y se dirigió al piso de abajo. Por desgracia la chica no había dicho dónde estaba Ryan, pero si de verdad estaba comprándole un regalo a Madison, estaría en el departamento de cosmética, en el de bolsos o en el de joyería. Demasiado terreno en el que buscar.

Pasó junto al mostrador de perfumería, dejó atrás un montón de bolsos de Prada y estaba virando hacia una vitrina llena de collares cuando se dio cuenta de que la chica debía de haberse equivocado. Con su pelo rubio revuelto, su piel bronceada y sus ojos verdes, Ryan Hawthorne era imposible de confundir con otra persona, y por lo que veía Aster no había un solo chico en la tienda que se pareciera a él, aunque muchos lo intentaran.

«Era demasiado bueno para ser verdad». Lanzó una última mirada al mostrador de joyería mientras se dirigía a la sección de zapatería y vio a un chico de la estatura y la complexión de Ryan, con gorro de punto negro y gafas de sol oscuras. Naturalmente, Ryan no saldría a la calle sin disfrazarse un poco. Incluso en una tienda acostumbrada a tratar con gente famosa, siempre habría algún que otro turista dispuesto a abordarle. Pero, a pesar de su intento de pasar desapercibido, cuanto más le miraba Aster más se convencía de que era él.

Hasta desde aquella distancia comprobó que, en efecto, era aún más guapo en persona. Pero lo más importante era que ya estaba pagando, lo que significaba que podía marcharse en cualquier momento. Tenía que actuar deprisa.

Agarró los primeros *manolos* que encontró, se puso uno, se

colocó delante de un espejo ladeando la pierna de tal modo que el vestido se le subiera un poco más y esperó a que Ryan Hawthorne pasara a su lado.

Solo que no pasó.

Se paró en seco y levantó sus gafas de sol para admirar mejor la vista. No era un gesto que hablara muy bien de él, teniendo en cuenta que salía con la *it girl* del momento, pero Aster se lo tomó como una señal de que iba por buen camino.

Aquel trabajo, el vestido, los zapatos, todo parecía conducirle a algo bueno. Y la mirada descarada de Ryan, rebosante de deseo, bastó para que se armara de valor y preguntara:

—¿Debería comprarlos?

Se subió un poquito más el vestido.

—Yo voto porque sí —respondió él con voz ronca y gutural, intentando en vano refrenar la sonrisa que se extendió por su cara perfectamente cincelada.

Aster deslizó la mirada por su famosa musculatura, cubierta en esos momentos por unos vaqueros y una camiseta. Se le aceleró el pulso, empezaron a temblarle las manos y aun así consiguió mirarse al espejo y decir:

—Umm, no sé... —Movió las caderas, consciente de que Ryan la miraba con una sonrisa bobalicona, incapaz de moverse.

—Tengo la sensación de que no puedo irme hasta saber cómo acaba esto —dijo, ajeno al enjambre de vendedores y clientes que empezaba a congregarse a su alrededor, atraído por el olor a escándalo en ciernes.

Pero lo último que quería Aster era meter a Ryan en líos con la prensa, y menos aún con Madison, a la que reverenciaba y necesitaba a toda costa. El destino había puesto a Ryan en su camino. Ahora le tocaba a ella aprovechar al máximo esa oportunidad.

—Bueno, siempre puedes pasarte por Night for Night mañana por la noche, a ver qué decido. Si los compro, me los pondré. —Se volvió de nuevo y le lanzó su sonrisa más seductora.

Pensando que era mejor dejarle con la miel en los labios, le lanzó una última mirada provocativa y se dirigió al probador. Estaba tan alterada por lo que acababa de ocurrir que apenas podía contenerse. No era su primer encuentro con un famoso, pero sí el primero que importaba.

Si sabía algo de hombres, sobre todo de hombres mimados y ricos (¿y acaso no era una experta, habiendo pasado toda su vida rodeada de ellos?), Ryan no olvidaría fácilmente aquel encuentro.

Solo era cuestión de tiempo que se pasara por la discoteca y, si aparecía con Madison, aún mejor. En cualquier caso, la victoria pronto sería suya.

16

LÍNEAS BORROSAS

BLURRED LINES
Robin Thicke

Acurrucada de lado a la sombra de una gran sombrilla, Madison Brooks disfrutaba de la vista de su enorme piscina, que parecía precipitarse por el borde del barranco que se abría más allá. Después de su lujoso vestidor, el jardín era su lugar preferido de la casa. Se había criado a miles de kilómetros de cualquier trozo de tierra donde pudiera crecer una palmera, y aquel paraíso tropical era otro símbolo de lo lejos que había llegado.

Era su primer día libre en… Hacía tanto tiempo que ni siquiera se acordaba de cuándo había sido la última vez que había disfrutado de un sábado sin tener una reunión, una prueba de vestuario o un guion que leer. El día se extendía ante ella como un delicioso bufé repleto de viandas exquisitas, pero Madison se contentaba con quedarse allí, tumbada en el diván, disfrutando del hecho de no tener absolutamente nada que hacer ni ningún sitio al que ir.

—Hola, nena.

Al oír la voz de Ryan, Blue, que dormitaba a su lado, levantó la cabeza, aguzó las orejas y dejó escapar un gruñido enseñando los dientes. Madison jugueteó con la idea de ordenarle que atacara. No lo haría, desde luego, pero aun así le dieron tentaciones.

Desde un punto de vista puramente físico, Ryan era un sueño hecho realidad. Su cabello rubio reflejaba los rayos del sol como si estuviera salpicado de polvo de oro, sus piernas musculosas se tensaban mientras caminaba enérgicamente hacia ella, sus bíceps sobresalían por el esfuerzo de llevar los brazos cargados con bolsas de Neiman Marcus... Era fácil ver por qué era pasto de las fantasías eróticas de miles de adolescentes (y de buena parte de sus mamás).

—¿Me traes un regalo? —Madison se bajó las gafas por la nariz.

Estaba cansada de él, sí, pero siempre agradecía los regalos, y rara vez los devolvía.

Él le dedicó su sonrisa deslumbrante (su gallina de los huevos de oro, como solía llamarla él) y comenzó a revolver entre las bolsas hasta que encontró la que buscaba.

—¿Me ha gruñido? —preguntó mirando a Blue con recelo.

Madison vio que el perro saltaba de su tumbona y se encaminaba hacia la casa. Se sentó más derecha, cruzó las piernas y hurgó entre varias capas de papel de seda blanco, hasta que sacó del fondo un estuchito cuadrado.

Aros. Otro par de aros. Solo que estos eran mucho más bonitos que casi todos los que tenía, debido a las pequeñas turquesas que los adornaban. Madison deslizó un dedo por el borde de uno de ellos, más satisfecha de lo que aparentaba.

Se inclinó para darle un beso somero en la mejilla, pero él volvió la cabeza en el último momento, abrió los labios y sacó la lengua al mismo tiempo que la agarraba por la parte de atrás de la cabeza y hundía los dedos entre su pelo, acercando la cara de Madison a la suya.

—Te echaba de menos, nena —le susurró junto al cuello y el pelo antes de volver a besarla.

La apretó contra sí un poco, y luego un poco más. Y cuando posó la mano sobre su pecho y comenzó a deslizar los dedos por debajo del sujetador del bikini, Madison apoyó firmemente la palma contra su pecho y le apartó de un empujón.

—Tranquilo, tigre —dijo en tono juguetón mientras hacía un esfuerzo por no limpiarse la boca con la toalla. Y no porque

Ryan besara mal, sino porque cualquier beso sabe mal cuando procede de alguien a quien apenas soportas—. Quiero probarme mis pendientes nuevos antes de que te dejes llevar por la pasión.

Confiaba en poder distraerle el tiempo suficiente para que se olvidara de aquella interrupción.

Estaba convencida de que el estatus de rompecorazones del que disfrutaba Ryan se debía a que ninguna de sus admiradoras podía imaginar los extraños ruiditos y las caras grotescas que ponía durante el acto sexual. Pero sus tiempos como *sex symbol* adolescente estaban tocando a su fin. Su serie estaba a punto de cancelarse. Los guionistas se habían quedado sin ideas, el argumento se había estancado y la audiencia caía sin cesar. No había duda: la serie estaba condenada. Si su agente no le encontraba algo a toda prisa (a ser posible, algo mejor que la ridícula serie para adolescentes que le había hecho famoso), en menos de un año Ryan pasaría a ser oficialmente un recuerdo del pasado.

Aparte de un puñado de privilegiados capaces de sobrevivir a cualquier bache sin perder su club de fans, en Hollywood, por regla general, un actor valía lo mismo que su último proyecto. El público era voluble y caprichoso: tan pronto te prometía amor eterno como empezaba a buscar una cara nueva a la que adorar.

Era el momento adecuado para cortar con Ryan. Si el objeto de su relación era promocionarse mutuamente, Ryan estaba a punto de convertirse en un grave estorbo. Y Madison no veía ni un solo motivo para posponer lo inevitable.

—Preciosa.

Ryan aparentó contemplar su rostro a pesar de que saltaba a la vista que estaba distraído. Como si estuviera mirando hacia dentro más que hacia fuera, o como si otra persona hubiera atrapado su atención.

—Bueno, ¿qué más me has traído?

Madison le estudió cuidadosamente, segura de que no había más regalos. Le interesaba más su reacción. Ryan era uno de esos actores que necesitaban en todo momento un guion en el que apoyarse. Improvisar no era su fuerte.

Frunció las cejas como si hubiera olvidado dónde estaba… o con quién.

¿Cabía la posibilidad de que se hubiera cansado de ella tanto como ella de él?

Por primera vez desde hacía mucho tiempo, Madison sintió curiosidad por él.

—Eh, nada —contestó Ryan con aire distraído mientras se esforzaba por volver al presente—. Lo demás son cosas básicas que tenía que reponer. Las llevaba en el coche y se me ha ocurrido traerlas por si me quedo a dormir.

Ella asintió como si lo entendiera, y lo entendía, en efecto, pero no como él creía. Ryan le estaba ocultando algo. Y aunque en parte le importaba muy poco, otra parte de ella (la parte que vigilaba atentamente su imagen y todo cuanto pudiera dañarla) se puso en alerta roja.

—He pensado que esta noche podíamos salir por ahí —propuso Ryan como si «salir por ahí» fuera algo que rara vez sucedía, cuando en realidad ambos sabían que era la base de su relación.

Era esencial que los vieran juntos.

Pero en lugar de acceder inmediatamente, como solía hacer, Madison se recostó lenta y lánguidamente en su tumbona y apoyó la cabeza en el brazo, realzando sus pechos de un modo que solía resultar irresistible para Ryan. Al ver que apenas se fijaba en ello, comprendió que o bien la había engañado o bien estaba a punto de engañarla.

—No sé… —dijo arrastrando las palabras—. ¿Qué tenías pensado?

Él se rascó la barbilla como si se lo pensara, pero el temblor de su rodilla le delató.

—Podríamos cenar en Nobu Malibu. Hace tiempo que no vamos por allí.

Madison entornó los párpados. Ignoraba adónde quería ir a parar Ryan, pero había algo tan furtivo y culpable en su modo de hablar que comprendió de inmediato que no rompería con él esa noche. Por primera vez desde que salían juntos, se preguntaba si quizá no sería ella la única que se tomaba aquello como un juego.

—Umm, puede ser —dijo ronroneando como un gato.

Descruzó las piernas lenta y seductoramente y volvió a cruzarlas, dejando que uno de sus muslos perfectos se deslizara sobre el otro. Sin duda Ryan se daría cuenta. Y reaccionaría.

—Como quieras, nena. —Fijó la mirada en ella y su voz adoptó aquel tono profundo que Madison conocía tan bien—. La cena puede esperar, pero esto… —Deslizó el dedo índice por sus costillas, hasta el valle que formaba su vientre tenso y plano, y lo introdujo bajo el elástico de las braguitas del bikini—. Esto no me lo quito de la cabeza.

Se inclinó hacia ella y Madison cerró los ojos, pensó en un chico de un lugar muy lejano y le besó con un ardor que los sorprendió a ambos.

17

DALO TODO O VETE A CASA

GO HARD OR GO HOME
Wiz Khalifa & Iggy Azalea

—Tío, ¿vas a dejarnos pasar o qué?

Tommy miró más allá del portero y vio a los dos chavales a los que conocía de Farrington's. Le habían pedido que fuera a la puerta a tratar con ellos, y lo único que se le ocurrió pensar fue: «¿Cómo rayos me han encontrado?».

—¡Tenemos que estar en esa lista, tío! —gritó uno de ellos.

¿Era Ethan? Tommy no se acordaba de sus nombres. Ni siquiera los distinguía.

Miró más allá de ellos. La cola era larga y estaba llena de gente más importante y de edad más idónea.

—¿Los conoces? —El portero le lanzó una mirada impaciente.

Asintió de mala gana, consciente de que, si no lo hacía, montarían una escena que no podía permitirse.

—¿Tienen dieciocho años?

—¡Veintiuno, tío! —exclamó Ethan levantando el puño como un crío.

—Dieciocho. —Tommy les lanzó una mirada de advertencia, sabiendo que ni siquiera eran mayores de edad.

—Si tú lo dices. —El portero no parecía muy convencido, pero levantó el cordón de todos modos y los dejó pasar.

—¡Genial!

Entraron en el local en penumbra, meneando la cabeza mientras se fijaban en las paredes cubiertas de grafitis, en el amplio escenario, la barra atestada de gente y las chicas guapas.

—¿Se puede saber qué hacéis aquí? ¿Es que me estáis siguiendo? —Tommy los agarró por la manga y tiró de ellos.

Les tenía más cariño del que quería reconocer, pero estaba enfadado porque se hubieran presentado allí.

—Qué más quisieras tú —contestó Ethan con una mueca desdeñosa, y se desasió de un tirón—. Esto mola mucho más que tu último trabajo —dijo—. Me alegra que nos hayamos mantenido en contacto.

—No nos hemos mantenido en contacto. —Tommy sacudió la cabeza, intentando no reírse.

No quería darles alas.

—Bueno, ¿cuándo vas a darnos una de esas pulseritas negras para que empiece la fiesta? —preguntó el otro.

Mierda, ¿cómo se llamaba? Colpher. Eso era. Una especie de apellido convertido en nombre de pila.

Se quedó mirándolos.

—¿Cómo os habéis enterado de eso?

—Se ha corrido la voz, hermano.

Sonrieron expectantes mientras Tommy se pasaba una mano por la barbilla, intentando decidir si eso era bueno o malo.

Era la segunda noche de prueba, y al parecer ya se había corrido la noticia por las tiendas de guitarras y los parques de *skate*. La generosidad con que repartía las pulseras negras normalmente reservadas para los mayores de veintiún años había atraído a más gente de la que esperaba. Y aunque no veía nada de malo en poner tres años de más a gente de dieciocho ansiosa por disfrutar de la fiesta, aquellos dos tenían catorce, como mucho, y Tommy no quería corromperlos más aún de lo que ya lo estaban.

—Mirad… —Se pasó una mano por el pelo y, al mirar hacia la puerta, vio que seguía entrando gente—. Podéis quedaros todo el tiempo que queráis pero no causéis problemas, y ni se os ocurra birlar una pulsera negra.

Vio que ponían una cara de desilusión casi cómica.

—Eres el peor relaciones públicas de la historia —le espetó Colpher.

—¿Por qué nos haces esto? —preguntó Ethan.

—Sí, ya, ya. —Tommy se rio y los condujo hasta un lugar cerca del escenario que normalmente reservaba para los clientes VIP—. Disfrutadlo mientras podáis —les dijo—. Y prestad atención al grupo que viene ahora. A lo mejor aprendéis algo. Pero, recordad, os estoy vigilando. —Se señaló los ojos con dos dedos y luego los señaló a ellos—. Si hacéis el idiota, no dudaré en llamar a vuestros padres para que vengan a recogeros.

Los vio acomodarse, muy satisfechos de sí mismos. Luego, tras asegurarse de que nadie de su equipo le miraba, salió a hurtadillas por la puerta lateral y bajó por el bulevar.

18

LA POLÍTICA DEL BAILE

THE POLITICS OF DANCING
Re-Flex

Faltaban menos de dos horas para que acabara oficialmente la primera semana de competición. En menos de doce horas, Layla sería la primera eliminada. No le costaba imaginarse la cara que pondría Aster, la Puta Reina, cuando Ira dijera, inevitablemente, su nombre. Agitaría su lustrosa melena por encima del hombro y, sentada en el mullido cojín de su trono, arquearía altivamente una ceja con expresión desdeñosa y vería a Layla marchar derrotada, con el rabo metafóricamente entre las piernas.

Aquello que la convertía en una bloguera de éxito la hundía como relaciones públicas. Podía ser mordaz e ingeniosa, pero en el fondo era también una solitaria que derrochaba sarcasmo, más acostumbrada a burlarse del mundillo de los famosos que a hacerle la corte. Sus lamentables intentos de atraer gente a Jewel (mediante ineficaces invitaciones y llamamientos a través de las redes sociales) la habían hecho sentirse como la mayor farsante del mundo.

Recurrir a su blog le parecía cutre y poco profesional. A la larga, le perjudicaría. Pero si por casualidad conseguía superar aquella semana, no perdería ni un instante: menos sobornar a sus lectores, haría cualquier cosa por atraerlos a Jewel. De lo contrario, no tenía sentido continuar. El estrés de intentar mantener su trabajo en la discoteca y su relación con Mateo la estaba dejando agotada. Aunque no era rencoroso, Mateo no la apoyaba, y tenía la sensación de que su mundo se había partido en dos mitades desiguales, incapaces de adaptarse la una a la otra.

Karly y Brandon pasaron por allí y le lanzaron una mirada de fastidio. Seguramente se la merecía, pero no era culpa suya carecer de amigos adecuados para triunfar en aquella empresa. Era como si estuvieran otra vez en el instituto. Se sentía fuera de su elemento, no encajaba. Solo que en sus tiempos en el instituto se le daba mucho mejor fingir que no le importaba.

«A la mierda. Que les den por saco a todos. A Ira también. A la mierda con todo». Se dirigió al bar, se metió detrás de la barra y se sirvió un chupito de tequila. Había fracasado estrepitosamente. Lo menos que podía hacer era embotar un poco el dolor.

—La última vez que me tomé uno de esos, me lo bebí directamente de un ombligo, con una pizca de limón y de sal, pero tengo entendido que en un vaso es igual de efectivo.

Tommy apareció ante ella. Sus ojos de color azul marino la observaban con un destello divertido.

Layla arrugó el entrecejo, echó la cabeza hacia atrás y apuró el tequila de un trago.

—No deberías estar aquí.

Dejó el vaso en la barra con más violencia de la que pretendía. El alcohol comenzó a difundirse al instante por su torrente sanguíneo, calentándola desde dentro y obrando su efecto mágico. Era tan agradable que agarró la botella y se sirvió otro.

—¿Alguna vez vas a dejar de ser tan borde conmigo? —Tommy apoyó las palmas en la barra y se inclinó hacia ella con expresión esperanzada.

—Claro. —Layla deslizó un dedo por el borde del vaso—. Aguanta la respiración y espera a que suceda. —Apuró su copa y volvió a llenarla.

—Me gusta que seas tan sincera. —Señaló la botella—. Pero por si no te has enterado, hay que compartir. Y yo también tengo problemas, ¿sabes?

Layla le miró un momento, intensamente. Contempló el mechón de pelo castaño claro que se empeñaba en caerle sobre los ojos, la ajada camiseta de los Black Keys que se ceñía a la perfección a su cuerpo delgado y musculoso, los vaqueros descoloridos que llevaba muy bajos, el cinturón de cuero marrón, tan gastado que no pudo evitar preguntarse cuántas chicas lo habrían desabrochado a toda prisa…

Se bebió el tequila, se sirvió otro y llenó un vaso para él. Si Tommy creía que estaba siendo sincera, era evidente que no tenía ni idea de lo que era la verdadera sinceridad. Pero su enfado con él no se debía a los motivos que él creía. Estaba enfadada porque tuviera razón, por presentarse en su discoteca justo a tiempo de pillarla en un momento patético, chapoteando en el fracaso y la inseguridad. Y por aquellos dichosos ojos azules.

Vació su vaso, se sirvió otro chupito, se lo bebió y apartó el vaso. Era hora de dejar de andarse por las ramas e ir al grano.

—¿Qué diablos estás haciendo aquí? ¿Te ha mandado Ira?

Tommy negó con la cabeza, agarró la botella, se echó unas gotas más de licor en el vaso y se lo bebió de un trago.

—He venido a verte.

Ella puso los ojos en blanco e intentó no decir nada ofensivo, pero el tequila estaba ahogando sus neuronas y no se le ocurrió qué responder.

—Venga, baila conmigo. —Estiró el brazo y la agarró de la muñeca.

—Yo no bailo. —Layla se desasió de un tirón, y detestó sentir cómo se enfriaba su muñeca en el instante en que Tommy la soltó.

—¿Lo dices en serio? —Su cara se contrajo como si estuviera a punto de echarse a reír a carcajadas.

—Sí, ya sé. —Layla se rio a su pesar—. No podría estar peor preparada para este trabajo.

La mirada de Tommy se volvió seria.

—Una canción. Luego me volveré tan deprisa al Vesper que te olvidarás de que he estado aquí.

Ella lo observó atentamente. La última vez que se habían visto, estaba tonteando con una de esas rubias voluptuosas con las que ella jamás podría competir. Se preguntó si se habría ido a casa con ella. Imaginaba que sí.

—Vamos —insistió él con voz suave y una mirada sincera, o al menos tan sincera como podía esperarse de un chico en el que Layla había decidido no confiar.

Ella se esforzó por encontrar una razón de peso para negarse, pero su instinto estaba tan embotado por el alcohol que un segundo después se descubrió siguiéndole hacia la pista de baile.

Tommy la llevó hacia el centro de la pista, manteniendo una distancia prudencial hasta que estuvieron completamente rodeados por el gentío, que se agitaba a su alrededor y los empujaba el uno hacia el otro. Entonces deslizó una mano por la curva de su cadera y la besó en los labios.

«Tengo que apartarle. Tengo que parar esto. Tengo que ir al baño y obligarme a vomitar para sacarme el tequila del cuerpo y dejar de hacer cosas de las que voy a arrepentirme…».

Haciendo caso omiso de la vocecilla que sonaba en su cabeza, se puso de puntillas y besó a Tommy.

Llevaba dos años con Mateo, y besar a otro chico le pareció extraño, ilícito y sensual como solo pueden serlo las cosas malas.

—Tommy… —murmuró sin darse cuenta de que lo había dicho en voz alta hasta que él también susurró su nombre.

A pesar de los esfuerzos de él por continuar y del deseo de ella por permitírselo, oír su nombre en labios de Tommy la hizo volver bruscamente a la realidad.

Se desasió de él y se abrió paso con esfuerzo entre el gentío, dividida entre el alivio y la frustración porque él no intentara seguirla. Porque se quedara allí, en medio del corro de cuerpos en movimiento, observándola marchar en silencio.

19

JUEGO PERVERSO

WICKED GAME
Chris Isaak

Madison Brooks se recostó contra el cabecero de terciopelo azul claro de su cama y vio como Ryan se ponía unos vaqueros ajustados de color oscuro antes de pasarle el porro encendido que colgaba de sus labios.

Ella se pasó el porro por debajo de la nariz. Aquel olor le recordaba, cosa extraña, a su infancia. Claro que la infancia de Madison había sido mucho más extraña que la de la mayoría de la gente.

—No es un palito de incienso, Mad. Se supone que tienes que fumártelo, no olfatearlo. —Ryan extendió la mano, haciéndole señas de que le devolviera el porro.

Su camisa desabrochaba dejaba al descubierto los abdominales que tanto se esforzaba por mantener en perfecta forma. Odiaba que Madison se negara a fumar con él. No soportaba que los demás estuvieran sobrios cuando él no lo estaba.

Madison le devolvió el porro sin rechistar y se preguntó qué más odiaba Ryan de ella. ¿Sería muy larga su lista? ¿Más larga que la de ella? Curiosamente, esa posibilidad no le molestaba lo más mínimo.

Estiró las piernas y frotó un pie contra las sábanas arrugadas, recordando cómo había acabado allí la fiesta que habían iniciado fuera. En esos momentos Ryan no la había odiado, evidentemente.

Y, para ser sincera, tampoco ella a él. Era absurdo y retorcido, pero había algo en aquella faceta más misteriosa y secreta de Ryan que hacía que tuviera ganas de seguir con él un poco más.

No sabía si se debía a que era tan competitiva que quería ser ella quien pusiera fin a la relación por sorpresa en lugar de dejar que se volviera tan monótona y aburrida que Ryan estuviera deseando librarse de ella, o porque le fascinaban los secretos y cómo determinaban el modo de vivir de las personas y las decisiones que tomaban.

Quizá fuera una mezcla de ambas cosas.

O ninguna de las dos.

En todo caso, daba igual: no pensaba consultar a un psicoterapeuta para que analizara su caso desde un punto de vista profesional.

Era una de las pocas actrices de Hollywood que no hacía terapia. Casi todos sus conocidos, desde la estrella más rutilante al eléctrico más insignificante, dependían enormemente de sus visitas semanales al psicólogo y de los antidepresivos que les recetaban estos. Quitando a un par de personas muy concretas, sus secretos le pertenecían solo a ella. La historia de su niñez estaba bien documentada por la prensa, y esa falacia completamente inventada era la única versión que pensaba compartir.

Ryan se sentó al borde de la cama con el porro entre los labios y se puso las botas.

—¿Qué pasaría si te hiciera una foto y la colgara en la red? —Madison agarró su teléfono.

Se sentía audaz, temeraria, ansiosa por sobrepasar todos los límites.

Él agarró el porro con los dedos y le dio una profunda calada.

—Tú no harías eso —dijo con aquella voz susurrante que la sacaba de quicio, conteniendo el aliento como solían hacer los fumadores de marihuana.

—¿Por qué estás tan seguro de que puedes confiar en mí?

Hizo una serie de fotografías, hasta que él tiró el porro y se lanzó hacia ella. Cayó vestido sobre su cuerpo desnudo.

—Porque eso te perjudicaría a ti tanto como a mí. —Ryan le lanzó una mirada directa. Un poco soñolienta y enrojecida, sí, pero directa.

Madison comprendió por aquella expresión que también él era consciente del juego al que ambos jugaban.

Ryan intentó alcanzar el teléfono, pero ella lo levantó por encima de su cabeza y sonrió, triunfante, cuando él se dio por vencido y se conformó con besarla en el cuello. Luego, siguió hacia abajo.

Se negó a parar hasta que Madison se derritió bajo su cuerpo. Entonces le quitó el teléfono, borró las fotografías y dijo:

—Hueles a sexo. A sexo del bueno. —Sonrió y se apartó de ella.

—Y tú hueles a alguien que no teme jugar sucio. —Madison miró ceñuda el teléfono que él había dejado a su lado.

—¿Seguro que no quieres venir? —Se acercó al espejo y se pasó las manos por el pelo.

Madison se puso de lado y apoyó la cabeza en la almohada.

—Prefiero quedarme aquí y quizá meterme en un baño de burbujas.

Ryan recogió su cartera y sus llaves, se acercó a darle un último beso y apagó cuidadosamente el porro.

—Voy a echarte de menos, Mad —dijo antes de encaminarse hacia la puerta.

—No me cabe duda —susurró ella mientras le veía marchar.

En ese momento sonó su móvil. El número que aparecía en la pantalla era uno que hacía mucho tiempo que no veía.

Apenas había dicho «hola» cuando una voz de hombre dijo:

—Tenemos un problema.

20

LABIOS COMO EL AZÚCAR

LIPS LIKE SUGAR
Echo & the Bunnymen

Una sonrisa de satisfacción se dibujó en la cara de Aster mientras subía las escaleras, consciente de que Ryan Hawthorne la seguiría. Claro que la seguiría. La había seguido casi directamente desde la sección de zapatería de Neiman Marcus a la pista de baile de Night for Night. Era el modo perfecto de acabar la primera semana.

Había visto a Ryan en el instante preciso en que había entrado en la discoteca. Bueno, ella y todas las chicas que había por allí cerca. Aunque, a diferencia de las demás, ella había pasado por su lado fingiendo que no le interesaba lo más mínimo.

Los tíos como Ryan estaban acostumbrados a que las chicas se arremolinaran a su alrededor, felices de calentarse al fulgor de su fama sin pedir nada a cambio. Aunque seguramente para los tíos era genial, para las chicas era degradante. Si lo que buscaban era un polvo rápido del que poder presumir delante de sus amigas, estupendo. Pero si confiaban en que de ello saliera algo más (y Aster sospechaba que así era en la mayoría de los casos), cometían un grave error. Nadie, nunca, quería estar con una persona a la que podía conseguir tan fácilmente. O al menos no por mucho tiempo.

Ella se las había arreglado para seguir siendo virgen tanto tiempo no por cumplir las expectativas de sus padres (eso no tenía nada que ver, y además su virginidad no era más que un simple tecnicismo), sino porque se valoraba tanto a sí misma que aún no había encontrado a nadie con quien quisiera compartir una parte tan íntima de su ser. Desde luego no pensaba que Ryan Hawthorne fuera esa persona. Para empezar, tenía una novia famosa. Y además a ella no le convenía que dicha novia famosa se enfadara, si quería tener alguna posibilidad de que se pasara por la discoteca.

Aun así, no había nada de malo en tontear un poco. ¿Y qué mejor modo de volver loco a Ryan que no hacerle caso?

Había llegado al descansillo cuando una mano fresca rodeó su muñeca y la llevó detrás de una columna.

—No he pegado ojo pensando en cómo acabaría este misterio. ¿Se compraría los zapatos… o no?

Aster levantó la vista y le miró a los ojos.

—¿Nos conocemos?

Vio que él echaba la cabeza hacia atrás y soltaba una carcajada.

—¿Siempre eres tan provocadora?

Se acercó un poco más, hasta que su cara quedó a escasos centímetros de la de ella. Aster notó la barba que empezaba a asomar en su barbilla, vio las pintas de color ámbar de sus ojos. Pero lo que de verdad le impresionó fueron sus labios: aquellos labios perfectos, fruncidos en un eterno mohín y fotografiados infinidad de veces. Se preguntó cómo sería besarlos.

—¿Dónde está Madison? —preguntó con más aspereza de la que pretendía.

—Entonces sí que sabes quién soy.

—Sé quién es tu novia, pero a ti y a mí no nos han presentado.

Ryan se rio con naturalidad.

—Ryan. Ryan Hawthorne. —Le tendió la mano.

—Aster Amirpour. —Le estrechó la mano un momento y enseguida la apartó.

—La verdad es que Mad ha decidido quedarse en casa. —Ryan se pasó los dedos por el pelo.

—¿Y cómo es que no te has quedado con ella?

Una lenta sonrisa se extendió por su cara.

—He intentado ser buen chico, pero tenía que resolver el misterio de los zapatos.

La mente de Aster funcionaba a toda velocidad, barajando las distintas posibilidades que se le ofrecían. Ryan Hawthorne tenía acceso al mundo al que ella ansiaba unirse, pero debía mantener la cabeza despejada y actuar con astucia. Le seguiría la corriente a Ryan (a él parecía gustarle), pero no hasta el punto de arriesgarse a despertar la ira de Madison.

En realidad, se alegraba de que ella se hubiera quedado en casa. Le apetecía marcarse ese tanto, desde luego, pero iba muy por delante en el marcador y no corría peligro de ser la eliminada. Además, había atraído a Ryan Hawthorne a Night for Night. ¿No era triunfo suficiente? Tal vez no contara tanto como Madison, pero aun así era uno de los primeros de la lista de objetivos y, si podía pasar un rato más con él, sabía que podía convencerle para que volviera, quizá la próxima vez con Madison.

—Mierda. —Ryan se apartó de ella, poniendo una distancia más que platónica entre los dos—. Fans. Y lo que es peor: fans con cámaras.

Efectivamente, se había corrido la voz de que estaba en el local, y Aster vio horrorizada que sus excompañeras del colegio empezaban a portarse de un modo vergonzoso, a pesar de ser ricas y de haberse criado en Beverly Hills, donde ver a un famoso no era nada del otro mundo.

—¡Eh, Aster! —gritaban, mirando a Ryan con énfasis.

Ella arrugó el entrecejo, agarró a Ryan de la mano y le condujo escaleras abajo, al Riad, la zona VIP de Night for Night.

—Así que trabajas aquí. —Él se acomodó bajo una carpa en forma de jaima mientras Aster corría los visillos a su alrededor—.

Y yo que pensaba que eras el nuevo fichaje estrella de Victoria's Secret.

Ella puso cara de fastidio y dejó escapar un gruñido.

—¿También le dijiste eso a Madison?

Ryan echó mano de la botella de champán que había en un cubo con hielo, la abrió y sirvió dos copas.

—A Madison y a mí nos presentaron nuestros agentes. Fue todo muy romántico, te lo aseguro. —Se reclinó en los cojines mientras Aster jugueteaba con el pie de su copa, sin saber qué responder.

Le había sorprendido su franqueza, su inesperada sinceridad, eso por no hablar del evidente fastidio con que hablaba de todo lo relacionado con Madison. Aunque sabía que no debía creer todo lo que leía en los tabloides, y menos aún en lo relativo a la pareja de moda (cuando no aseguraban que su ruptura era inminente, creían ver una incipiente barriguita de embarazada cada vez que Madison se ponía una camiseta un poco holgada), le impresionó oír hablar a Ryan con tanto hastío de su primer encuentro con Madison.

¿Estaba ya harto de ella?

Y si era así, ¿lo sabía Madison?

¿Por eso se había quedado en casa?

Y lo que era más importante, ¿qué implicaba todo aquello para ella? ¿Tendría que replantearse toda su estrategia o...?

—¿Sabes?, pareces un poco obsesionada con Madison. Es la segunda vez que la mencionas.

Aster se llevó la copa a los labios. Ryan tenía razón. Se había informado a fondo sobre Madison Brooks. Hasta tenía una carpeta llena de fotografías y recortes de entrevistas que documentaban su ascenso hasta la cumbre. Madison llevaba la vida que ella anhelaba, y Aster haría cualquier cosa por emularla, pero eso no iba a decírselo a Ryan.

—Solo quiero asegurarme de que no vas a meterte en un lío

—dijo, intentando parecer al mismo tiempo seductora y prudente—. Ya sabes, por sentarte en esta jaima conmigo.

—Entonces, ¿es solo que estás preocupada por mí?

Aster vaciló. Ryan era más listo de lo que esperaba. Se daría cuenta si le mentía.

—No del todo —reconoció—. Creo que Madison debe de ser una enemiga de temer. Y prefiero no averiguar si es así.

Él tomó un sorbo de champán y se inclinó tanto hacia ella que tuvo que apoyar la mano sobre su rodilla para no caer sobre su regazo.

—¿Sabes qué? Que se acabó el hablar de Madison, ¿vale? Siento haberte soltado esa tontería sobre Victoria's Secret. Me avergüenzo de ello. Ya veo que no eres una admiradora de las que fingen estar encantadas con todo lo que digo. La verdad es que me intrigas. Y es cierto que he intentado no acercarme a ti, puedes creerme. Hasta intenté convencer a Mad de que fuéramos a cenar a un sitio romántico. Así habría evitado hacer algo de lo que quizá no haya vuelta atrás…

Antes de que pudiera continuar, Aster levantó una mano para hacerle callar. Necesitaba que aflojara el ritmo, que ambos dieran un paso atrás.

—Tengo dieciocho años. Soy de una zona de Beverly Hills conocida como Teherángeles, supongo que habrás oído hablar de ella. Si mi familia se entera de que estoy aquí, vestida así y hablando contigo, me condenará a arresto domiciliario permanente. Sueño con ser actriz pero de momento no he tenido ninguna oportunidad. Así que acepté este trabajo confiando en que me ayudara a conseguir la vida con la que sueño, en lugar de la vida que mis padres quieren que lleve. Ira quiere que llenemos de gente sus discotecas, pero nos anotamos más puntos si conseguimos atraer a personajes famosos. Te estoy contando todo esto porque eres famoso y ya sé muchas cosas de ti, pero también porque tú no sabes nada de mí y me estás diciendo cosas muy bonitas.

También te lo cuento porque imagino que al final lo descubrirías y no quiero que pienses que estaba tonteando contigo desde principio con ese objetivo, aunque reconozco que al principio sí fue así.

Respiró hondo y cerró la boca, temiendo haberse pasado de la raya cuando él ladeó la cabeza y entornó los párpados.

—Así que al principio tonteaste conmigo para que viniera. ¿Y ahora?

Aster se quedó callada un momento. Ya había dicho demasiado, pero era imposible resistirse a aquellos ojos verdes que se clavaban en ella.

—Ahora voy a hacer algo de lo que sin duda voy a arrepentirme.

Exhaló un profundo suspiro, incapaz de creer que se hubiera desviado tanto de su propósito. Se preparó para la respuesta que pudiera lanzarle Ryan, pero no estaba preparada para la inesperada ternura con que la besó.

Fue un solo beso. Suave. Cálido. Acabó casi tan rápidamente como había empezado. Pero su huella fue duradera.

Ryan se apartó y deslizó los dedos por la curva de su mandíbula, mirándola como si fuera al mismo tiempo extremadamente frágil y prodigiosa.

—Voy a decirte una cosa, Aster Amirpour de Teherángeles. —Sus ojos brillaron—. Si eso te ayuda a ganar y a conseguir lo que sueñas, entonces volveré siempre que pueda. Incluso traeré a Madison. Pero cuando nos veas juntos tienes que recordar que en esta ciudad nada es lo que parece.

21

DOMINGO, DOMINGO SANGRIENTO

SUNDAY BLOODY SUNDAY
U2

Layla se despertó con un horrible dolor de cabeza y el alma enfangada por el arrepentimiento. Su padre estaba sentado al borde de la cama, mirándola con preocupación. Llevaba puesta una camiseta de un concierto de Neil Young, vieja y salpicada de pintura, tenía un aspecto desaliñado y estaba sin afeitar, pero seguía siendo muy guapo.

—¿Estás bien? —preguntó, y un mechón de pelo canoso le cayó sobre los ojos.

Parecía sinceramente preocupado, pero Layla no soportaba mirarle a los ojos, así que agarró un almohadón y se tapó la cabeza con él.

—Vamos, no seas así. Te he traído un regalo. —Él apartó el almohadón y le acercó un vaso de café comprado en su cafetería preferida.

—No me lo merezco. —Se irguió, apoyada en el cabecero de madera, y dio un sorbito.

—Le he puesto un par de chorritos de tequila, ya sabes, y un poco de pelo del perro...

—¡No! —Apartó el vaso, pero su padre se rio y volvió a acercárselo—. Ya sabes que no tienes que bromear con eso. —Agarró la aspirina y el vaso de agua que su padre le había dejado en la mesilla de noche—. Y tampoco tienes que hacer que me sienta mejor. —Se tragó la aspirina y un gran sorbo de agua antes de agarrar de nuevo el café.

—La Wikipedia afirma lo contrario.

Layla comenzó a reírse, pero se arrepintió enseguida al sentir un martilleo en la cabeza.

—Se supone que tienes que echarme un sermón y cubrirme de vergüenza.

—He pensado que podía saltarme esa parte. Eso sueles hacerlo bastante bien tú sola.

Ella cerró los ojos y se dejó caer en los almohadones, deseando poder dar marcha atrás en el tiempo, hasta la semana anterior, y empezar de nuevo. Además de sus muchas meteduras de pata, se había emborrachado con tequila y había besado a un chico al que no tenía por qué besar. ¡En qué desastre se había convertido!

¿Significaba eso que era igual que su madre?

¿La tendencia a la infidelidad sería genética?

Esperaba sinceramente que no.

—Bueno, ¿qué pasó? ¿Intentaste ganar bebiendo a todos tus invitados? ¿Son riesgos laborales de trabajar en una discoteca?

Layla puso los ojos en blanco.

—No tuve ningún invitado.

—¿Quién es Tommy, entonces?

Ella abrió los ojos de par en par. ¿Cómo sabía su nombre? Un instante después, se acordó de golpe.

Había corrido al aseo justo después de aquel beso y al salir Tommy estaba esperándola para avisarla de que había llegado Ira. Después la había llevado fuera, antes de que Ira pudiera verla.

—Tommy es… —Sacudió la cabeza y se encogió de hombros. No tenía ni idea de cómo explicarlo.

—Bueno, te trajo a casa sana y salva, así que no puede ser tan malo.

Se había empeñado en conducir su moto y durante la primera mitad del trayecto Layla se había burlado de él por cómo la manejaba. Después, le había pedido que parara en la cuneta para vomitar. Cuando llegaron a su casa, estuvo tanto tiempo buscando las llaves que Tommy se arriesgó a llamar al timbre.

—Siento que te despertáramos —dijo.

Aquella era solo una de las muchas cosas que lamentaba.

—¿Quién ha dicho que me despertasteis? —Su padre bebió un sorbo de su café—. Estaba en el estudio, trabajando.

Layla se animó. Por lo menos uno de ellos estaba haciendo algo positivo en la vida.

—¿Cuándo podré verlo?

—Pronto. —Su padre asintió con la cabeza y bebió otro trago.

—¿En serio?

Él se encogió de hombros sin convicción y miró por la ventana.

—Cuando esté listo. Una galería importante está interesada. Puede que esto lo cambie todo. Más nos vale que así sea.

Tensó la mandíbula con gesto preocupado y Layla le observó, alarmada. Hacía años que no vendía un cuadro. Y aunque el último lo había vendido a un precio muy alto, el dinero tenía que estar a punto de acabarse.

Layla iba a preguntarle por ese asunto, pero antes de que le diera tiempo su padre sonrió y le revolvió el pelo.

—¡Eh, cuidado con mi cabeza! —Le apartó juguetonamente la mano—. Creo que tengo dentro una banda de *heavy metal*.

—¿Metallica o Iron Maiden? —Él entornó los ojos como si intentara decidir qué era peor.

—Un popurrí: Metallica, Iron Maiden, Black Sabbath… ¿Me dejo alguna?

Su padre hizo una mueca exagerada.

—¿Sabes qué es lo que te hace falta?

—¿Una máquina del tiempo?

—Sí. —Asintió sagazmente y sus ojos azules se arrugaron por las comisuras—. Pero hasta que la tengas, ¿qué te parece si te llevo a desayunar? Algo grande, grasiento y lleno de grasas trans.

—¿Lo ves? Has pasado de ser demasiado blando conmigo a malcriarme. Esto no tiene fin, papá.

—Lo discutiremos durante el desayuno. Así podrás informarme de cuál es el modo correcto de actuar cuando tu hija llega a casa borracha como una cuba y con un chico que no es su novio. —Clavó los ojos en ella. Eran más penetrantes que sus palabras.

—Parece que lo tienes todo planeado. —Sonrió cansinamente—. Pero lo siento, no puedo desayunar contigo. Tengo que ir a una reunión para que Ira me despida.

Paró frente a Night for Night, preguntándose por qué Ira no le enviaba la mala noticia por mensajero. Sería el colofón perfecto para aquel lío. Pero al menos no iban a reunirse en Jewel. A su modo de ver, la discoteca entera era como una gigantesca escena de un crimen que esperaba no revisitar jamás.

Cuando entró en el local, decorado al estilo marroquí, ya estaban todos allí. Llegó con cinco minutos de antelación, pero seguramente los demás habían llegado con diez. Un ejemplo más de lo mal equipada que estaba para aquel trabajo.

Se arriesgó a mirar a Aster, tan perfecta y cursi como siempre, con su vestido de tenis corto y blanco y su larga y lustrosa coleta. A Tommy, en cambio, evitó mirarle. Contó rápidamente y, al darse cuenta de que faltaba el Chico Gótico, no pudo evitar pensar que tal vez se hubiera retirado de la competición y que quizás ella tuviera una semana más para compensar el fracaso de la primera.

Pero ¿a quién pretendía engañar? Todo el mundo tenía claro que ella sería la primera eliminada. Seguramente por eso parecían todos tan pagados de sí mismos y tan relajados mientras escribían mensajes en sus teléfonos móviles. Todos menos Tommy, que se había tumbado en un sofá, con los pies apoyados en un escabel, y estaba echando una siesta.

Tenía que encontrar otro modo de llegar a la facultad de Periodismo. Mudarse de estado era más necesario que nunca.

Finalmente, el Chico Gótico llegó unos segundos antes de que el enjambre de asistentes de Ira ocupara su lugar ante los concursantes.

Layla encontró un sillón libre y se hundió en el con aire hosco y perezoso. Ya no le importaba el aspecto que presentaba. Solo confiaba en que se dieran prisa y la despidieran cuanto antes para poder montarse en su moto e irse a dar una vuelta muy larga para despejarse. Estaría bien acercarse a Laguna. Y podía invitar a Mateo a ir con ella. Le gustaría hacer surf allí, y necesitaban pasar tiempo juntos...

—... como era de esperar, el jueves fue el peor día de la semana.

¿Cuándo había empezado a hablar Ira? Layla se obligó a incorporarse.

—Aunque es indudable que el equipo de Night for Night fue el que atrajo más público, sobre todo gracias a Aster Amirpour.

Layla refrenó una mueca desdeñosa. Como era de esperar, Aster la Puta Reina se llevaba todo el mérito. ¿Por qué era tan injusta la vida?

—La cifra de público ha ido aumentando paulatinamente en los tres locales, con un punto culminante anoche, cuando se dio la mayor afluencia hasta el momento. Las tres discotecas han registrado buenas cifras de asistencia, aunque algunas más que otras.

Ira se detuvo un momento para mirarlos sin prisas. El muy sádico se estaba divirtiendo. Seguramente alargaría aquello todo lo que pudiera, como si fuera el presentador de un patético programa de telerrealidad.

—Como quizá ya sepáis, el Vesper es el más pequeño de los tres locales, y Jewel el más grande.

«Bien, ahí lo tienes: estaba perdida desde el principio. Destinada a perder desde el primer momento».

—De modo que el ganador se decide según tantos porcentuales. Es decir, que calculamos el porcentaje comparando el aforo del club con la cifra de afluencia de público. Teniendo eso en cuenta, el ganador de la noche del sábado es...

Ahí estaba, la larga pausa que Layla había estado esperando. Le sorprendió que no sonara un redoble de tambor. Ira era tan histriónico...

—El Vesper.

Intentó no fruncir el ceño cuando el equipo de Vesper prácticamente se puso a saltar, cada uno desde su puesto.

—No os podéis atribuir todo el mérito, dado que la afluencia de público al local depende mucho de la popularidad de las bandas que tocan. Pero, dicho esto, hemos conseguido unas cifras muy decentes y confío en que vayan en aumento a partir de ahora. Night for Night, vosotros sois los segundos. A escasa distancia, pero los segundos.

Había ya ocho personas en la sala que respiraban con más tranquilidad. Layla no estaba entre ellas. Aun así, quizá debiera cerrar los ojos y dar una cabezadita, como había hecho Tommy. Sin duda la despertarían cuando llegara el momento de ponerla de patitas en la calle.

—Jewel ha sido el último. —Layla abrió un ojo el tiempo suficiente para ver que Ira se dirigía a su equipo con expresión severa—. Si no os ponéis las pilas, no tendréis ninguna oportunidad de ganar este concurso.

Layla hizo una mueca. No pudo evitarlo. Su grupo lo formaban cuatro personas, pero ella se atribuía por completo la responsabilidad de su fracaso.

—No sé qué pasó, pero os sugiero que lo averigüéis.

Así que ya estaba: los habían sermoneado públicamente. Y ahora llegaría la decapitación pública.

—El vencedor de esta semana es el Vesper.

Aster casi se levantó de un salto de su sillón.

—Pero…

Ira levantó una ceja.

—¡Pero yo traje a Ryan Hawthorne!

—Ryan no es Madison. Y su presencia no compensa las cifras de público del Vesper.

Ella arrugó el ceño.

—La próxima vez conseguiré a Madison —masculló al volver a hundirse en su asiento.

—Os aconsejo —añadió Ira, lanzando una rápida mirada a Aster— que no os relajéis en exceso. Puedo cambiar las reglas a mi antojo. Tenéis que estar listos para cualquier cosa que os plantee. Ahora, respecto a la eliminatoria…

Layla descruzó las piernas y deslizó las manos por las perneras de sus vaqueros oscuros. Debería haber puesto un poco más de empeño en arreglarse para no tener aquella pinta de perdedora.

—¿Layla Harrison?

Había llegado el momento. Pronto sería la eliminada. Ira haría lo posible por ponerla en ridículo, de eso estaba segura. Aunque de todos modos de eso ya se había encargado ella sola la noche anterior, de múltiples maneras. En cuanto aquello acabara, se largaría y no volvería a ver a aquellas personas.

—¿Cómo te sientes?

Se encogió de hombros, consciente de que todos la miraban.

—Anoche te serviste una cantidad considerable de tequila del mejor.

Layla movió los labios frotándolos entre sí, pero no dijo nada.

—No hay nada de malo en tomar un par de copas, pero no en el club, teniendo menos de veintiún años.

Layla agarró su bolso, lista para marcharse, cuando Tommy se levantó del sofá y dijo:

—Fui yo, no Layla.

Ira le lanzó una mirada astuta mientras ella le miraba con incredulidad.

—Me acerqué a ver qué tal le iba a la competencia. Y no le iba muy bien, la verdad. —Miró un momento a Layla antes de fijar los ojos en Ira—. Supongo que se me fue la mano.

Al verle parado ante Ira, Layla no pudo evitar pensar que aquel chico tenía algo especial. No estaba haciendo aquello por ella. Lo hacía para retar a Ira, para desafiar al jefe a despedirle, convencido de que no lo haría. Aquel momento de tensión fue tan largo que empezaron todos a removerse, inquietos. Todos menos Tommy, que se mantuvo firme, decidido a defender su postura.

—Que no vuelva a pasar —dijo por fin Ira con voz dura, mirándole sin pestañear.

Tommy se limitó a asentir con la cabeza y regresó a su asiento. Ira clavó la mirada en Ash.

—La cifra de asistencia de Night for Night es impresionante, pero no gracias a ti. Trajiste a diez personas, como máximo. Y eso aquí es intolerable.

El Chico Gótico llevaba los ojos tan maquillados que era imposible saber lo que estaba pensando.

—¿Tienes algo que alegar en tu defensa?

—No, señor, solo que… gracias por esta oportunidad.

Se levantó de un salto y se dirigió a la puerta mientras Layla observaba la escena, perpleja. No entendía cómo había logrado sobrevivir otra semana. Si Ira sabía lo del tequila, tenía que saber también que ella había llevado aún a menos personas que Ash.

En fin, qué más daba. Aceptaría aquel golpe de suerte como lo que era: un regalo. Y no volvería a cagarla como la noche anterior.

Unos minutos después, Tommy se dirigió a la puerta y ella corrió a alcanzarle.

—¿A qué ha venido eso? —preguntó.

Él abrió la puerta y Layla tuvo que protegerse los ojos del resplandor del sol. A veces, aquella claridad incesante le parecía una agresión. Resultaba exasperante tener trescientos treinta días de sol y alegría forzosa. Habría dado cualquier cosa por un solo día lluvioso.

—A nada, es solo que te he salvado. *Otra vez.*

Layla se encogió bajo su mirada penetrante. A pesar de que temía sacarlo a relucir, tenía que decirle que aquel beso había sido un error que no se repetiría.

—Tommy, respecto a… —empezó a decir, pero él la interrumpió.

—Olvídalo. Será nuestro pequeño secreto.

Se quedó parada delante de él sin saber qué hacer. Quería creerle, pero no estaba segura de poder confiar en él.

—En cuanto a lo que ha pasado ahí dentro… —Tommy señaló hacia la discoteca con el pulgar—. Ya te avisaré cuando necesite que me devuelvas el favor.

—¿Perdona? —Layla corrió tras él—. No recuerdo haberte pedido que hicieras nada. Estaba dispuesta a aceptar la responsabilidad de lo que hice.

—Eso salta a la vista. —Meneó la cabeza—. Ni siquiera has intentado defenderte. Por eso te he echado un cable.

Layla temía la respuesta, pero aun así se obligó a preguntar:

—¿Por qué?

Él la miró a los ojos un instante, observándola con atención. Luego dijo.

—Tengo mis motivos. Y gracias a eso ahora tienes otra oportunidad de decidir qué es lo que de verdad quieres en la vida.

Layla le vio sentarse tras el volante de su coche. Sabía que debía darle las gracias, pero le dieron ganas de gritarle de rabia. Finalmente no hizo ninguna de las dos cosas.

Ahora estaba en deuda con él. Genial. Estaba segura de lo que iba a pedirle a cambio.

22

FANTASMA EN LA MÁQUINA

GHOST IN THE MACHINE
The Police

—¿Cómo es posible?

Sentada en el asiento del copiloto de un todoterreno verde oscuro, Madison se bajó la visera de su gastada gorra de béisbol y miró por el parabrisas un paisaje marcado por buques cargueros, contenedores rectangulares pintados de colores brillantes y altísimas grúas. El encuentro había sido ideado para que pasaran desapercibidos. El coche era corriente, en el puerto de San Pedro había demasiado ajetreo para que alguien les diera el alto y, en caso de que eso sucediera, Paul tenía los permisos necesarios para que los dejaran en paz. Y luego estaba el propio Paul, cuya cara era tan fácil de olvidar. Por eso, entre otras razones, era tan bueno en su oficio: porque nadie recordaba haberle visto y era casi imposible describirle.

—Me dijiste… No, me *aseguraste* que todo lo relativo a mi pasado estaba sellado, cerrado a cal y canto y bien guardado en una cámara acorazada de la que no había llave.

Él asintió mientras sus ojos claros recorrían el puerto.

—Hace poco que me he dado cuenta de que no es así.

Madison suspiró y se hundió en el asiento hasta que apenas pudo ver más allá del salpicadero. Tenía un montón de compromisos, ruedas de prensa, una película que promocionar, y su inminente ruptura con Ryan se convertiría en noticia por más que se empeñara en echar tierra sobre el asunto. No tenía tiempo para problemas. No de aquella magnitud.

—¿Cómo sabes que no es otro intento absurdo de extorsionarme? Ya sabes cómo atrae la fama a los oportunistas.

Observó atentamente a Paul. Aquel rostro que la había rescatado una vez, que había salvado su vida de un modo que jamás podría agradecerle lo suficiente, le estaba dando la peor noticia de todas.

—Esto es distinto.

Apretó los labios hasta que prácticamente desaparecieron y Madison se preguntó quién lo estaba pasando peor en aquel momento, si él o ella. Paul se enorgullecía de ser extremadamente meticuloso. Pero si de verdad había cometido un error, la vida que Madison tanto se había esforzado por crear ardería tan rápidamente como había ardido su vida anterior.

—¿Distinto por qué?

Madison se removió en el asiento, inquieta, fijándose en su cabello beis, en su piel beis, en sus labios finos y pálidos, en su nariz discreta y en sus ojillos de un marrón lechoso. Hacía honor a su apodo, «el Fantasma», no había duda. Aunque ella casi siempre le llamaba Paul.

Sin decir palabra, él le pasó una foto en la que aparecía de pequeña.

Madison la agarró por los bordes y observó atentamente el pelo enmarañado, la cara manchada de tierra, el brillo desafiante de aquellos ojos decididos. Una foto del *antes*, en una vida cultivada meticulosamente para consistir en una serie inacabable de *después*.

Hasta ahora.

Le temblaron las manos mientras intentaba recordar quién había hecho aquella foto y cuántos años podía tener. Eso sí que era un fantasma. Hacía años que no veía aquella versión de sí misma.

—Creía que se había quemado todo en el incendio —dijo volviéndose hacia él.

Era la trágica explicación con la que siempre justificaba su falta de fotografías de cuando era niña, y de cualquier otro vestigio de su vida anterior a la muerte de sus padres. La prensa se había hecho eco de ella tantas veces que ya era casi mítica. Una niña de ocho años que consiguió escapar de un terrible incendio con apenas una cicatriz y que, cual ave fénix, renació de las cenizas y, limpia e inmaculada, inauguró una nueva y gloriosa fase de su vida.

Deslizó distraídamente el borde de la fotografía por la cicatriz de su antebrazo, recordando aquel día, cuando agarró un tizón y lo acercó a su piel mientras Paul la miraba atónito.

—Es para que sea más creíble —había dicho entonces, consciente de que a partir de ese momento tendría que interpretar un papel.

—Se *quemó* todo —respondió él en tono grave.

Seguramente era lo peor que podía haber dicho.

Si alguien tenía fotos suyas, ¿quién sabía qué más podía tener?

—No hay duda de que soy yo.

Miró a Paul. Por primera vez en mucho tiempo, temía por su vida.

Él suspiró y agarró con fuerza el volante.

—Voy a decirte lo que vas a hacer.

Ella esperó la fórmula mágica que borraría todo aquello, dispuesta a hacer cualquier cosa para poner fin a la pesadilla.

—Vas a hacer tu vida normal y a avisarme en cuanto veas algo raro.

Madison se volvió hacia él, tan alterada que creyó que entraría en combustión espontánea en su asiento.

—En mi vida no hay nada normal. Ya ni siquiera sé qué es lo *raro*.

—Tú sabes a qué me refiero.

Ella frunció el ceño. Hasta ese momento había confiado de manera implícita. Pero hasta el Fantasma tenía sus límites.

—Lo que sé es que no voy a quedarme de brazos cruzados esperando a que esto me hunda.

Agitó la fotografía delante de su cara y él se la arrancó de los dedos.

—¿Te he fallado alguna vez?

Madison se quedó mirándole un momento.

—Acabas de hacerlo.

Paul entornó los ojos y miró las cicatrices que cubrían sus nudillos.

—Si te preocupa que la gente te defraude, deberías tener más cuidado con tu novio.

Ella miró por la ventanilla y vio cómo una grúa cargaba un contenedor en un barco. Tal vez pudiera colarse en uno de aquellos enormes cajones metálicos, marcharse a algún puerto exótico, emprender una nueva vida bajo un nuevo nombre y que Madison Brooks desapareciera de la faz de la Tierra. No era la primera vez que jugaba esa carta, y le había dado mejor resultado del que esperaba. Ahora, en cambio, no era más que una fantasía que nunca se haría realidad. Alguien tan famoso como ella no tenía dónde esconderse.

¿O sí?

—Ryan está tonteando con una chica llamada Aster Amirpour.

Paul alargó el brazo hacia el asiento de atrás y le entregó un grueso dosier en el que se detallaba con pelos y señales la vida de aquella pobre idiota.

—Ya lo sé. —Madison se encogió de hombros, apenada de pronto por no poder confiar en nadie—. Tú no eres el único detective al que tengo en nómina —añadió, y observó una expresión de sorpresa en su rostro.

Abrió la puerta y ya había echado a andar hacia su coche cuando Paul la llamó por el nombre que le pusieron sus padres.

—Ten cuidado.

Ella arrugó el ceño, estremecida por el sonido de aquel nombre en sus labios.

—Tú haz tu trabajo y no tendré que preocuparme por nada —replicó antes de sentarse tras el volante y alejarse.

23

RUBIA SUICIDA

SUICIDE BLONDE
INSX

BELLOS ÍDOLOS
Rompecorazones

¿Os acordáis de ese espíritu bello y sublime* del que todas nos enamoramos en el dramón de diez pañuelos del mes pasado? Pues resulta que es idiota. Sí, ya sé, yo estoy tan alucinada como vosotras. En este preciso instante estoy arrancando sus pósteres de las paredes de mi cuarto y, cuando acabe de quemar la funda de cojín con su cara, voy a cambiar mi icono de Twitter por una foto de mi gato. Puede que después de leer esto vosotras hagáis lo mismo.

En una entrevista reciente para una afamada revista que a esta bloguera le chifla, ese príncipe no tan encantador describió así su ideal de mujer: «Una chica que te mire jugar a la videoconsola cuatro horas seguidas y que luego te eche un polvo de impresión. Esa es la chica con la que uno debería salir».

Para las que disfrutéis quedándoos de brazos cruzados mientras vuestro novio juguetea con el mando horas y horas, ¡he encontrado al chico que os conviene!

Para las demás (es decir, para las que todavía tenemos cerebro, criterio y ganas de jugar), propongo que hagamos la solemne promesa de no aupar a la fama a descerebrados. ¿Qué os parece?

*Los diez primeros lectores que adivinen el nombre de la *celebrity* de esta semana (ese tío bueno sin dos dedos de frente) conseguirán un hueco en la lista de invitados de Jewel para el próximo fin de semana. Podéis contestar en los comentarios.

Layla frunció el ceño mientras releía la entrada del blog. La noticia era de segunda mano, sacada de una revista de moda. No era el tipo de historia que imaginaba cuando había decidido probar suerte por su cuenta. Pero ¿cómo iba a criticar a los famosos que empezaban a frecuentar Jewel? Ahora que tenía su propio blog no podía ponerlos verdes. Los necesitaba para seguir en la competición.

En cuanto a lo que le había prometido a Mateo acerca de sacar a la luz el sórdido mundillo de los clubes nocturnos, solo había encontrado un montón de chicos y chicas, algunos famosos y otros no, que intentaban disfrutar del fin de semana y pasárselo bien. Lo cual no era precisamente un crimen.

Sonó su móvil y la guapa cara de Mateo apareció en la pantalla.

—¿Ya'sacabado? —preguntó tan deprisa que las palabras se atropellaron unas a otras.

—Todavía estoy en ello. —Layla bebió un sorbo de café con leche y miró su portátil, ceñuda.

—Tenemos que estar en el restaurante dentro de veinte minutos.

Ella achicó los ojos. No tenía ni idea de qué le hablaba.

—El cumpleaños de Valentina —le recordó él al notar su silencio—. Imagino que se te ha olvidado.

Layla cerró los ojos. En efecto, se le había olvidado.

Como no dijo nada, Mateo añadió:

—Pero vas a venir, ¿no?

Suspiró, odiándose a sí misma por lo que estaba a punto de decir.

—Ya sabes que tengo que ir a Jewel.

—Lo que sé es que le prometiste a Valentina que irías a su fiesta.

¿De verdad se lo había prometido? Seguramente. Desde el momento en que se había emborrachado y besado a Tommy, había accedido a casi todo lo que le habían pedido Mateo y su familia.

—Eso fue cuando creía que iban a despedirme —reconoció.

—Pues explícaselo a Valentina. Se va a llevar un disgusto.

Layla puso los ojos en blanco. Estaba harta de que la hiciera sentirse culpable.

—Exageras un poco, ¿no? Van a ir todos sus amigos. Ni siquiera se dará cuenta de que falto yo.

—Pero yo sí. Y mi madre también. Y, por si no lo has notado, mi hermana te idolatra.

—Bueno, puede que ese sea su error.

Irritada, aplastó los lados del vaso de café, todavía medio lleno. Tendría que disculparse. Retirar lo que había dicho. Pero en parte quería desafiar a Mateo, obligarle a enfadarse con ella. Se lo merecía, desde luego, por dejar en la estacada a Valentina, y no digamos por otras cosas que él no sabía.

—¿Sabes? Llevas solo un par de semanas trabajando en ese sitio y ya está pasando. Estás cambiando y ni siquiera te das cuenta.

Layla frunció el entrecejo.

—La entrada que acabo de escribir para el blog demuestra claramente que no soy esa adoradora de los famosos que me acusas de ser.

—Puede que no, pero estás tan centrada en ese mundo que ya no ves a la gente que de verdad importa.

—Eso no es cierto, yo…

Su voz se apagó. Madison Brooks acababa de acercarse al mostrador y estaba pidiendo.

Había oído decir que Madison entrenaba en un gimnasio cercano y que a menudo se pasaba por aquella cafetería para tomar una dosis de cafeína después del entrenamiento. Por suerte, su decisión de cambiar de cafetería y quedarse allí el tiempo suficiente para tomarse tres cafés con leche había dado resultado. Prefería eso a apuntarse al gimnasio y tener que espiarla durante la clase de *spin*.

—Tengo que dejarte —masculló, y cortó la llamada mientras miraba la parte de atrás de la cabeza de Madison, consciente de que tenía que actuar deprisa.

De momento nadie había conseguido a Madison, principalmente porque era muy difícil acceder a ella. Pero mientras la veía esperar su pedido sin su séquito habitual de guardaespaldas y sin el ajetreo que solía rodearla, Layla pensó que tal vez eso estuviera a punto de cambiar.

Metió su portátil en la bolsa y, al apartarse de la mesa, vio que la camarera decía en voz alta «¡Café con leche con hielo para Della!» y le entregaba la bebida a Madison como si no tuviera ni idea de quién era.

Con el café en una mano y la cartera y las llaves en la otra, Madison trató de abrir la puerta empujándola con el hombro, y Layla se apresuró a ayudarla.

—Espera, ya te abro yo —dijo.

Madison le lanzó una mirada cautelosa y sus ojos se ensancharon como si la reconociera o se sorprendiera de verla, Layla no estaba segura de cuál de las dos cosas.

—Eh… No he podido evitar oír que te llamaba Della. —Layla corrió a alcanzarla cuando echó a andar a toda prisa por la acera—. Pero eres Madison, ¿verdad? ¿Madison Brooks?

Madison negó con la cabeza y farfulló algo ininteligible.

—Entiendo que no quieras que te reconozcan. Lo entiendo perfectamente. Pero es que… —Layla respiró hondo y se esforzó por seguir su paso—. Soy una gran admiradora tuya —mintió, y le sorprendió que Madison se parara en seco y clavara en ella aquellos ojos de color violeta claro.

—¿Ah, sí? —preguntó como si no la creyera.

Layla vio que un labrador de pelo dorado pasaba trotando a su lado, tirando de un chico con el pelo del mismo color que su perro, montado en un monopatín y con una tabla de surf bajo el brazo.

—Pues sí. —Hizo una mueca, consciente de que no sonaba nada convincente. Ansiosa por ocultar su error, añadió—: Y quería invitarte a una fiesta.

Madison meneó la cabeza, giró sobre sus talones y echó a andar calle abajo con paso enérgico.

—Nada raro, te lo aseguro —dijo Layla, lo que hizo que su propuesta sonara aún más rara. Dios, lo estaba echando todo a perder. ¿Por qué era tan inútil?—. Es donde Ira. Ira Redman.

Madison se volvió hacia ella.

—Si Ira quiere invitarme a una fiesta, ya sabe cómo localizarme.

Layla levantó las manos en señal de rendición. Habían empezado con mal pie y quería, necesitaba, arreglarlo antes de que las cosas empeoraran.

—No es en su casa. Es en Jewel, una de sus discotecas. Soy relaciones públicas y…

Madison se volvió bruscamente. Parecía muy molesta.

—Sé quién eres, te lo aseguro. Eres una bloguera de tres al cuarto que se gana la vida ridiculizando a los famosos —dijo levantando la voz.

A su alrededor había empezado a congregarse gente.

—¡Eso no es verdad! —gritó Layla mientras Madison echaba a andar otra vez, pasando a toda prisa junto a una hilera de parquímetros y palmeras, el paisaje habitual de Los Ángeles—. Bueno, puede que en parte sí pero...

—¡Mira, déjame en paz!

Madison se volvió justo cuando Layla tropezó con una baldosa levantada de la acera y le vertió el café en la pechera de la camiseta de tirantes blanca.

—¿Qué demonios...?

Se miró la camiseta manchada y miró a Layla con los ojos dilatados y una expresión de rabia e incredulidad.

—Lo siento mucho, yo...

Layla se acercó a ella con una servilleta arrugada e intentó secarle la mancha, pero alguien había alertado ya a seguridad de que una famosa de primera fila estaba siendo acosada por una loca que se negaba a dejarla en paz.

—¿Hay algún problema?

Un enorme policía salió de una tienda y se interpuso entre ellas.

—¿Qué? ¡No! —gritó Layla.

—Sí —dijo al mismo tiempo Madison—. Lleva varias calles siguiéndome. No me deja tranquila. Y cuando le he pedido que se marchara, me ha tirado encima el café.

El policía miró su camiseta chorreante y el vaso vacío que Layla sostenía aún en la mano temblorosa.

—¿Es eso cierto?

—¡No la estaba acosando!

—¿Quién ha hablado de acoso?

El policía entornó los ojos y Layla sacudió la cabeza y cerró con fuerza la boca, negándose a decir nada que pudiera incriminarla aún más.

—¿Quiere presentar una denuncia? —le preguntó el policía a Madison.

—Desde luego que sí. —Fijó sus ojos violeta en él y se llevó la mano al corazón como si temiera por su vida—. Mis abogados se pondrán en contacto con usted.

El policía se despidió de ella con una inclinación de cabeza y la vio alejarse hacia su coche. En cuanto estuvo dentro, a salvo, el policía se volvió hacia Layla y dijo:

—Permítame ver su documentación.

24

CONOCE A TU ENEMIGO

KNOW YOUR ENEMY
Green Day

Madison agarró su bolso, salió del coche y se dirigió a Night for Night, donde saludó a James, el portero, con uno de esos raros abrazos sinceros que reservaba para un número muy reducido de personas. James le caía realmente bien. Era un poco tosco, sí, pero qué demonios... En otro tiempo, también podría haberse dicho lo mismo de ella. Era espabilado, un luchador que no le temía al trabajo y que aceptaba de buen grado algún que otro encargo extra. Y además era ferozmente leal con quienes lo eran con él, cualidades todas ellas que Madison admiraba.

Se puso de puntillas y le susurró al oído:

—¿Está aquí?

James dijo que sí con la cabeza.

—Pero de momento Ryan no ha aparecido.

—Bueno, ya aparecerá. —Madison entornó los párpados y miró por encima de su hombro, hacia el interior de la discoteca—. ¿Me avisarás cuando llegue?

—Ya sabes que sí.

—Y no digas que ha sido ella quien me ha traído aquí.

—¿Tienes alguna preferencia?

—Puedes decir que ha sido cualquiera, menos Aster.

Le besó en la mejilla, le deslizó discretamente un fajo de billetes en el bolsillo y entró. No solía salir sola, pero no quería distraerse yendo con su pandilla habitual de amigos y, además, no pensaba pasar mucho tiempo allí.

Atravesó el local. Era uno de sus preferidos, aunque solo fuese por la decoración. Había visitado Marrakesh una vez y, aunque había sido una visita breve, opinaba que Ira había hecho un buen trabajo a la hora de recrear la atmósfera exótica y suntuosa de la ciudad, con las lámparas de cobre, las puertas rematadas en arco y la abundancia de azulejos pintados a mano. Incluso la música que ponían era más lánguida y dulce que en la mayoría de las discotecas, y su pulso lento y sensual sonaba lo bastante bajo como para no tener que gritar para mantener una conversación.

Miró a su alrededor confiando en que Ira no estuviera allí. Sin duda intentaría impresionarla con cubos llenos de champán y un lugar en la mejor mesa VIP. Era siempre muy generoso, rozando casi lo servil, y aunque eso no solía molestarle, esa noche prefería pasar desapercibida. Le habría dicho a James que no le dijera a Ira que estaba allí, pero dudaba de que le hiciera caso. Ella no era la única persona a la que James le era ferozmente leal.

A pesar de que el local estaba abarrotado, localizó enseguida a Aster. Estaba justo allí, en el Riad, como había supuesto. Aunque había visto fotografías suyas, le sorprendió descubrir que era extremadamente guapa. Y aunque en Los Ángeles no escaseaban las actrices bellísimas, estaba convencida de que ese algo intangible que hacía a unas más irresistibles que otras no tenía nada que ver con la curvatura de una nariz o con la estructura de unos pómulos. Era la capacidad de encarnar un papel de manera tan absoluta que la propia carne parecía disolverse en el yo del personaje.

En su caso, esa capacidad para desaparecer era lo que la había atraído en un principio de aquel oficio. Irónicamente, había llegado la hora de que se esfumara de verdad. Paul haría lo que pudiera, pero ya no confiaba en que pudiera mantenerla a salvo por sí solo, y no tenía intención de quedarse de brazos cruzados, aguardando a que el peligro se abalanzara sobre ella. Por suerte había pospuesto su ruptura con Ryan. Daba la casualidad de que ahora le necesitaba más que nunca.

Se preciaba de poseer una sabiduría poco frecuente en una persona de su edad. Su habilidad para leer entre líneas en un guion y para encontrar el estímulo que se escondía detrás de cada palabra, de cada acción, era su mayor don. Y en ese momento, mientras veía a Aster tontear con un productor que debería estar en casa con su esposa y su hijo recién nacido, percibió la avidez de aquella chica, su necesidad insaciable de ser la estrella de cada escena. Lo cual no era raro tratándose de una actriz: todas ellas eran neuróticas, inseguras y necesitadas de atenciones, pero a diferencia de Aster ella había aprendido a librarse de sus emociones más bajas (o al menos a aparentar que así era), y de la primera de la que se había librado era de aquella avidez.

Una tenue sonrisa se dibujó en su rostro. Si lo que aquella chica quería era que le prestaran atención, Madison cumpliría su deseo encantada. Aunque a un precio que Aster no esperaba.

Observó divertida cómo pasaba su cara de una expresión de anfitriona coqueta y encantadora a otra de pasmo absoluto cuando descubrió a Madison Brooks parada frente a ella.

—¡Madison! ¡Hola! —exclamó en tono cordial y efusivo.

Y con su cutis moreno e impecable, su lustrosa melena oscura, sus enormes ojos castaños con pestañas tan espesas que no parecían auténticas aunque con toda probabilidad lo eran, y el cuerpo esbelto y sinuoso de una bailarina, era aún más belleza de cerca y en persona.

—Me gustan tus Sophia Webster. —Madison indicó sus recargados zapatos de tacón.

No había mejor forma de iniciar una amistad que la afición compartida por los zapatos caros. Y aunque nunca serían amigas, sus destinos estaban ahora unidos de un modo que Aster era incapaz de predecir.

—¿Puedo conseguirte una mesa? —Aster sonrió como si apenas pudiera refrenar su emoción.

Madison miró la jaima que solía ocupar.

—Veo que mi favorita está ocupada…

Aster pestañeó una, dos veces, seguramente calculando qué consecuencias tendría que afrontar si echaba a los ocupantes de la tienda para cederle su sitio a ella. Decidió prudentemente en contra y dijo:

—Lo siento muchísimo. Si hubiera sabido que ibas a venir…

Madison hizo un ademán quitándole importancia al asunto y le dedicó una sonrisa, como si fueran viejas amigas.

—¿Cómo ibas a saberlo?

Su sonrisa se desvaneció mientras dejaba que la pregunta quedara suspendida entre ellas.

Por unos instantes, Aster pareció el proverbial ciervo paralizado por los faros de un coche. Luego, con la misma rapidez, el pánico abandonó su rostro y respondió:

—Tengo otra mesa estupenda que creo que te va a encantar. Y puedo pedir que te traigan tu champán favorito. Dom Pérignon rosado, ¿verdad?

Madison asintió. La chica se había informado bien. Aunque cualquiera que se hubiera tomado la molestia de observar con un poco de atención habría notado que rara vez bebía de las copas de champán que los locales que visitaba ponían constantemente a su disposición. Ahí era donde entraba su séquito, procurando la distracción perfecta para que nadie notara que Madison no era la juerguista que aparentaba ser.

Siguió a Aster a una mesa situada al borde de la terraza, sin dejar de observarla como si fuera un personaje al que tal vez algún día tendría que encarnar. Ya había visto todos su datos esenciales sobre el papel (dirección, posición económica de la familia, colegios privados y clubes de campo a los que pertenecía), pero para entenderla de verdad necesitaba observarla en carne y hueso. Era imprescindible saber exactamente con quién estaba tratando si iba a permitir que Aster desempeñara un papel tan importante en su vida.

En Hollywood las rupturas eran asuntos de suma importancia, solo superados por la vigilancia constante de los tabloides sobre posibles embarazos y bodas de famosos. Una ruptura entre actores tenía el poder de lanzar una carrera o destruirla: todo dependía de cómo se contara la noticia.

Normalmente, los escándalos por adulterio dejaban muy malparado al adúltero. Pero había sin duda algunos casos en que los tabloides arremetían contra la víctima, pintándola de manera tan espantosa que al adúltero se le perdonaba de inmediato su desliz. Fuera como fuese, una cosa estaba clara: si la otra persona era de fuera de la industria, procuraba descollar vendiendo su versión de la historia, en un intento de salir del anonimato para ocupar un lugar permanente bajo el foco de la fama. Naturalmente caían en el olvido en cuanto surgía un nuevo escándalo, pero eso no les impedía intentarlo.

Cuando se hiciera público que Ryan y ella habían roto, serían muchas las revistas dispuestas a ofrecer dinero a cualquiera que tuviera información de primera mano sobre la ruptura. Y tras verla en persona, Madison comprendió que Aster no vacilaría en aprovechar cualquier oportunidad que se le presentase para alcanzar la fama.

Por todo lo que había podido deducir hasta ese instante, Aster había sido educada para ser una buena chica, y un escándalo como ese podía hacer tambalearse a toda su familia.

Claro que su deseo de fama y fortuna era al parecer tan intenso que estaba dispuesta a aceptar un trabajo que sin duda sus padres despreciarían.

¿Quién sabía de qué más era capaz o hasta dónde estaría dispuesta a llegar para conseguir lo que quería?

Era en esa ansia sin límite en la que confiaba Madison más que en ninguna otra cosa.

La vio descorchar hábilmente una botella y llenar una copa que luego le puso delante.

—¿Quieres que te traiga alguna otra cosa? —Sonrió expectante.

Madison estaba a punto de contestar, pensando que quizá fuera divertido mandarla a alguna misión imposible, cuando zumbó su teléfono. Era un mensaje de James, avisándola de que Ryan acababa de entrar.

Meneó la mano distraídamente y esperó a que Aster se alejara para contestar rápidamente a James dándole las gracias. Luego se escabulló sin ser vista.

25

TONOS DE *COOL*

SHADES OF COOL
Lana del Rey

Cuando Madison Brooks entró en el Vesper nadie se fijó en ella. La sala estaba en penumbra, la banda tocaba un tema ruidoso y la gente estaba tan concentrada en la música que nadie reparó en la famosa actriz, que se apoyó tranquilamente contra la pared del fondo y pareció conformarse con pasar desapercibida.

Cuando el grupo abandonó el escenario para tomarse un descanso, Tommy se abrió pasó entre el gentío haciendo inventario mental de todos aquellos asistentes a los que consideraba adquisiciones suyas. Fue entonces cuando vio algo tan inexplicable que al principio pensó que se trataba de una especie de broma. Puede que incluso fuera una doble. Había visto, sin embargo, suficientes portadas de revistas y tabloides como para reconocer a la verdadera Madison Brooks en cuanto fijó la mirada en él y en su bello rostro se dibujó una lenta y seductora sonrisa.

Recorrió la sala con la mirada buscando a los demás relaciones públicas. Quería asegurarse de que no la habían visto aún. Ni siquiera se le ocurrió que tal vez estuviera allí gracias a alguno de ellos. Convencido de que no era así, recorrió los pocos pasos que le separaban de ella mientras se preguntaba cómo debía llamarla (¿Madison? ¿Señorita Brooks?). Finalmente se decantó por un desenfadado «Hola».

Ella ladeó la cabeza y dejó que el cabello le rozara la mejilla mientras le miraba desde detrás de un velo de mechones sueltos.

—¿Qué te ha parecido el grupo? —Tommy señaló hacia el escenario, ansioso por trabar conversación con ella.

—Por lo poco que he oído, son buenos.

Se puso el pelo detrás de las orejas, realzando sus magníficos pómulos y sus aros de oro y turquesas. Pero nada de eso podía competir con aquellos ojos entre azules y violetas que le observaban atentamente.

—¿Acabas de llegar?

Sin duda Tommy se habría fijado en ella si hubiera llegado antes. Claro que, cuando no estaba de fiesta con sus invitados, estaba fantaseando con el día en que se subiría al escenario. Era fácil que le hubiera pasado desapercibida.

Ella tensó un poco los labios, formando una suerte de sonrisa que la hizo parecer tan insoportablemente bella que Tommy pensó que el corazón se le derretía dentro del pecho. Encogió sus hombros delicados, pero no dijo nada más. Tampoco intentó marcharse, de modo que Tommy contaba al menos con esa ventaja.

—¿Puedo ofrecerte una copa? ¿Un sitio donde sentarse?

Se enfadó consigo mismo nada más decir aquello, por parecer tan servicial. Claro que *¡tenía delante a Madison Brooks!* Era increíble que fuera capaz de formar una frase hallándose ante su mágica presencia.

—Sí a ambas cosas —contestó ella, y aquella sencilla afirmación bastó para que a Tommy le diera vueltas la cabeza de alegría—. Pero esta noche no. Puede que en otra ocasión, cuando esto no esté tan lleno.

—Suele estar abarrotado. —Tommy esbozó una sonrisa humilde y satisfecha a un tiempo—. Tenemos las mejores actuaciones en vivo de la ciudad. Pero puedo reservarte la mesa que quieras.

—Sé lo de vuestro concurso.

Él se quedó boquiabierto, sin saber qué decir.

—Tú eres el único que no me ha acosado ya sea en Instagram, en Twitter o incluso en persona. Esas cosas suelen sacar lo peor de cada persona, menos en tu caso.

Tommy se encogió de hombros, intentando aparentar calma.

—Tenía la sensación de que ninguna de esas cosas iban a convencerte, así que preferí concentrarme en atraer a más gente.

—Pues parece que está funcionando. —Recorrió el local con la mirada antes de volver a fijarla en él—. Es una lástima que Layla y Aster no hayan usado tu estrategia. Esas son las peores. Puedes decirles que te lo he dicho yo.

—Paso —contestó Tommy, y de pronto se alegró de no haber unido fuerzas con Layla. Gracias a ello había conseguido a Madison.

La mirada de ella se enterneció, acercó una mano a su mejilla y por un instante deslizó los dedos por su piel como si descubriera algo, o quizás incluso como si recordara algo. Era imposible saberlo. Si Madison Brooks quería entrar en su sala y acariciarle la mejilla, ¿quién era él para cuestionar sus motivos?

Aunque tenía fama de ser muy juerguista, tenía una mirada sobria y despejada. Había sin embargo algo en lo hondo de sus ojos que hizo pensar a Tommy que estaba viendo a través de él, como si tuviera la mirada fija en un lugar distante.

—Tú no eres de aquí —dijo ella apartando la mano de su mejilla.

Él negó con la cabeza. Estaba hipnotizado. Madison era tal y como se la había imaginado (desenvuelta, hermosa, inalcanzable) y al mismo tiempo todo lo contrario de lo que esperaba (franca, auténtica, profunda).

—Déjame adivinar… ¿Has venido a Los Ángeles buscando fama y fortuna? —Ladeó la cabeza y sus ojos brillaron maliciosamente.

Tommy le lanzó una mirada tímida y hundió las manos en los bolsillos delanteros de sus vaqueros, reducido de pronto a otro estereotipo de Los Ángeles.

Madison paseó la mirada por la sala.

—Me gusta este sitio. A nadie le importa una mierda que esté aquí. No sabes qué alivio es eso.

—Sí que lo sé. —Él sonrió—. Yo vengo todos los días y a nadie le importa una mierda.

Ella se rio de un modo que hizo que la broma pareciera mucho más ingeniosa de lo que era, y Tommy se preguntó si era sincera o si estaba actuando, quizá. Todo aquello era muy desconcertante. Lo único que sabía con certeza era que nunca había visto nada más bello que Madison Brooks riendo espontáneamente, por el motivo que fuese. Desde el momento en que la vio reír, Tommy se rindió a ella.

Regresó la banda y comenzó de nuevo a tocar. El súbito estallido de la música le hizo mirar hacia el escenario y, cuando se volvió hacia Madison, ella se había marchado.

Corrió tras ella, lo cual no era muy *cool*, pero aun así no se detuvo.

—¡Queda otra actuación! —gritó, pero ella ya se había ido.

Tommy agarró frenéticamente su móvil y le hizo una foto a su espalda. Necesitaba pruebas que demostraran que aquello había sucedido de verdad. Por Ira y por sí mismo.

Cuando dejó de verla, se tocó el lugar de la mejilla donde ella había posado los dedos. Lamentó no haberse molestado en afeitarse y al mismo tiempo se sintió mal por haberla tomado por otra zorrita caprichosa muy lejos de su alcance.

Tal vez estuviera lejos de su alcance, pero después de conocerla y hablar con ella tenía la sensación de que Madison Brooks era mucho más de lo que él pensaba. Se imaginó tomando una cerveza con ella y charlando sobre sus respectivas filosofías de la vida. Por lo que había visto, aquella escena parecía completamente plausible.

26

ENSÉÑAME LO QUE VOY BUSCANDO

SHOW ME WHAT I'M LOOKING FOR
Carolina Liar

Layla merodeaba cerca de la mesa que ocupaban sus invitados más importantes. Quería asegurarse de que tenían bebidas suficientes, cargadores para sus móviles y todo cuanto pudieran necesitar. Había quedado reducida al papel de aduladora profesional de *celebrities* de segunda fila, pero los nombres de algunas de ellas figuraban en la lista de Ira y eso había que tenerlo en cuenta.

Una cosa estaba clara: ya podía tachar a Madison Brooks de su lista, puesto que no iba a pasarse por allí en mucho tiempo. Aun así, y a pesar de lo que le había advertido el agente de policía, Madison no había llegado a denunciarla por acoso, lo cual le dejaba las manos libres para hablar de ella en su blog siempre que tuviera ocasión.

Cuando no estaba criticando a Madison, utilizaba el blog para promocionar Jewel, lo cual había cambiado radicalmente las cosas. También se había puesto en contacto con los principales representantes y publicistas para informarlos de que sus clientes tenían un lugar permanente en su lista de invitados y que su padre tenía un amigo dueño de una exclusiva tienda de ropa en Santa Mónica que estaba dispuesto a hacerles jugosos descuentos. El tipo de cosas que debería haber hecho desde el principio.

Con las luces de colores girando sobre su cabeza y la música retumbando en su piel, aquello era como estar dentro de un caleidoscopio. Tenía gracia lo rápidamente que había pasado de odiar todo lo relativo a su trabajo a esperar con ilusión las horas que pasaba en la discoteca. Aunque solo fuera por eso, sus noches en Jewel le proporcionaban un agradable respiro del mundo exterior y de las facetas más estresantes de su vida. Sobre todo, de la tensión creciente que había entre Mateo y ella.

—¡Las modelos están aquí! —Zion blandió una botella de vodka del caro, sonriendo de un modo que hacía difícil saber si se lo decía por jactarse o porque le apetecía compartir la noticia con ella.

Aunque, en lo que a él respectaba, ambas cosas eran lo mismo. A veces (cuando no estaba en la discoteca o sirviendo mesas) trabajaba como modelo, y había llegado a un acuerdo con su agencia para atraer al local a la clase de gente guapa que ambicionaba Ira. Lo cual era bueno para Jewel, pero quizá no tanto para ella.

Layla sonrió, tensa, y le enseñó el mensaje de texto que acababa de recibir. Ryan Hawthorne estaba otra vez en Night for Night. Las actualizaciones constantes que les enviaban las asistentes de Ira eran al mismo tiempo irritantes y adictivas.

—Zorra. —Zion arrugó el ceño y Layla enarcó una ceja.

—Puta Reina, más bien —replicó, y vio alejarse a Zion hacia su mesa llena de modelos sedientas.

Se quedó al borde de los modernos sofás blancos que brillaban intermitentemente, iluminados por los tonos vibrantes de las luces del techo, y esperó a que llegara el momento oportuno. Era asombroso lo descuidadas que se volvían aquellas estrellas de segunda fila después de un par de copas. Los teléfonos móviles que dejaban por ahí le habían dado acceso a toda clase de fotografías y mensajes jugosos de los que sacaba partido sin ningún esfuerzo.

El acceso a aquella información privilegiada ya le estaba dando beneficios en forma de ingresos publicitarios. Si las cosas seguían así, podría pagarse la facultad de Periodismo con los beneficios que obtenía del blog. Como era de esperar, los comentarios se estaban volviendo vitriólicos, pero ¿qué más daba eso? Lo que importaba eran las cifras, y las cifras no mentían.

Se pasó las manos por la parte delantera del ajustado minivestido de cuero negro, una inversión reciente que había pagado con el dinero del blog. Nunca había tenido intención de gastarlo en algo tan banal como ropa, pero el mejor modo de ganarse la confianza de sus invitados era emularlos. Al principio se había sentido incómoda y, entre su provocativa ropa nueva y sus nuevas mechas rubio platino, se sentía como una impostora. Pero su nuevo corte a capas desfiladas la favorecía, y ¿acaso la ropa no le daba una apariencia solo ligeramente más femenina de lo habitual? En fin, qué más daba. Lo importante era que estaba funcionando.

—¡Creo que se me ha roto el cargador del móvil! —gimió una de las modelos, comportándose como si aquello fuera lo peor que le había pasado nunca, y quizá lo fuera.

Layla nunca había visto a un grupo de gente tan caprichosa y engreída.

Intentó decidir cuál de ellas había hablado. Fijó la mirada en Heather Rollins, un actriz de televisión de serie B obsesionada con todo lo que tuviera que ver con Madison Brooks. Miraba a Layla como si ella fuera responsable de lo ocurrido. Y lo era, aunque Heather no tenía modo de saber que Layla apagaba al menos un cargador cada noche. Tal vez se estuviera pasando, pero de momento le había dado resultado. Y aunque Heather le caía fatal (era de lejos la más maleducada de todas, y eso era mucho decir), por la razón que fuese esa noche le había tocado a ella. Layla lo consideró un golpe de suerte.

Volcó la copa de Heather y toqueteó torpemente el interruptor que había apagado poco antes como si intentara arreglarlo.

—¿Cuánto tiempo va a llevar esto? Queremos ir a bailar.

—Lo tendré arreglado cuando volváis.

Heather se echó la larga melena rubia sobre el hombro y la miró con enfado.

—Más te vale.

Vio alejarse a sus amigas y luego liberó a propósito la pantalla.

Sus labios rosas y satinados se ensancharon en una sonrisa cómplice cuando deslizó el teléfono hacia Layla.

Layla la miró y luego miró el teléfono.

¿Sospechaba Heather de ella?

—Hay unas fotos nuevas que quizá te gusten. —Los ojos marrones de Heather le lanzaron una mirada sagaz—. Y no te pierdas el último mensaje de mi asistente.

Layla se quedó mirándola, pasmada, mientras se alejaba. Heather miró hacia atrás y dijo:

—Tú me ayudas a mí y yo te ayudo a ti. Mándate a tu teléfono todo lo que necesites.

Se mezcló entre el gentío de la pista de baile mientras Layla pasaba rápidamente las fotografías, antes de que el teléfono volviera a quedar en reposo. Había tantas fotografías de Madison que aquello parecía algo siniestro. Sobre todo porque era evidente que Madison no sabía que la estaban fotografiando. Las pasó rápidamente, concentrándose en una serie en la que Madison y Ryan aparecían en un restaurante. En una de ellas estaban en una mesa mientras, al fondo, un desconocido de mediana edad tomaba fotografías. En otra, Madison se alejaba mientras el mismo individuo se acercaba a Ryan. En la siguiente, aquel desconocido miraba a Madison mientras Ryan le firmaba, aparentemente, un autógrafo. Eran muy extrañas, desde luego, pero Layla ignoraba por qué se había molestado Heather en hacerlas. Aun así, las envió todas a su teléfono junto con otra tan comprometedora que la entrada del blog prácticamente se escribiría sola.

Miró después los mensajes de texto. El de la asistente de Heather incluía una fotografía de Ryan y Aster.

«Así que es así como lo ha conseguido Aster».

Se envió la foto y dejó el teléfono cargándose. Por lo visto, Heather detestaba a Madison tanto como ella. Y ahora, gracias a ella, su blog estaba a punto de hacerse viral.

27

EL HOMBRE DE LA PUERTA DE ATRÁS

BACK DOOR MAN
The Doors

Sentado detrás de su mesa, Ira empujó hacia ella otro sobre lleno de dinero.

—Parece que Ryan se ha hecho cliente fijo. —Levantó las cejas—. Yo diría que eso merece una recompensa, ¿no crees?

Aster miró fijamente el sobre. Se sentía vacía por dentro, trémula y un poco asqueada.

Madison sabía lo suyo con Ryan.

No había nada que saber en realidad, o al menos no del todo, pero una cosa estaba clara: Madison Brooks sospechaba de ella.

Su forma de mirarla y de ir en su búsqueda a propósito… No había otra explicación.

Tenía gracia: había conseguido todo lo que quería, y de pronto descubría que estaba con el agua al cuello.

—Tengo entendido que Madison también se pasó por allí. Es curioso que se marchara justo cuando llegó Ryan. ¿Sabes algo de eso?

Aster arrugó el ceño y se miró las uñas.

—En todo caso, sigue así y tendrás muchas oportunidades de ganar el concurso.

Ella sonrió débilmente, ansiosa porque acabara la reunión.

—No es la reacción que esperaba —comentó él.

Aster meneó la cabeza con la esperanza de despejarse, pero no fue así.

184

¿Arremetería Madison contra ella?

¿Se vengaría de algún modo por robarle sin querer a su chico?

Lo único que sabía era que tenía que centrarse en el presente.

—Lo siento. Creo que me he despistado...

¿Cómo se le ocurría? ¡Nadie se despistaba hablando con Ira Redman!

—Quiero decir que, hasta que esto no acabe, no lo doy por sentado —dijo, retomando el hilo de la conversación por donde creía que la habían dejado—. Los famosos son caprichosos. Se enfadan por cualquier cosa. Y todavía quedan muchas semanas.

«Los famosos son caprichosos. Se enfadan por cualquier cosa».

Confiaba en que cierta famosa en particular no se enfadara con ella.

Ira se quedó mirándola un momento. Por suerte, Aster sabía que no debía intentar rellenar el silencio con cháchara insulsa, aunque nunca estaba del todo segura de qué esperaba Ira. Fuera lo que fuese, confiaba en que tuviera que ver con el dinero que le había dado.

—Ve a descansar —dijo por fin—. Que James te acompañe al coche.

Ella asintió con la cabeza y se detuvo nada más cruzar la puerta.

—Ira...

Él levantó la mirada del teléfono.

—Gracias por tu... reconocimiento. —Sacudió el sobre—. Te agradezco mucho que reconozcas mi esfuerzo.

Hizo una mueca al darse cuenta de que aquello era una redundancia, pero quería dejar claro que a su modo de ver aquel dinero era una bonificación por sus esfuerzos y que no exigía de ella nada más.

Él le quitó importancia al asunto con un ademán y Aster cruzó la discoteca y encontró a Ryan esperándola junto a la puerta de atrás.

—Te dije que no me esperaras. —Arrugó el ceño, molesta.

Sí, Ryan era muy guapo, y famoso, y era halagador que le hiciera caso. Y sí, cabía la posibilidad de que a ella estuviera empezando a gustarle, pero eso nunca había formado parte de sus planes. Se suponía que Ryan tenía que ayudarla a conseguir contactos, incluso a ganar el concurso, pero últimamente todo se le estaba escapando de las manos.

Ella no era de esas chicas que iban detrás del novio de otra, y la idea de robarle el novio a Madison Brooks le resultaba inconcebible. Algunas chicas podían considerar que quitarle un novio famoso a una chica aún más famosa era todo un triunfo, pero ella no lo veía de ese modo. La hacía sentirse culpable. Y la forma en que la había mirado Madison la había hecho sentirse fatal.

—Quería acompañarte a tu coche. —Ryan se pasó una mano por el pelo y le dedicó aquella sonrisa irresistible.

—Para eso está James —replicó ella con un tono arisco y consentido que le recordó a Madison—. Además, has estado conmigo toda la noche. —Cruzó la puerta trasera y se rodeó la cintura con los brazos para no tiritar cuando la envolvió el aire frío de la noche.

—Quería más.

Aster se apoyó contra la puerta de su coche para sostenerse en pie.

—¿Y Madison? —Le miró fijamente.

—Tengo entendido que se ha marchado. No tengo ni idea de por qué.

—¿Estás seguro de que no?

Quería que reconociera que había ido demasiado lejos, que había cruzado una línea. Y al mismo tiempo confiaba en que la convenciera de que no pasaba nada, de que estaba paranoica y todo eran imaginaciones suyas.

Ryan se rascó la barbilla mientras veía pasar un torrente de coches a un lado y a otro del bulevar.

—Estoy seguro de que a Madison le importa una mierda lo que yo haga.

Aster le observó atentamente. Era lo último que esperaba.

—Entonces, ¿por qué seguís juntos?

Él frunció el entrecejo, recorrió con la mirada el pequeño aparcamiento casi vacío y volvió a fijar los ojos en ella.

—Es… complicado.

—Pues a mí no me va lo complicado —contestó ella con voz soñolienta, no solo por lo tarde que era, sino porque se sentía inmersa en un mar de confusión.

—He dicho que lo mío con Mad es complicado. —Se acercó a ella tanto que Aster sintió su aliento en la mejilla—. Entre tú y yo todo es muy sencillo.

La sonrisa que siguió era imposible de resistir. Y cuando se inclinó para besarla, Aster no hizo nada para impedírselo.

La había besado otras veces, pero nunca así. Sintió su pasión y su ternura en su modo de abrazarla, en cómo deslizó la lengua por la suya, en cómo tocó sus mejillas.

—Aster… —Apoyó la frente contra la suya—. Yo me ocuparé de Madison, pero quiero que sepas que me estás volviendo loco. No puedo dejar de pensar en ti.

Eran las palabras precisas en todos los sentidos y, cuando volvió a besarla, la agarró por las caderas y la apretó con fuerza contra sí. Un profundo y ronco gemido escapó de su garganta cuando deslizó los dedos por la curva de su cintura, hacia sus pechos, que parecieron hincharse entre sus manos. Mientras trazaba círculos enloquecedores, dejando que Aster sintiera su cálido aliento en el oído, le susurró:

—Aster, ven a casa conmigo, *por favor*.

—No.

Tuvo que hacer un inmenso esfuerzo, pero de algún modo logró apartarse de él. Acalorada y jadeante, agarró el tirador de la puerta, ansiosa por escapar, pero no se abrió. «¡Maldita sea!» Metió la mano en el bolso y buscó a tientas la llave, consciente de que sus pechos anhelaban el contacto de las manos de Ryan y sus caderas ansiaban derretirse al contacto de las suyas. No tenía previsto que las cosas avanzaran tan rápidamente. Pero Ryan era tan sexy, y a veces ser virgen era una carga. Aun así, no pensaba acostarse con él. Al menos, no esa noche.

—¿No? —Se acercó hasta que ella pudo sentir que se apretaba contra su espalda.

Aster respiró hondo para calmarse, encontró la llave y abrió la puerta.

—No. —Se apartó, se deslizó en el asiento y por fin pudo respirar—. Sé que no estás acostumbrado a oír esa palabra, sobre todo cuando le pides a una chica que se acueste contigo. —Le miró a los ojos y dijo—: Pero no voy a ir a tu casa. Ha sido una noche muy larga y quiero irme a la cama. A mi cama. Sola.

Ryan se arrodilló a su lado. Su cara, sus labios, quedaron a escasos centímetros de los suyos.

—¡Me estás matando, Aster! —Acercó la mano a su mejilla y pasó las yemas de los dedos por la curva de su oído.

—Eso dices, sí. —Le dio un empujón, y se sintió embargada de alivio al ver que él sonreía con ternura y se quitaba de en medio.

Aster cerró la puerta y arrancó. Al mirar por el retrovisor, vio que seguía donde le había dejado, mirándola marchar.

¿Cuánto tiempo más estaría dispuesto a esperar?

¿Aguantaría todo el verano?

¿O se hartaría en una semana y no volvería jamás?

Era él quien debía decidirlo. Ella solo podía esperar y ver qué ocurría.

28

TRABAJA, PERRA

WORK BITCH
Britney Spears

Layla aparcó el Jeep de Mateo detrás del Mercedes de Aster y se puso a leer los comentarios de su blog mientras esperaba a que Aster acabara de mirarse en su espejo retrovisor.

Tal y como esperaba, el artículo que había escrito basado en una de las fotografías de Heather en la que aparecía Madison con la cara sospechosamente pegada a una mesa, había sido un bombazo. Los comentarios se dividían casi a partes iguales entre los admiradores incondicionales de Madison, que se negaban a creerlo, y sus detractores, que lo habían sospechado desde el principio. Aunque empezaban a ganar estos últimos.

Al final, poco importaba lo que opinara la mayoría. Se había plantado la semilla y Madison no se merecía otra cosa.

BEAUTIFUL IDOLS
Ángel de nieve
No sé vosotros, pero a mí no se me ocurre nada más triste que la fotografía de abajo. O bien esa mesa olía irresistiblemente a pinos, o bien Madison Brooks sufre una grave narcolepsia sin diagnosticar, o, más probablemente, la novia de América acababa de meterse por la nariz una rayita...

La puerta de Aster se cerró con un golpe sordo y Layla guardó su móvil en el bolso y salió a toda prisa del Jeep. Decidida a alcanzarla antes de que entrara en Jewel, la llamó para que se parara, y vio que ponía cara de fastidio y seguía andando.

—He oído que anoche triunfaste.

Layla echó a andar a su lado y comprendió que había dado en el clavo cuando Aster se detuvo y esperó a que Tommy, Karly y Brittany entraran antes que ella.

—¿Qué quieres?

Apoyó una mano en la cadera y comenzó a dar golpecitos con el pie en la acera. Intentaba parecer relajada y altanera, pero había una grieta en su armadura, y estaba a punto de agrandarse.

—Que me devuelvas el favor —contestó Layla en tono cordial. No había necesidad de alarmarla todavía. Vio que su expresión pasaba de serena a irritada en cuestión de segundos—. No me digas que ya has olvidado nuestro trato. Vendiste tu alma por tener una oportunidad de promocionar Night for Night.

—Así que por fin reconoces que eres Satanás. Estoy segura de que no va a sorprenderle a nadie. —Aster meneó la cabeza y esperó a que Zion y Sydney entraran. Luego añadió—: Mira, ¿no podemos solventar esto después?

—Estoy segura de que a Ira no le importará que su niña bonita llegue un poco tarde.

Observó la cara perfectamente maquillada de Aster, su melena brillante, sus piernas ridículamente largas, que sobresalían de unos pantalones cortos de color rosa. Tenía ese aire de riqueza, de privilegio y bienestar que Layla nunca podría conseguir, por más que se esforzara. Y no se esforzaría por conseguirlo. Pero aun así…

—¿Qué quieres decir con eso?

No quería decir nada en especial, pero por cómo se tensó

su boca al decirlo Layla comprendió que había puesto el dedo en la llaga.

—Quiero decir que eres la favorita de todo el mundo, incluida Ira.

—Bueno, imagino que tú eso no puedes comprenderlo, teniendo en cuenta tu don para hacer enemigos.

Layla sonrió. Había decidido adularla un poco. Era una de las ventajas de tener la sartén por el mango.

—No todo el mundo puede ser tan popular y tan deseada como tú.

Aster toqueteó la tira de su bolso Louis Vuitton y miró hacia la puerta de Jewel.

—¿Qué es lo que quieres?

—Quiero que traigas a Ryan Hawthorne a Jewel, junto con todos sus amigos famosos. Y quiero que lo hagas en mi nombre.

—Eh, vale. —Aster se echó la melena sobre el hombro y se encaminó a la discoteca—. Enseguida me pongo con ello —añadió, riéndose como si Layla estuviera de broma.

—Puedes reírte o puedes pensártelo bien.

—Tendré en cuenta cualquier petición razonable. Pero esa es patética, hasta para ti.

—Tú eliges. —Layla se encogió de hombros mientras la veía alejarse—. Yo solo tengo que mandar esta foto tuya y de Ryan besándoos a Perez Hilton, TMZ, Page Six, Gawker, Popsugar, Just Jared… ¿Me he dejado a alguien?

Aster se quedó de piedra.

—¡Ah, claro! —Layla se dio una palmada en la frente—. ¡A Madison Brooks! Seguro que le encantaría ver esto.

Aster se volvió lentamente para mirarla.

—O puedes traer a Ryan y a su pandilla a Jewel y me olvidaré de que lo he visto.

—¿De dónde has sacado eso?

Palideció al mirar la fotografía del teléfono de Layla. Hizo amago de agarrarlo, pero Layla lo apartó bruscamente.

—Eso da igual. La cuestión es ¿qué estás dispuesta a hacer al respecto?

—Esto es un chantaje. —Los labios de Aster se adelgazaron hasta formar una línea tensa y amarga.

Layla se encogió de hombros y vio que un grupo de turistas provistos de un alargador para *selfies* posaba con un señor disfrazado de Marilyn Monroe con su famoso vestido blanco.

—Y el chantaje es un delito.

Layla sonrió.

—Pues demándame.

Aster movió los labios frotándolos entre sí y miró anhelante hacia la puerta.

—Eres odiosa, ¿lo sabías?

Layla echó a andar hacia la puerta, pero Aster la agarró del brazo.

—Está bien. Haré lo que pueda. Pero no te garantizo nada.

—Más vale que lo consigas, por tu bien.

Dejó que aquella amenaza quedara suspendida en el aire mientras entraba. Al llegar a la Cámara, se sentó junto a Karly. Se alegraba de que Aster hubiera cedido a su amenaza. Una cosa era cargarse a Madison, que se lo merecía. Pero aunque sin duda Aster también se lo merecía, la idea de seguir adelante con aquel asunto le producía cierta repugnancia.

Estaban todos arrellanados en los sofás de cuero blanco, dormitando y mirando sus móviles. Parecían cansados y estresados. Llevaban dos semanas de competición y ya empezaban a acusar el desgaste.

—¿Dónde está Ira? —Sydney se levantó y miró a su alrededor—. No entiendo por qué nos hace esperar.

—¡Shhh! —Brittney hizo una mueca como si Ira estuviera escuchándolos y Tommy siguió con los ojos cerrados, echando una cabezadita.

Enfadados, paranoicos y agotados... Layla se identificaba con aquellas tres sensaciones.

Un momento después, cuando empezaron a sonar los móviles de todos, Jin fue el primero en decir:

—Es Ira. Ha mandado un enlace de vídeo.

—Así que ¿ahora va a despedirnos por vídeo? —Sydney puso cara de fastidio.

—Te despedirá a ti, a mí no. —Karly sonrió satisfecha y pulsó el *play* al mismo tiempo que Layla.

La cara de Ira llenó la pantalla.

—Ya os advertí de que me gustan las sorpresas, así que hoy vais a ser dos los eliminados.

—¡Pero eso acortará la competición! —gritó Zion, y Layla se preguntó si se daba cuenta de que el vídeo era grabado.

—Si la semana que viene me impresionáis, quizá lo compense no eliminando a nadie. O puede que despida a tres. Depende de vosotros decidir si queréis impresionarme o no.

—¿Está en un yate? —Taylor se acercó el móvil a la cara y Aster miró su pantalla con preocupación.

—Tengo prisa, así que vamos al grano —añadió Ira, y sus gafas de sol reflejaron a la chica en bikini que sostenía la cámara—. El Vesper va en primer lugar.

El equipo del Vesper comenzó a dar gritos de alegría, pero los demás los hicieron callar rápidamente.

—Night for Night va en segundo puesto, y Jewel en último lugar. Otra vez. —Meneó la cabeza y frunció el ceño.

—Gracias a ti —masculló Karly en voz baja, mirando a Layla con enfado.

—¡Eh, que yo he traído a Heather Rollins y a su pandilla! —repuso ella en su defensa.

—¿Has traído a Heather o te has quedado esperando en la puerta para poder decir que la habías traído tú?

Layla puso cara de fastidio y se concentró en el vídeo.

193

—Diego, has conseguido a Madison Brooks, bien hecho.

—¿Qué? —Aster se giró en su asiento y lanzó una mirada asesina a Diego, que pareció perplejo un momento.

—Tommy, tú también.

Aster parecía a punto de estallar.

—Brandon y Jin... No os molestéis en volver. Dudo que Jewel y el Vesper vayan a echaros de menos.

Un segundo después la pantalla quedó en negro.

No se había despedido.

No había dicho «que disfrutéis del fin de semana».

Ni siquiera había habido un fundido gradual al negro.

Layla ignoraba por qué había tenido que presentarse allí para eso, aparte de porque Ira era un gilipollas muy controlador.

Aun así, no la había despedido y ahora que Aster estaba a punto de llevar a Ryan y a sus amigos a Jewel, disponía al menos de una semana más. Después, tendría que encontrar otro clavo ardiendo al que agarrarse.

29

ORO EN EL TECHO

GOLD ON THE CEILING
The Black Keys

—¡Hola! —Tommy corrió a alcanzar a Layla, que había huido de Jewel como si la sala estuviera en llamas—. ¿Recuerdas que me debes un favor?

Layla le miró dos veces. Era como un *déjà vu*, solo que esta vez la que tenía las de perder era ella.

—¿Has estado hablando con Aster?

—¿Qué?

Él entornó los ojos para protegerlos del sol y echó a andar a su lado.

Layla meneó la cabeza, se puso las gafas de sol y siguió caminando.

—Quiero que me devuelvas el favor.

Ella no le hizo caso.

—¿Sabes?, así es como empiezan los rumores —comentó Tommy—. ¿Te has fijado en que ya nadie habla con nadie? Les da pánico que nosotros sigamos hablando.

—El que habla eres tú. Yo solo intento llegar a mi coche. —Layla meneó la cabeza y se dirigió al Jeep.

Tommy la miró.

—No puedo creer que hayas olvidado ya que una vez te salvé el pellejo.

—Y yo no puedo creer que hayas olvidado que no eres precisamente inocente.

—Puede que no, pero lo disimulo mejor. —Se arrepintió de haber dicho aquello en cuanto lo dijo, e intentó enmendarse rápidamente—. Además, no tienes pinta de ser de las que no cumplen su palabra.

—No recuerdo haberte dado mi palabra. Tú dijiste «Me debes una» y yo no dije nada.

—Eres dura de verdad.

—¿Y eso te sorprende?

—¿Qué tiene que hacer uno para que le lleves a casa?

—Pues, para empezar, podrías pedírmelo sin más en vez soltarme todas esas chorradas acerca de tratos que no hemos hecho.

Abrió la puerta.

Tommy se rio y subió al coche.

—¿Qué le ha pasado a tu moto?

—Se la he cambiado a mi novio.

Así que tenía novio. No era una buena noticia, pero tampoco era un obstáculo insalvable, teniendo en cuenta cómo le había besado.

—¿Hace surf?

—¿Por qué? —Layla se incorporó al tráfico.

—Porque hay medio metro de arena en el suelo.

Layla se encogió de hombros y miró por el retrovisor.

—Pues quítate los zapatos y sueña con Malibú. Mientras tanto, ¿adónde vamos?

—A Los Feliz. —Dejó la mochila entre sus pies—. Aunque te advierto que mi casa es una pocilga.

—Bueno, no pienso vivir en ella.

Tommy sacudió la cabeza. Layla era muy dura de pelar. Por eso le gustaba tanto.

—¿Y qué? ¿Vas a enseñarme una maqueta?

Él la miró sorprendido. No recordaba haberle hablado de su música.

—Eres músico, ¿no?

Asintió lentamente. ¿De verdad se le notaba tanto que era un aspirante a estrella del rock? ¿Tan patético era?

—¿Puedo oírla?

Tommy titubeó. Si a ella no le gustaba, se lo diría. Pero si le gustaba, sus cumplidos significarían mucho para él.

—El hecho de que tenga pocas habilidades sociales, como tú dices, no significa que no se capaz de calar a la gente.

—Yo nunca he dicho que...

Layla movió la mano.

—La maqueta. Quiero escucharla. Aunque solo sea porque así nos ahorraremos la lenta y espantosa tortura de tener que charlar.

Tommy sacó el disco de su mochila y lo metió en el estéreo. Contuvo la respiración cuando sonaron los primeros acordes de una guitarra de seis cuerdas. Cuando empezó a cantar, pensó que iba a desmayarse de nerviosismo. Layla no dijo nada. Y las pocas veces en que cambió el tono de voz haciéndolo más agudo, su expresión permaneció inmutable.

Cuando acabó la primera canción, todavía no había dicho nada. Siguió así mientras sonaban la segunda y la tercera. Tommy estaba a punto de suplicarle que acabara con aquella tortura y le diera su veredicto (bueno o malo, afrontaría lo que fuese) cuando por fin bajó el volumen y dijo:

—Las letras son increíbles. Tu voz es fuerte y tiene carisma. Y en cuanto a tu forma de tocar... Porque supongo que eres tú quien toca...

Él hizo un gesto afirmativo, casi incapaz de respirar.

—Eres una máquina tocando, y espero que te lo tomes como un cumplido, porque lo es.

—Pero... —Siempre había un pero.

—Pero nada. —Se encogió de hombros, y aquella sencilla afirmación fue una de las alegrías más dulces que había conocido Tommy—. Está todo ahí. Tienes unos cimientos muy sólidos. Es como ese coche que conduces. Tiene todos los componentes de un clásico. Solo hay que pulirlo un poco e invertir un buen montón de dinero para que despegue como un cohete.

La miró maravillado. Le estaba haciendo un cumplido, pero hablaba como si le estuviera informando de un hecho. Sin ninguna efusividad. No había dicho «¡Dios mío, Tommy! ¡Eres alucinante!», como solían decirle las chicas aunque solo fuera para adularle.

Solo por eso, la opinión de Layla significaba más para él que la de cualquiera que hubiera oído su música hasta ese momento.

Desde que había comenzado el concurso, su sueño de convertirse en una estrella de rock había quedado relegado a un segundo plano y cada vez estaba más decidido a impresionar a Ira mediante su astucia para los negocios. Pero en cuanto aquello acabara, volvería a meterse en el estudio. Los comentarios de Layla confirmaban que aquel era un sueño por el que merecía la pena esforzarse.

Por fin pudo respirar.

Y cuando ella subió el volumen y puso el disco desde el principio para que pasaran el resto del trayecto escuchando su música, aquel cumplido se volvió aún más dulce.

—No digas que no te lo advertí.

Tommy se paró delante de la puerta de su apartamento y Layla puso los ojos en blanco. Le sorprendía que hubiera accedido a subir. Y aunque no estaba seguro de qué significaba, confiaba al menos en que encontraran la forma de ser amigos.

—Te aseguro que he visto cosas peores.

—Lo dudo. —Se rio, pero abrió la puerta de todos modos.

Intentó ver su apartamento a través de los ojos de Layla e hizo una mueca al imaginar su reacción.

Ella cruzó la desgatada moqueta hasta el otro lado de la habitación, derecha hacia su colección de discos de vinilo, apilada contra la pared. Sacó *Led Zeppelin IV* de su funda, lo puso en el tocadiscos y bajó la aguja. Se volvió hacia él con una sonrisa cuando los primeros acordes de *Going to California* llenaron el pequeño apartamento.

—¿Eres fan de los Zeppelin? —Tommy le pasó una cerveza.

—Gracias a mi padre, me crie con estas cosas. —Entrechocó el cuello de su botella con la de Tommy y bebió un trago—. Tu música recuerda a Jimmy Page, y las letras me recuerdan a ti.

Tommy se paró frente a ella, mudo de asombro.

—Jimmy Page es uno de mis ídolos —dijo por fin—. En cuanto a lo demás… En fin, gracias.

Layla se llevó la cerveza a los labios, bebió un largo trago y recorrió con la mirada el apartamento. Era pequeño, pero estaba bastante limpio.

—No está tan mal como decías. —Asintió con la cabeza—. No huele mal, tienes una colección impresionante de libros de bolsillo y ¿a quién no le gustan los techos de gotelé salpicados inexplicablemente de pintitas doradas?

Le lanzó una sonrisa malévola. Luego dio media vuelta y se dirigió a su dormitorio. Tommy la siguió. Aquella era su casa, pero era Layla quien estaba al mando.

Se paró junto al colchón que había en el suelo y miró a su alrededor.

—Velas, sábanas decentes… ¿A cuántas chicas has traído aquí, Tommy?

Abrió la boca para contestar, pero volvió a cerrarla. No sabía cómo responder. Ni si quería responder.

—Seguro que no soy la primera.

—¿Y si te dijera que sí? —La observó atentamente, sin saber adónde llevaba todo aquello.

—Entonces no me quedaría más remedio que acusarte de mentir.

—Bueno, como quieras.

Se alegró de poder zanjar la cuestión. Ver a Layla allí, en su cuarto, era demasiado tentador. El beso que se habían dado había sido muy breve, pero tardaría mucho tiempo en olvidarlo. A pesar de lo mucho que deseaba repetirlo, necesitaba concentrarse en ganar el concurso, no en perseguir a una chica que, aunque tenía novio, le lanzaba continuamente señales contradictorias. Ansioso por volver a terreno neutral, salió del dormitorio y la condujo al sofá.

—Bueno, ¿cómo conseguiste a Madison Brooks? —Layla se sentó con las rodillas pegadas al pecho y se rodeó las piernas con los brazos—. No parece una sala muy de su estilo.

Él bebió un trago de cerveza. Layla no hizo caso de la suya.

—Sencillamente, apareció —contestó. No quería contarle nada más.

—Pero ¿cómo estuvo? Porque hablaste con ella, ¿no?

Era una pregunta sencilla, pero mientras empezaba a tocarse el pelo y a rascarse la barbilla Tommy comprendió que Layla sospechaba que ocultaba algo. Como ella misma había dicho, se le daba bien calar a la gente.

—Estuvo simpática —dijo en tono vacilante.

Quería contarle algo más, pero no sabía si debía. Deslizó los dedos por el cuello de la botella y su mirada pareció desenfocarse al recordar la noche en que una de las chicas más deseadas del mundo decidió pasarse por su club.

—En realidad no hablamos mucho, pero no es en absoluto como me esperaba. Estuvo casi… —Se interrumpió y sacudió la cabeza, incapaz de expresar lo que quería decir.

Layla se inclinó hacia delante, urgiéndole a continuar.

Tommy inspeccionó la habitación con la mirada, como si esperara encontrar la respuesta escrita en la pintura descascarillada de la pared, o entre las manchas oscuras de la moqueta, o quizás en la manoseada portada de un libro de Hunter S. Thompson.

—Como algunas chicas que conocí cuando vivía en Oklahoma —dijo por fin.

Layla entrecerró los ojos, pero él se apresuró a explicar:

—No del estilo de las chicas con las que solía salir. —De pronto esbozó una sonrisa—. Quiero decir que parecía muy normal. Muy sencilla. Nada mimada. Como si no encajara en esa vida glamurosa que lleva. Como si una parte de ella encajara mejor en una vida mucho más sencilla, en una ciudad mucho más pequeña… —Titubeó.

Al ver la expresión incrédula de Layla, comprendió que había revelado más de la cuenta.

—Conque dedujiste todo eso —dijo ella trazando un círculo en el aire con el dedo— y sin embargo dices que no hablasteis mucho. —Ladeó la cabeza y dejó que el pelo le cayera en los ojos—. Tengo la impresión de que hablasteis mucho más de lo que dices.

Se removió, incómodo, y tiró de un hilo suelto del cojín.

—Quizá sea mejor que no hablemos del concurso.

—¿Por qué? —Entornó los párpados—. Es lo único que tenemos en común.

—A los dos nos gustan los Zeppelin —repuso él.

Era un intento patético, pero estaba deseando recuperar la calma. Odiaba las discusiones. Sobre todo cuando no tenía ni idea de por qué discutían.

—¿Qué haces? —preguntó al ver que ella se levantaba de un salto y se dirigía a la puerta.

—Esto ha sido mala idea. —Se pasó una mano por su pelo rubio y arrugó el ceño—. Los concursos y la amistad no hacen buenas migas.

—Pero si… casi no has probado la cerveza. —Señaló tontamente la botella casi llena, como si bastara con eso para convencerla de que se quedara.

—Acábatela tú —replicó Layla, cambiando de humor tan bruscamente que Tommy apenas podía seguirla—. Como tú mismo has dicho, no sirvo para esto.

Sin decir nada más se marchó, dejando que Tommy se preguntara qué demonios acababa de pasar.

30

NO IMPORTA NADA MÁS

NOTHING ELSE MATTERS
Metallica

Sentada en la terraza de Nobu, mirando la playa de Malibú, Madison disfrutaba del suave roce de la brisa en su mejilla. Desde que se había mudado a Los Ángeles, el mar se había convertido en su refugio. Contemplar el incesante vaivén de las olas en la orilla era su forma preferida de meditar. Había pensado en comprarse una casa junto al mar, pero las playas eran de acceso público y resultaba difícil proteger las casas a pie de playa. Además, de momento y hasta que el problema estuviera zanjado, había dejado en suspenso todos sus sueños.

—¿Ese era James? —Ryan se inclinó para darle un beso fugaz—. Ya sabes, el portero de Night for Night. Habría jurado que era él el que le ha dado una propina al aparcacoches y se ha montado en un CTS-V negro mate. —Sacudió la cabeza—. No sabía que los porteros de discoteca ganaran tanto dinero.

Madison se encogió de hombros como si no tuviera ni idea de lo que le estaba diciendo. Ryan no tenía por qué conocer su acuerdo con James, ni con ninguna otra persona de las que trabajaban para ella. Lo que estaba a punto de decirle era de por sí suficientemente revelador. Confiaba en que él cooperara y en que el tiempo que habían pasado juntos no acabara en un enfrentamiento radical.

Ryan se sentó de mala gana, con expresión de profunda

desconfianza. Bien, tendrían que encontrar el modo de solucionarlo. Se necesitaban mutuamente más que nunca.

—Bueno, ¿de qué va todo esto? —preguntó con sorprendente brusquedad, fijando en ella sus ojos verdes.

Madison miró el mar y vio como el sol atravesaba hermosas franjas de rosa y púrpura al descender sobre el agua rutilante, azul y plata.

—¿Te acuerdas de aquella noche, cuando querías venir aquí a cenar y, como preferí quedarme en casa, dijiste que ibas a salir con tus amigos cuando en realidad fuiste a ver a Aster Amirpour a Night for Night?

Los ojos de Ryan se dilataron, pero enseguida recuperó el dominio de sí mismo y compuso una expresión neutra.

—Solo quería saber hasta qué punto va en serio lo tuyo con Aster. —Madison se reclinó en su asiento y le observó atentamente. Vio que meneaba la cabeza, que se agarraba a los lados de la silla. Estaba a punto de excusarse cuando ella alargó la mano y dijo—. Por favor, se acabaron los juegos. Vamos a ser sinceros para variar.

Ryan le lanzó una mirada recelosa y se pasó la mano por el pelo rubio y alborotado. El silencio se prolongó, hasta que por fin él se dio por vencido.

—No sé. —Desplegó las manos sobre la suave superficie de la mesa y se miró los dedos como si intentara recordar el diálogo de aquella escena—. Supongo que podría decirse que el interés que siento por ella está a medio camino entre mucho y no mucho.

Madison asintió con un gesto.

—¿Y qué es lo que ves en ella, aparte de lo obvio?

Él se pasó una mano por la cara, miró a los demás comensales y volvió a fijar la mirada en ella.

—Vamos, Mad. —Agitó las manos sobre la mesa y frunció el ceño—. ¿A qué viene esto?

—Quiero saber la verdad.

—Pues yo… Eso es muy incómodo, ¿vale?

Ella asintió, animándole a continuar.

—Está bien. —Ryan se concentró en su tenedor, apretando las puntas con las yemas de los dedos—. Según mi psicoanalista…

—¿Se lo has contado a tu psicoanalista?

Sabía que Ryan veía a una psicoanalista, como todo el mundo, pero no que de veras confiara en ella. Creía que solo iba para que le extendiera recetas de marihuana terapéutica.

—Creía que era como ir a confesarse. Que se suponía que tenía que confesarle todos mis pecados. —Se encogió de hombros—. El caso es que, según ella, si me siento atraído por Aster es porque ella me necesita y tú no. También dice que estoy haciendo esto porque van a cancelar mi serie. Para reafirmar mi ego y volver a sentirme importante. —Desvió la mirada como si le doliera decirlo.

—¿Y si te dijera que se equivoca? —Madison le miró plácidamente, consciente de que había conseguido captar su atención cuando levantó la cabeza y le indicó con un gesto que continuara—. ¿Y si te dijera que sí te necesito… más de lo que puedes imaginar?

Ryan se lamió los labios y se inclinó hacia ella. Evidentemente, había adivinado que estaba a punto de proponerle un trato.

—Soy todo oídos.

—Bien. —Ella sonrió y se hundió más aún en su asiento—. Pide unas copas y te lo explico todo. Pero primero tienes que prometerme que lo que voy a decirte no se lo dirás a tu psicoanalista, ni a tu párroco, ni a nadie.

Él asintió con la cabeza y llamó a un camarero. Mientras el hombre se acercaba, Ryan le lanzó su mejor sonrisa y añadió:

—Y luego puedes contármelo todo sobre Della, sobre tu acuerdo con James y sobre cómo te hiciste de verdad esa cicatriz que tienes en el brazo.

31

DESTINO DESCONOCIDO

DESTINATION UNKNOWN
Missing Persons

Aster se giró delante de su espejo de cuerpo entero para asegurarse de que estaba impecable desde todos los puntos de vista. Ira iba a dar una fiesta en Night for Night a la que acudirían todos los peces gordos de la industria cinematográfica, de ahí que tuviera que estar absolutamente perfecta.

Miró sus zapatos Valentino y arrugó el ceño. Quedaban perfectos con el minivestido *vintage* de Alaïa color crema que había comprado hacía poco en Decades, en Melrose. Normalmente evitaba comprar ropa de segunda mano. Le daba un poco de repelús. Pero aquel vestido se ceñía tan perfectamente a sus curvas que su fobia a los gérmenes se había desvanecido por completo. No cabía duda de que a Ryan iba a encantarle. Pero para lucirlo del todo bien, era necesario que se lo pusiera con los zapatos perfectos. La cuestión era cómo bajar las escaleras y salir por la puerta sin que se enterara Mitra, su *nanny*.

Era la última noche de la tercera semana de competición, y aunque había conseguido mantenerse en el concurso las cifras del Vesper la dejaban siempre rezagada, y Jewel también estaba cobrando impulso gracias a las modelos y a los famosos de segunda fila que empezaban a frecuentarlo. Layla estaba loca si creía que podía chantajearla para que mandara allí a Ryan Hawthorne.

Al principio, al ver la fotografía, se había dejado llevar por el pánico. Pensar que alguien había fotografiado un momento como aquel, que ella creía íntimo y secreto, era de lo más perturbador. Lo último que necesitaba era que aquella foto se hiciera viral, y sin embargo no podía permitir que Layla ganara el concurso. Le mandaría a Sugar Mills y a cualquier otro famosillo que consiguiera gracias a su agente, pero no pensaba hacer nada más. Layla tendría que arreglárselas sola.

De momento tenía problemas más urgentes que resolver. Los zapatos, por ejemplo. Mitra sospechaba de Javen y de ella. Normalmente estaba en la cama a las nueve o nueve y media, como mucho. Pero últimamente le había dado por quedarse viendo la tele hasta las tantas, alegando que se había aficionado a un programa nocturno. Aunque habían hecho todo lo posible por taparse el uno al otro, cada vez les resultaba más difícil, dado que Mitra se metía constantemente en sus asuntos.

Se llevó los dedos a la mano de Fátima de oro y diamantes y rogó a quien estuviera a cargo de aquellas cosas que le permitiera superar otra noche y, si no era mucho pedir, todas las que seguirían. A pesar de las apariencias, estaba empezando a perder pie, sobre todo debido a su amistad con Ryan.

Aunque había conseguido darle largas, se preguntaba cuánto tiempo se conformaría con los pocos besos furtivos que habían compartido. Unas noches antes la había acusado de ser una provocadora, y aunque había sonreído al decirlo su voz tenía un matiz que había intranquilizado a Aster.

No podía permitirse perder el interés de Ryan. No solo porque se había vuelto adicta a las atenciones que le prodigaba (nunca había sentido una emoción como aquella), sino porque también empezaba a creer que hablaba en serio cuando decía que iba a ayudarla a iniciar su carrera en Hollywood. Hasta le había prometido presentarle a su agente, que era mucho mejor que el inútil del suyo. Sabía que Ryan no la dejaría en la estacada, pero también que, con el tiempo, esperaría de ella algo más que besos.

Por lo que había podido deducir leyendo blogs y tabloides, Ryan y Madison seguían juntos. Ryan, sin embargo, juraba que lo suyo estaba prácticamente acabado. Confiaba en que estuviera diciendo la verdad. Nunca había sido su intención que llegara a gustarle tanto.

Se puso el bolso sobre el regazo y hurgó entre su contenido: llaves, brillo de labios, permiso de conducir, dinero en efectivo y el preservativo que Safi, su mejor amiga, y ella habían comprado una noche estando borrachas, y que llevaba consigo desde entonces, por si acaso. Todo estaba allí.

Su plan solo tenía una pega: los zapatos.

No podía salir descalza. Pero tampoco podía bajar con los tacones puestos a las diez de la noche y con la bata puesta, mientras Mitra veía la tele. Ya que había empezado el día fingiéndose constipada para explicar su cansancio por haberse acostado muy tarde y su necesidad de dormir hasta bien entrada la mañana, pensó que podía seguir interpretando aquel papel. Se puso la bata sobre el vestido, se ató el cinturón, abrió la ventana y tiró los zapatos y el bolso al césped, dos pisos más abajo. Hizo una mueca al oír el golpe sordo que produjeron los zapatos al caer, contuvo la respiración, confiando en que Mitra no lo hubiera oído, y se dirigió a la escalera.

Se echó el pelo sobre la cara para ocultar que llevaba base y colorete (los ojos y los labios se los pintaría en el coche), entró en el salón y puso unos ojos como platos al ver a Javen arrellanado en un sillón, fingiendo que leía. Al parecer, él también tenía grandes planes. Él interpretaba su papel y ella el suyo, y ambos procuraban tener contenta a Mitra.

—He bajado a deciros buenas noches —dijo—. Me he tomado una pastilla y me ha dado sueño, así que creo que voy a acostarme.

Mitra asintió e hizo amago de levantarse, pero Aster alzó una mano para disuadirla.

—Puede que sea contagioso —explicó—. Y no quiero que te pongas enferma. Hasta mañana.

Javen y ella cruzaron una mirada cómplice y Aster regresó a su cuarto y esperó a que su hermano le enviara un mensaje en cuanto Mitra se quedara dormida en su sillón, cosa que no tardó en suceder. Luego bajó la escalera con la bata puesta, por si Mitra se despertaba de repente, salió sigilosamente por la puerta delantera, recogió su bolso y sus zapatos del césped y corrió hacia su nueva vida, que por fin estaba a punto de comenzar.

Parada en el Riad, miró con nerviosismo la sala confiando en que Ryan no hubiera cambiado de idea sobre ella justo cuando se había decidido a seguir adelante. Sabía lo de la fiesta. Sabía lo importante que era para ella. Y esa noche, más que ninguna otra, necesitaba que estuviera allí. Era raro que llegara tarde.

—Aster.

Una mano asió su muñeca. Unos labios rozaron su oreja. Aster cerró los ojos, aliviada, y aspiró una bocanada de Tom Ford Noir.

—Estás preciosa.

Ryan la condujo al sofá y se sentó a su lado. Tocó su rodilla, indeciso al principio. Luego, al ver que ella no se apartaba ni le retiraba la mano, se atrevió a subirla un poco más, hasta posarla al lado del bajo del vestido.

—¿Has venido solo? —Se le aceleró al corazón al pensar en las posibilidades que se abrían ante ella.

—¿Esperabas que viniera con Madison?

Al oír su nombre, Aster retrocedió instintivamente, pero Ryan la atrajo de nuevo hacia sí.

—Ni siquiera me acuerdo de cuándo fue la última vez que hablamos —dijo entre besos.

—Pero según la prensa seguís tan enamorados como siempre.

Ryan se apartó y ganó unos segundos sirviendo dos chupitos de vodka helado.

—Estoy en ello. Te doy mi palabra. Solo espero que tú seas tan paciente conmigo como yo he sido contigo. —La miró a los ojos y Aster se estremeció.

Había sido paciente, sí. Y ella le había dado largas constantemente. Más o menos. No del todo. Pero sí, puede que un poco.

Se inclinó para darle un beso del tipo que había evitado hasta entonces. Apretándose contra él, le besó profundamente, por completo, y, una vez hubo empezado, le pareció casi imposible parar. Ryan hundió una mano entre su pelo. Se apartó un momento para mirarla, maravillado, y después buscó de nuevo su boca. Deslizó lentamente los dedos por su muslo, por debajo del vestido, mientras ella se derretía en sus brazos. Ryan la adoraba. Aster lo notaba en su voz. Lo sentía en sus caricias. Y cuando sus dedos rozaron el borde de su tanga, se preguntó si sería posible morir de dicha.

A él se le aceleró la respiración al pasar un dedo bajo el encaje de la braguita, pero Aster se apartó bruscamente asustada.

—Aster, *por favor* —gimió Ryan con voz ronca—. No sabes lo que me estás haciendo.

La atrajo de nuevo hacia sí y volvió a apoderarse de sus labios. Aster sintió el impulso de arrancarle la ropa y hacer el amor con él allí mismo, en el Riad, y al mismo tiempo tuvo el instinto de echar el freno mientras aún podía hacerlo. Perder la virginidad en público nunca había entrado en sus planes.

—Ryan... —Puso las manos sobre sus hombros y le apartó hasta que hubo suficiente espacio entre ellos para que pudiera pensar con claridad—. No puedo hacer esto. Aquí no, así no. —Se detuvo, indecisa. No sabía si debía decirle que aquella iba a ser su primera vez. A algunos tíos les gustaban esas cosas, mientras que otros preferían evitarlas a toda costa. Decidió no decírselo. La noche estaba siendo perfecta, más de lo que había imaginado. No quería que se estropeara—. Tenemos que ir más despacio. Yo, por lo menos, lo necesito. —Respiró hondo y se apresuró a explicar—: Estoy trabajando. No puedo pasarme toda la noche aquí, contigo. Aunque eso no significa que más tarde, cuando cierre la discoteca, no podamos… acabar lo que hemos empezado.

Le dedicó una sonrisa seductora, consciente de que su corazón latía tan fuerte que era un milagro que Ryan no lo oyera.

Él se quedó mirándola un momento, pensativo. Luego, sin decir palabra, se levantó, le tendió la mano y le lanzó aquella célebre sonrisa que hacía derretirse a un millón de corazones, incluido el suyo.

—¿Adónde vamos? —preguntó Aster, temiendo que intentara sacarla de allí a pesar de lo que había dicho.

—Baila conmigo, Aster. Al menos podrás bailar, ¿no?

Le agarró de la mano y dejó que la llevara a la pista de baile.

—Aunque, créeme, en cuanto acabes de trabajar pienso retomarlo exactamente donde lo hemos dejado.

32

ASÍ SE ROMPE UN CORAZÓN

THIS IS HOW A HEART BREAKS
Rob Thomas

De pie junto a la barra, Layla miró la hora en su teléfono.

—¿Vas a ir a la fiesta? —preguntó Zion acercándose a ella.

Layla se fijó en su cabeza afeitada, en su tez morena y reluciente, en su perfecta estructura ósea y en sus ojos del color del bronce, y se encogió de hombros. Zion era absurdamente bello, y sabía cómo sacarle partido a su belleza. Pero por algún motivo aquel rasgo era menos irritante en él que en Aster Amirpour.

—¿No me digas que vas a dejar pasar la oportunidad de ver a Aster, la Puta Reina, en pleno apogeo? —preguntó él.

—La fiesta no es en honor de Aster —le recordó ella—. Solo da la casualidad de que se celebra en Night for Night. Ira prometió que las fiestas irían rotando.

—Pues no se lo digas a Aster. Ella cree que la discoteca es suya. Igual que la fiesta.

Layla puso los ojos en blanco. Era agradable tener un enemigo común. Además, Zion era el único miembro de su equipo que todavía le hablaba. Brandon había sido eliminado y Karly nunca le había tenido simpatía. Aunque con frecuencia sospechaba que, si Zion hablaba con ella, era porque no la consideraba un peligro. Había conseguido atraer a Heather Rollins, sí, pero él llenaba todas la noches el club con modelos tan impresionantes que eclipsaban por completo a sus modestos invitados.

De todos modos, a ella poco le importaba. Gracias a Heather y a los cotilleos sobre Madison que le había proporcionado, su blog estaba despegando. Pero, para seguir teniendo información de primera mano, tenía que seguir en el concurso y estaba tan decidida a seguir adelante como Zion.

—¿A ese le has traído tú? —Zion sacudió la cabeza y puso cara de asco al señalar a un hombre al que solo podía describirse como de color beis—. Cariño, ni siquiera es normalito, es un muermo. Y parece que ese tipo tan alto, tan pálido y tan insulso viene derecho hacia aquí. Te dejo con él.

Layla vio acercarse al hombre, en cuya cara danzaban como enloquecidas las sombras que proyectaban las luces del techo. Con sus pantalones chinos de pinzas, sus zapatos marrones y su polo blanco, parecía tan fuera de lugar entre los jóvenes vestidos a la última moda que llenaban la discoteca que Layla se preguntó por un instante si no sería el padre de alguno de ellos.

—¿Es usted Layla Harrison? —Su mirada pálida se deslizó sobre ella.

Layla hizo un gesto afirmativo y vio desconcertada que metía la mano en el bolsillo trasero de su pantalón y le entregaba un papel doblado.

—¿Qué es esto? —Layla entornó los ojos para mirar la hoja, que parecía un documento oficial.

—Una orden de alejamiento.

Pestañeó y sacudió la cabeza, convencida de que había oído mal.

—A partir de este momento, no puede usted acercarse a menos de quince metros de Madison Brooks.

—¿Me está tomando el pelo? —Tembló de rabia y de frustración al arrugar el papel con el puño—. ¿Tropiezo y se me vierte el café y por eso soy una acosadora? ¿Es una broma?

—Una denuncia por acoso no es ninguna broma. Como tampoco lo son las historias difamatorias que publica en su blog. —Su rostro impasible no dejaba traslucir nada.

—Si son ciertas, no pueden ser difamatorias —rezongó Layla sin poder evitarlo.

Sacudió la cabeza y recorrió la sala con los ojos, convencida de que Zion o Karly le estaban jugando una mala pasada. Luego miró de nuevo a aquel hombre alto y anodino y vio cómo entornaba los párpados, fijos en ella, hasta que sus ojos prácticamente desaparecieron.

—¿Quién demonios es usted? —preguntó.

Su cara le sonaba vagamente, aunque no tenía ni idea de por qué.

—Represento a Madison Brooks. Y le conviene tomarse esto en serio. ¿Está claro?

—Clarísimo.

Le miró, rabiosa, mientras daba media vuelta y se dirigía a la salida.

En cuanto se marchó, Layla rompió el documento, tiró los pedazos a la papelera de detrás de la barra, echó encima un montón de cubitos de hielo y rodajas de lima y salió de Jewel hecha una furia.

Cuando Madison le había dicho que tendría noticias de sus abogados, había dado por sentado que era un farol.

¿Qué clase de niña mimada denunciaba a otra persona por verterle el café encima accidentalmente?

«No puede acercarse a menos de quince metros de Madison Brooks», había dicho aquel hombre. Como si Madison pudiera decirle dónde ir. Sacudió la cabeza, agarró su teléfono y estuvo a punto de llamar a Mateo aunque fuera solo para desahogarse, pero colgó antes de que acabara de marcarse el número. La última vez que había hablado con él sobre su encontronazo con Madison, no le había mostrado la más mínima empatía. No pensaba darle motivos para que le dijera «Ya te lo dije».

Subió a su moto y bajó el bulevar en dirección a Night for Night. El aire cálido de la noche de verano acarició su piel, y le dieron ganas de seguir adelante, de no volver jamás. Se preguntó si alguien la echaría de menos, aparte de su padre. Mateo sí. Al menos al principio. Pero entre ellos había tanta tensión que no tardaría en darse cuenta de que estaba mejor sin ella.

Pero Layla no tiraba la toalla fácilmente. Así que dejó la moto junto a la acera y saludó a James con una inclinación de cabeza cuando el portero descolgó el cordón de terciopelo y la dejó pasar.

Tenía previsto pasarse por la mesa de Ira para dejarse ver y saludarle un momento, y luego largarse de allí. No estaba de humor para fiestas. Lo único que quería era meterse en la cama, taparse la cabeza con las mantas y no volver a salir.

Cruzó la sala camino de donde estaba Ira, pero en ese momento estalló una pelea en la pista de baile, el gentío se dispersó y Layla vio pasmada que Ryan Hawthorne, Madison Brooks y Aster Amirpour se hallaban en el centro de la pelea.

—¿Cómo has podido? —gritó Madison con labios temblorosos.

Sus mejillas brillaban al resplandor de las lámparas de cobre. Aster la miraba horrorizada y Ryan se limpiaba los labios con el dorso de la mano. Layla echó mano instintivamente de su móvil, puso en marcha la cámara de vídeo y se acercó lentamente.

Al diablo con la orden de alejamiento. Layla era una profesional y aquello era demasiado jugoso para dejarlo pasar.

Aster tendió la mano hacia Madison, intentando calmarla, pero Madison se revolvió como un animal herido.

—¡Apártate de mí! —gritó—. ¡No te atrevas a tocarme!

Ryan se interpuso entre ellas de un salto y levantó las manos en señal de rendición.

—¿Qué haces, Mad? —preguntó con incredulidad mientras miraba frenéticamente de un lado a otro, fijándose en los muchos testigos antes de fijar de nuevo los ojos en su famosa y enfurecida novia.

—Me he pasado por aquí confiando en darte una sorpresa. Hace semanas que no nos vemos ¡y ahora ya sé por qué!

Señaló a Aster con dedo acusador y Aster se encogió detrás de Ryan. Él se acercó con intención de calmar a Madison. Parecía enfadado, sí, pero no del todo sorprendido.

Layla se acercó con cautela, viendo la escena a través de su móvil. Todavía le costaba creer que estuviera presenciando en primera fila la que sin duda sería la noticia de la que más se hablaría durante semanas, o incluso meses si en ese verano escaseaban los escándalos. Enfocó a Madison, que lloraba mientras preguntaba una y otra vez a Ryan «¿por qué?» y Aster se escondía torpemente tras él.

Aquella era sin duda la mejor actuación de su vida, y Layla continuó grabándola. Siguió a Madison con la cámara cuando esta echó a correr hacia la puerta. Con la cabeza agachada y los brazos cruzados sobre la cintura, atravesó corriendo el gentío, que la dejó pasar sin ningún tropiezo, hasta que llegó adonde estaba Layla. Entonces levantó la barbilla y la miró fijamente, casi como si esperara verla allí.

Todo sucedió tan deprisa que Layla no pudo deducir hasta qué punto aquella mirada era producto de su pánico a ser descubierta a menos de quince metros de la persona que la había denunciado por acoso.

Aguzó el oído cuando Ira intervino para decir unas palabras, pero la música ahogó su voz. Estaba a punto de dejar de grabar cuando Madison llegó a la entrada, en el mismo instante en que llegaba Tommy. Y se quedó de piedra cuando vio que Tommy le rodeaba los hombros con el brazo, le susurraba algo al oído y la conducía afuera, hacia la oscuridad de la noche.

33

CÓMO SALVAR UNA VIDA

HOW TO SAVE A LIFE
The Fray

Madison estaba temblando.

Parecía horrorizada, como si acabara de vivir algo de lo que tardaría mucho tiempo en recobrarse.

Había sucedido todo tan deprisa que no hubo tiempo de pensar. Tommy estaba entrando en la discoteca, pensando en quedarse el tiempo justo para que Ira le viera, y un instante después Madison corrió hacia él con la cara cubierta de lágrimas. Así que hizo lo único que podía hacer: les gritó a todos que se apartaran, le echó la chaqueta sobre los hombros y la acompañó a su coche, se sentó detrás del volante y condujo sin rumbo hasta que estuvo seguro de que no los seguían. Después se detuvo en el Vesper y escondió a Madison en uno de los cuartitos de atrás mientras esperaba a que el local se vaciara y pudiera salir sin correr ningún riesgo.

Lo más sorprendente fue que Madison estuviera dispuesta a acceder a aquel plan improvisado sin una sola palabra de protesta. Claro que casi no había abierto la boca. Era como si estuviera perdida en su mundo, feliz de dejar que otros se ocuparan de todo.

—¿Estás bien? —le preguntó Tommy cuando estuvo acomodada.

Miró angustiado su bella cara y pensó que parecía muy pequeña y vulnerable, cubierta con su chaqueta de cuero. Entre tanto no paraba de repetirse para sus adentros: «No es más que una chica. Una chica en apuros. Necesita tranquilidad, consuelo, calma y un poco de apoyo. Tú puedes darle todo eso».

Madison se tiró de las mangas, tapándose los dedos, y se las acercó a los labios un momento. Después dejó caer las manos sobre su regazo como si abandonara una carga que había llevado demasiado tiempo.

—Dios, debo de estar horrible. —Encogió los hombros y miró a Tommy con ojos brillantes.

—Eso es imposible.

Él se sentó frente a ella y le ofreció una cerveza. Confiaba en que le gustara la cerveza. Normalmente, a juzgar por las fotografías que había visto, siempre bebía champán. Pero en el Vesper no servían champán, y desde su primer encuentro había tenido la sensación de que Madison soportaba la cerveza tan bien como cualquier chica de su Oklahoma natal. Por cómo agarró la botella escarchada, apretándola primero contra su mejilla y luego contra su frente antes de beber un trago, Tommy comprendió que al menos en eso no se equivocaba.

—Gracias por sacarme de allí. —Le miró con más agradecimiento del que merecía aquel gesto insignificante—. Ha sido muy galante por tu parte. —Tocó con la suya el cuello de la botella de Tommy y bebió otro sorbo.

—Se hace lo que se puede. —Él se encogió de hombros y deseó haber dicho algo más ingenioso, pero no se le ocurrió nada.

—¿Qué has visto exactamente? —Madison puso la botella sobre la mesa y pasó el dedo índice por el borde.

—Nada. —Tommy pellizcó la etiqueta de su cerveza. No le costaba imaginar lo que había pasado—. Acababa de llegar cuando me he chocado contigo.

Ella levantó la barbilla y lo miró desde lo alto de su elegante nariz.

—Esa discoteca no parece muy de tu estilo.

—No lo es. Pero tenía que hacer acto de aparición.

Madison hizo un gesto afirmativo con la cabeza y Tommy pensó que nunca había visto nada tan conmovedoramente hermoso. Con el rímel corrido parecía frágil, angustiada, necesitada de protección. Tommy tragó saliva con esfuerzo y luchó por conservar la calma.

Ella pestañeó y se miró las manos, abriendo los dedos blancos y delicados sobre la madera arañada de la mesa.

—Me pregunto si Aster se va a apuntar un tanto por llevarnos a Ryan y a mí a la discoteca.

Ahora fue Tommy quien pestañeó. Ignoraba que Madison estuviera al tanto de los rumores que circulaban acerca de Ryan y Aster, aunque debería haber adivinado que sí. Parecía una de esas chicas a las que no se les escapa nada.

—¿Qué sabes de ella? —Madison levantó la mirada y le observó atentamente.

Si mentía, se daría cuenta.

Él echó la cabeza hacia atrás y se quedó mirando el techo insonorizado un momento, pensativamente.

—No mucho. —Se encogió de hombros.

Era la verdad.

Ella hizo un gesto afirmativo, bebió otro sorbo de cerveza y suspiró como si, a pesar de su juventud, estuviera muy cansada. Lo que más necesitaba era un lugar donde apoyar la cabeza, y la promesa de un nuevo día. El refugio que le ofrecía Tommy era temporal, como mucho.

Aun así, y pese a sus lágrimas, no daba la impresión de que acabara de sorprender a su novio con otra. Tommy lo sabía porque, una vez, una chica le tiró un batido entero encima de la cabeza por pillarle tonteando con su mejor amiga. Aunque no la conocía bien, Madison no le parecía nada dócil, y sin embargo había encajado la noticia con demasiada docilidad, como si tal cosa.

Claro que tal vez era tan buena actriz que era capaz de dominar por completo sus emociones.

Si a ella no le preocupaba, a él tampoco debía preocuparle. Lo mejor sería desconectar y concentrarse en acabar la cerveza.

—Mañana por la mañana lo sabrá todo el mundo. Si no lo saben ya —comentó ella con tono indiferente y la mirada perdida—. Pero hazme un favor. Por lo que más quieras, no me pidas detalles. No lo has hecho, y te lo agradezco. Es tan agradable estar con alguien que no es fan, que seguramente no sabe nada de mí, ni le importa.

Tommy hizo amago de hablar, de decirle que sí era fan suyo, pero se lo pensó mejor. No había visto ni una sola película suya. Claro que no era muy aficionado al cine. Lo que regía su vida era la música.

—¿Otra cerveza? —Inclinó su botella hacia la de ella.

Madison dijo que sí, deslizó la botella vacía hacia él y, cuando Tommy se inclinó para recogerla, agarró la pechera de su camisa de cuadros grises y le besó con un ansia que le sorprendió. Cuando se apartó, Tommy tuvo la clara sensación de que acababan de pulsar un interruptor: acababa de iniciarse en un misterio que no alcanzaba a entender, y sin embargo era innegable que de allí en adelante no habría vuelta atrás.

34

COMO UNA VIRGEN

LIKE A VIRGIN
Madonna

Después de la espantosa escena entre Ryan, Madison y ella, Aster estaba segura de que se suspendería la fiesta. Pero Ira, que siempre intentaba sacar tajada de los escándalos, acompañó a Aster y a Ryan de vuelta al Riad sin perder un segundo e hizo caso omiso de Ryan cuando le dijo que seguramente deberían marcharse.

—No seas ridículo —contestó en un tono que no admitía discusión—. Hasta que se calmen las cosas, estáis mejor aquí que fuera. Cuando queráis iros, podéis usar la puerta lateral. Le diré a James que os acompañe. Si está con vosotros, nadie se atreverá a molestaros, os lo aseguro.

Aster se quedó callada, aliviada porque ellos se encargaran de la logística. Necesitaba ordenar sus sentimientos. Teniendo en cuenta lo que había ocurrido, debería estar hundida en la vergüenza, o al menos sentirse mal por haber causado aquel revuelo. Había hecho lo impensable: traumatizar a una famosa de primera fila robándole a su novio. O al menos así lo mostraría la prensa, a pesar de que no era cierto, ni mucho menos.

¿Era ella la única que notaba que toda aquella escena parecía ensayada? Cuando Madison había aparecido de repente y se había puesto a gritar, había tenido la clara impresión de que se había pasado una semana ensayando aquel momento delante del espejo.

Era como si les hubiera tendido a propósito una trampa en la que ella, ingenua como era, había caído a ciegas.

Solo que en realidad no era tan ingenua. O al menos no del todo.

—Una cosa está clara…

La voz de Ryan la sacó de sus cavilaciones y la devolvió al presente. En algún momento Ira se había ido, dejándolos con dos copas de champán.

—Acabas de dar el primer paso para labrarte un nombre. —Ryan la miró con admiración mientras ella se tiraba del bajo del vestido—. No te escandalices tanto —añadió—. No se me ocurre un camino más rápido para alcanzar la fama, aparte de un vídeo sexual.

Aster se apartó bruscamente, haciendo caso omiso de la copa que le tendía.

—Te comportas como si tuviera que alegrarme. Como si tú te alegraras.

Ryan levantó su copa y observó las burbujas del champán.

—¿De haber recuperado mi vida? Sí, claro. ¿De que me haya gritado en medio de una discoteca llena de gente mientras ella lloraba adorablemente para su público? De eso no, en absoluto. —Se encogió de hombros, bebió un sorbo y luego, casi de inmediato, otro—. Pero ya ha salido a la luz, Aster. Para bien o para mal. Lo que significa que no me queda más remedio que encontrar un modo de sacarle partido a la situación. Y te aconsejo que, si quieres triunfar en este negocio, encuentres una forma que te beneficie de enfocar esta historia.

Dejó su copa y se inclinó hacia ella, posando la mano sobre el lugar de su muslo que había provocado aquel lío. Aunque en realidad no era eso lo que lo había causado. Aquel embrollo había empezado el día en que, estando en la sección de zapatería de Neiman Marcus, ella decidió coquetear con el novio de otra con la esperanza de hacerse famosa.

Tragó saliva con dificultad y se obligó a mirarle a los ojos. Los dedos de Ryan se deslizaban lentamente por su pierna, y cuanto más ascendían más se aceleraba el pulso de Aster.

—Te garantizo que mañana tu agente te llamará para ofrecerte toda clase de entrevistas. —Ryan se humedeció los labios como si se dispusiera a besarla.

Y, pese a todo lo ocurrido, Aster todavía deseaba que la besara.

—Pues no pienso aceptar ninguna —replicó ella indignada y furiosa.

La lógica de su cerebro pugnaba con la de su corazón. Por una parte, las caricias de Ryan la estaban volviendo loca. Por otra, le resultaba imposible aceptar que se estuviera comportando con aquella indiferencia después de todo lo ocurrido.

—Haces bien. No hables con la prensa. No hables con nadie, ni siquiera con tus amigos. Te asombraría lo rápidamente que serían capaces de venderte por un puñado de dinero y unos segundos de fama. Sigue haciendo tu vida de siempre y, cuando te acorralen, di «Sin comentarios» y no te detengas.

—¿Cuando me acorralen?

Haciendo un supremo esfuerzo de voluntad, cerró las piernas para atajar el avance de sus dedos.

—Es posible que lo hagan. Pero no te preocupes, nena. Yo estaré contigo todo el tiempo.

Se deslizó hacia ella y apretó el muslo contra el suyo. Aster quería creerle, pero necesitaba oírlo otra vez, necesitaba que se lo confirmara, que no le dejara ninguna duda de lo que le había prometido.

—¿Lo harás? —Le miró—. ¿De veras?

—Solo si tú quieres.

Clavó la mirada en ella para no dejarle duda de que podía confiar en él. Ryan le ofrecía todo cuanto había deseado siempre: fama, riqueza, atención mediática constante. Estaría en boca de todo el mundo y todas las cámaras enfocarían su rostro. Aunque nunca había soñado que sucediera de aquel modo.

Él puso un dedo bajo su barbilla y le levantó los labios para besarla. Le separó suavemente las piernas, recordándole dónde lo habían dejado y los sitios que aún tenían que visitar.

—No pasa nada, Aster. —Besó su nariz, su mejilla, su frente y su cuello antes de buscar de nuevo sus labios—. No te imaginas todo lo bueno que está a punto de suceder. ¿Confías en mí?

Estaba sola en el Riad con Ryan Hawthorne.

A la mañana siguiente sería famosa, si no lo era ya.

Iba a conseguir de un plumazo todo cuanto había soñado.

Y no cabía duda de que Ryan era el único responsable de que así fuera.

Era rico, famoso, tenía contactos y, lo que era más importante, ya no era el novio de Madison.

No tenía por qué sentirse culpable.

Además, se había apartado tanto del ideal de la Perfecta Princesa Persa que, ya que estaba, muy bien podía llegar hasta el final.

Agarró su copa de champán, se la bebió de un trago y besó a Ryan.

Rozándole la oreja con los dedos, dijo:

—Tengo que ir al aseo. ¿Nos vemos en la puerta?

Le besó de lleno, plenamente. Luego se apartó y cruzó la sala.

35

SOLO UNA CRÍA

JUST A GIRL
No Doubt

—¡Uf!

Tommy escudriñó la mirada de Madison y deslizó un dedo por la curva de su mejilla. Notaba aún en los labios el pálpito de su beso. Ni siquiera se dio cuenta de que había hablado hasta que ella sonrió suavemente y repitió aquel «¡Uf!».

—Sí, uf. —Madison suspiró satisfecha y entrelazó los dedos detrás de la nuca de Tommy—. Los chicos de campo sí que saben besar. No puedo creer que lo hubiera olvidado.

Él entrecerró los ojos al detectar un ligero acento en su voz, algo completamente inesperado para él. De modo que ese era su secreto, o al menos uno de ellos. Estaba claro que Madison no era el prodigio de la Costa Este que aseguraba ser, aunque él nunca se hubiera creído del todo esa historia.

Había algo tan accesible en ella, aunque pareciera ridículo pensar algo así de una estrella de su calibre… En cualquier caso, tenía la impresión de que se sentiría más cómoda correteando descalza por un prado recién segado que cruzando una alfombra roja con zapatos de tacón.

Su forma de beber cerveza, su modo de besar, la forma en que se relajaba su cuerpo cuando estaba segura de que solo la veía él, le convencieron de que había encontrado un alma gemela en la persona de la que menos se lo esperaba. Era como si todas las demás facetas de su vida fueran una farsa, y los momentos que compartían lo único que había de verdad en ella.

Quiso preguntarle por su acento, indagar en el asunto y que le contara cualquier anécdota que estuviera dispuesta a compartir con él, pero no se le ocurrió como planteárselo. Estaba claro que Madison se había esforzado mucho por ocultar aquel deje. Y desprenderse de un acento así no era tarea fácil.

—Madison…

Pensó que podía empezar por hacerle una pregunta sencilla y luego tirar del hilo. Pero antes de que pudiera acabar, vibró el teléfono de Madison y, al leer el mensaje, su rostro se ensombreció.

—Tengo que irme. —Se levantó de un salto y se pasó la mano por el pelo, mirando a su alrededor frenéticamente en busca de su bolso.

Tommy se lo alargó.

—¿Estás bien? —Él también se levantó, apenado porque se marchara.

Seguramente se olvidaría de él enseguida. Él, en cambio, sabía que jamás la olvidaría.

—Sí, yo… —Apretó el bolso contra su pecho y corrió hacia la puerta. Se detuvo en el umbral el tiempo suficiente para quitarse la chaqueta de Tommy y lanzársela—. Gracias.

Le miró como si quisiera decirle muchas más cosas pero no tuviera tiempo para decírselas. Sacudió la cabeza, pestañeó un par de veces y un momento después desapareció en la noche.

—¡Madison! —gritó Tommy con voz ronca, corriendo tras ella—. Por lo menos deja que te acompañe a tu coche —se ofreció.

Cualquier cosa con tal de pasar un rato más con ella.

Pero ya se había ido.

Había huido de su vida para regresar a su mundo de secretos y mentiras.

36

DESTROZANDO A LA CHICA

BREAKING THE GIRL
Red Hot Chili Peppers

Madison Brooks salió bruscamente a la calle, sabiendo que Tommy la llamaba a gritos, con voz tan perpleja como sincera. Pero ya la había ayudado más de lo que creía. Madison no recordaba cuándo había sido la última vez que se había sentido tan en paz, tan aceptada tal y como era y no conforme a la imagen que todo el mundo tenía de ella.

Tenía gracia que hubiera decidido prescindir de Paul y tomar la riendas de la situación, y que hubiera recibido su mensaje en el momento más inoportuno. Habría sido agradable pasar un par de horas más bebiendo cerveza y besando a Tommy, pero no se engañaba: sabía qué era lo verdaderamente importante.

Agachó la cara, se colocó el pañuelo de modo que le tapara la cabeza y corrió hacia su coche, pero al agarrar el tirador se dio cuenta de que se había dejado las llaves en la chaqueta que le había prestado Tommy.

Miró hacia el Vesper, miró Hollywood Boulevard abajo, hacia Night for Night, y decidió echar a correr hacia allí, o mejor dicho caminar a toda prisa. Una chica corriendo por la calle con la cabeza tapada por un pañuelo llamaría demasiado la atención. En cambio, una chica que caminara con paso decidido y actitud de «apártate de mi camino», haría que la gente se lo pensara dos veces antes de incordiarla.

Gracias a la poco convencional infancia que había tenido, llevaba valiéndose sola desde que tenía uso de razón. Y, a pesar de que en Hollywood vivía entre algodones, nunca había olvidado cómo defenderse. Sin duda Paul la llevaría a casa en su coche, y al día siguiente podría solventar el asunto de la llave. Así, además, tendría una excusa para ver a Tommy, aunque no la necesitara. Por cómo la había besado, estaba segura de que él aprovecharía la oportunidad sin pensárselo dos veces. Al pensarlo, se dibujó una sonrisa en su cara.

Recorrió con la mirada el bulevar flanqueado de palmeras mientras los tacones de sus zapatos Gucci se clavaban en las estrellas rosas y doradas del Paseo de la Fama. Jennifer Aniston, Elvis Presley, Gwyneth Paltrow, Michael Jackson… Pasó por todas ellas, incluida la suya, aunque apenas se detuvo para mirarla. Era una meta ya conseguida y relegada al pasado. En cuanto conseguía algo, pasaba inmediatamente a lo siguiente. Tenía por costumbre no mirar nunca atrás.

A aquella hora no circulaban muchos coches por la calle, pero las aceras estaban llenas de bichos raros. Debía de ser más tarde de lo que pensaba. Al menos lo bastante tarde para que Night for Night estuviera cerrado y Ryan y Aster se hubieran ido a otra parte. Se preguntó vagamente qué habría pasado después de marcharse ella.

¿Estaría Ryan enfadado con ella por haberse pasado de la raya?

¿Se habrían ido juntos a casa?

¿O Aster seguiría haciéndose la estrecha?

En todo caso, le deseaba buena suerte a Ryan. De lo demás se enteraría pronto por la prensa. Era curioso que hubiera puesto en marcha toda aquella mascarada solo para que Paul interviniera en el último momento, haciéndola completamente innecesaria.

Aun así, no se le ocurría un final mejor que aquel. El tándem RyMad había pasado a la historia, Ryan y Aster obtendrían toda la publicidad que deseaban y ella podría seguir con su vida libremente sin tener que mirar constantemente hacia atrás, ahora que Paul lo había solucionado todo.

Se paró en la esquina, miró a ambos lados y cruzó la calle corriendo a pesar de que el semáforo estaba en rojo. El mensaje que había recibido cinco minutos antes decía que se diera prisa. Paul era muy puntilloso con la puntualidad. No le decepcionaría.

Que ella supiera, nadie los había seguido a Tommy y a ella hasta el Vesper, lo que significaba que nadie la seguía ahora, al regresar a Night for Night. Los buitres, sin embargo, no tardarían en salir dispuestos a todo. Teniendo en cuenta la escena que había montado, no esperaba otra cosa.

Se imaginó qué aspecto tendría bajo el resplandor de las luces de la discoteca: la cara humedecida por las lágrimas, la voz ronca y cargada de reproche. No había ni una sola chica entre el público que no estuviera de su lado, aparte de las que la odiaban a muerte y la propia Aster, naturalmente.

A su agente le daría un ataque. Sus relaciones públicas pondrían el grito en el cielo. Pero ella se sentía bien por haber tomado aquella decisión y, si no le daban la razón, tendría que recordarles para quién trabajaban. Y si aun así seguían sin dársela, tenía muchos otros agentes y relaciones públicas entre los que elegir. En Hollywood, los agentes eran como los cirujanos plásticos y los Starbucks: había uno en cada esquina.

Se acercó con cautela a la puerta lateral, marcó el código que le había dado James y entró en la gran sala a oscuras. Sus tacones de aguja resonaron con estruendo en la discoteca desierta mientras subía las escaleras hacia la terraza, ansiosa por saber cómo se había librado Paul del peligro que la acechaba.

37

EL BOCAZAS CONTRAATACA

BIGMOUTH STRIKES AGAIN
The Smiths

Layla llevó su café doble desde la Nespresso de la cocina a la mesa atiborrada de cosas de su dormitorio. La costosa cafetera se había salido un poco de su presupuesto doméstico habitual, pero la consideraban una necesidad, más que un capricho. Su padre pasaba muchas noches encerrado en su estudio trabajando en sus obras, alimentándose únicamente de cafeína, y aunque Layla también escribía algunos de sus mejores artículos de noche, sobre todo le gustaba el café bueno.

Siempre había sido noctámbula (seguramente era un rasgo que había heredado de su padre), pero ya casi había amanecido y se negaba a mirar siquiera su almohada hasta que su nueva entrada estuviera escrita, pulida y publicada.

Sus dedos volaban sobre el teclado, animados por el fuerte café de Colombia y el ímpetu de una sed de venganza insaciable. Aster, la Puta Reina, y Madison Brooks iban a caer con todo el equipo, y no se merecían otra cosa. Si Tommy caía también, víctima del fuego cruzado, en fin… qué se le iba a hacer. Era él quien había decidido rescatar a Madison.

Siempre había pensado que Aster intentaría seducir a Ira para ser la ganadora del concurso. Pasarse por su despacho después de la hora de cierre y enseñarle un poco el muslo. ¿Y quién decía que no lo había hecho? ¿Quién decía que no se habían enrollado, que quizás incluso seguían enrollándose con regularidad?

En todo caso, Layla no estaba dispuesta a jugar esa carta: era demasiado arriesgado.

No quería enemistarse con Ira Redman.

Pero con Aster Amirpour, la Puta Reina…

«A por ella…».

En cuanto a Madison…

Layla revisó la grabación que había hecho. Se le revolvió el estómago al ver la parte en que Tommy la sacaba de allí como una especie de caballero andante vestido con vaqueros descoloridos, chaqueta de cuero negra y botas de motero.

Tommy era tonto. Y Madison una niña mimada que publicitaba su vida superficial y regalada animando a legiones de chicos y chicas a imitarla. Algunos de esos chicos acababan muertos, como Carlos.

Releyó el artículo, no del todo segura de que debiera publicarlo.

BELLOS ÍDOLOS
D.E.P. RyMAd

Queridos míos:
Nos hemos reunido hoy aquí para llorar la prematura muerte de una de las mayores historias de amor de Hollywood: la de esa pareja de lumbreras formada por Madison Brooks y Ryan Hawthorne.

Sí, lectores míos, habéis leído bien, y en primicia absoluta: RyMad ha muerto.

Sé lo que estáis pensando.

¿Cómo?

Y quizá también *¿Por qué?*

Y, naturalmente, *¡Nooooo!*

Por desgracia es cierto. Y los Hados de Hollywood han querido que una servidora estuviera justo allí cuando sucedió y que captara ese emotivo momento en vídeo.

Aunque os advierto una cosa antes de que pulséis el *play*:

Una vez hayáis visto esto, ya no podréis quitároslo de la cabeza. Las imágenes quedarán eternamente tatuadas en vuestra retina.

En lugar de flores, podéis expresar vuestras condolencias en los comentarios.

Los mejores periodistas eran osados y temerarios. Contaban lo que había que contar. Y aunque era discutible que el triángulo amoroso formado por Ryan, Madison y Aster fuera una historia que había que contar, eso no era Layla quien debía decidirlo.

Lo importante no era que aquella historia careciera de importancia en un sentido universal. La gente se mataría por leerla. No había mayor placer que ver cómo descarrilaba la vida de una *celebrity*. Daba al público oportunidad de escoger bando, de declarar su lealtad (o su falta de ella) y de sacudir todos a una la cabeza, sonreír con suficiencia y fruncir el ceño ante la idiotez de los ricos y famosos.

¿Cómo había podido él?

Ella debería haberse dado cuenta.

La otra parece una calientabraguetas dispuesta a todo...

Y si además había vídeos y fotografías para ilustrarlo, mejor que mejor.

Además, Layla no escribía para una revista de altos vuelos intelectuales. Tenía sus lectores insaciables y sus anunciantes, y era responsabilidad suya asegurarse de que recibían aquello que buscaban en su blog.

Para conseguir el mayor impacto (y los mayores beneficios),

tenía que publicar la entrada inmediatamente. Asegurarse de que la gente leyera su artículo a primera hora, en cuanto despertaran y echaran mano de su zumo de verduras.

Se mordisqueó el labio inferior, cruzó los dedos, echó una última ojeada a las fotografías que había añadido y pulsó el botón de publicar. Para bien o para mal, la entrada había salido al mundo, y ya no había vuelta atrás.

38

¿YA ESTÁS CONTENTA?

ARE YOU HAPPY NOW?
Megan & Liz

Aster Amirpour se tumbó de lado, acercó las rodillas al pecho y se llevó las manos a la cabeza. Tenía la sensación de que una manada de elefantes le estaba pasando por encima.

No sabía qué era peor: si el espantoso dolor de cabeza o la sequedad de garganta. Se obligó a incorporarse, sacó las piernas de las sábanas de raso negro, apoyó las plantas de los pies en la mullida alfombra blanca e intentó levantarse, pero cayó hacia atrás sobre la cama. Decididamente, lo peor era el mareo, seguido por las náuseas, con el dolor de cabeza y de garganta en tercer y cuarto lugar, respectivamente.

—Ryan —gruñó, ansiosa por tomarse una aspirina y una botella de agua, confiando en recuperarse cuanto antes.

Incapaz de levantar la voz, se acercó al lado de la cama que ocupaba Ryan y, al entreabrir un ojo, descubrió que estaba vacío.

Estiró un brazo y pasó la mano por las sábanas. Estaban frías al tacto. Como si Ryan se hubiera ido hacía mucho tiempo y no se hubiera molestado en volver. Pero eso era imposible, ¿no?

Se incorporó bruscamente. Haciendo una mueca, intentó contener el mareo y con los ojos ardiendo miró la habitación de aspecto viril y agresivo, llena de muebles modernos y ligeramente desproporcionados en tamaño: un diván enorme, varias mesas con la superficie de cristal y una gran cama.

233

Apoyó la cabeza en las manos. No recordaba ningún detalle, después de salir de la discoteca. Lo único que sabía era que estaba desnuda y sola, y que no tenía ni idea de dónde estaba.

¿Aquella habitación era de Ryan?

¿Estaba en su apartamento, o en una elegante habitación de hotel?

Echó un vistazo al cuarto de baño y a la sala contigua y encontró más muebles modernos, más ángulos rectos, más esquinas afiladas y más superficies de cristal, pero no encontró a Ryan. Después de inspeccionar minuciosamente cada habitación, incluyendo los armarios, le quedó claro que se había marchado. Así pues, le envió un mensaje de texto que decía: *¿Dónde estás?* Como no contestó, le llamó, pero saltó el buzón de voz.

El sol empezaba ya a asomar entre las cortinas. Sería imposible escabullirse sin ser vista. Su coche seguía aparcado en Night for Night y aquel imbécil, aquel capullo que decía adorarla hasta el punto de estar dispuesto a robarle su virginidad por lo visto no había creído conveniente quedarse el tiempo necesario para llevarla de vuelta a la discoteca, a recuperar su coche. No había otra forma de interpretar aquella situación. Ni siquiera se había molestado en dejar una nota.

Se puso de rodillas, sacó su bolso de debajo del diván y comenzó a recoger sus cosas. Su sujetador y sus bragas estaban en lados opuestos de la habitación, rotos y pegajosos. Le dieron tanto asco que ni siquiera soportó mirarlos, cuanto más volver a ponérselos. Su vestido estaba en el suelo, junto al sofá de la sala, y aunque antes le había gustado más que cualquier otro vestido de los que había tenido, ahora le parecía tan sucio y asqueroso como se sentía ella. Hizo una pelota con él y con su ropa interior y lo tiró todo a la papelera.

Los zapatos Valentino, en cambio, no quiso abandonarlos. Ryan ya le había quitado bastantes cosas. No iba a perder también los zapatos por su culpa.

En el cuarto de baño, se echó un poco de agua fría en la cara, pero por más que se lavó y se frotó con la toalla no consiguió que mejorara su aspecto. Tenía los ojos enrojecidos, el maquillaje corrido y la expresión desquiciada e indefensa de quien se tambalea bajo la carga insoportable del remordimiento. Se hizo un moño apresurado, buscó entre las pocas prendas que colgaban en el armario y se preguntó si de verdad Ryan vivía allí. Aun así, había unos vaqueros y una camisa azul clara y, sin pensárselo dos veces, se apropió de ambas cosas.

Enrolló los bajos del pantalón, se remetió la camisa, se puso un cinturón de Ryan, se calzó los tacones, agarró de la cómoda unas gafas de sol oscuras al salir y emprendió la larga caminata de regreso a casa.

BALA CON ALAS DE MARIPOSA

BULLET WITH BUTTERFLY WINGS
The Smashing Pumpkins

Tommy Phillips agarró la almohada que tenía junto a la cabeza y se la puso sobre la cara, reacio a dejar pasar la luz del nuevo día si ello significaba abandonar la dulce crisálida de sus sueños.

Su vida soñada y su vida real se habían fundido tan perfectamente que ya no había límites entre ellas. Era como si hubiera pasado toda la noche besando a Madison Brooks, primero en el Vesper, donde ella le había mirado con aquellos exquisitos ojos violeta, y luego en sus sueños, adonde se había llevado aquel dulce recuerdo y ella le había acogido de nuevo entre sus brazos.

¡Besarla había sido alucinante! Una de esas cosas que creía que jamás le pasarían a él.

Pero lo más alucinante de todo era la innegable complicidad que había entre ellos. Estaba seguro de que la suya no había sido una relación de rebote, el modo que había elegido Madison de consolarse tras descubrir la traición de su novio. Se sentía atraída por él de verdad. Eso era evidente.

Había confiando en él para que la cuidara, para que la protegiera, para que la salvara de los mirones y la llevara a un lugar seguro.

Confiaba tanto en él que había dejado que la viera tal y como era, sin el velo de la fama, solo la chica real que bebía cerveza y besaba a un chico por el que claramente se sentía atraída.

Tommy se hundió más aún en las sábanas, acordándose de la expresión de sus ojos, de la dulce melancolía de sus suspiros, de la caricia de sus dedos sobre su nuca, de sus labios embriagadores al apretarse contra los suyos, y de la nota de tristeza que había en su voz cuando se marchó.

No necesitaba más pruebas para estar seguro de que le gustaba tanto como ella a él.

Tiró la almohada, se tumbó de lado y echó mano del teléfono que había dejado en el suelo. Estaba a punto de echar un vistazo a su galería de fotos cuando una larga serie de mensajes de textos apareció en la pantalla.

«¿Cómo diablos...?».

Recorrió rápidamente los mensajes, mirando con incredulidad las numerosas fotografías de Ryan, Madison y Aster en pleno drama. Entre ellas había varias de él rodeando a Madison con el brazo al sacarla por la puerta trasera del Vesper. Ella miraba con cautela hacia atrás mientras la puerta se cerraba tras ellos, y Tommy miraba amenazadoramente, como desafiando a quien se atreviera a seguirlos.

Pero estaba claro que alguien los había seguido. Y se había asegurado de que su rollo con Madison se hiciera viral.

Corrió hacia su ventana mugrienta y descubrió que había numerosos fotógrafos apostados en la calle. Seguramente esperaban a que saliera para gritarle preguntas e insultos y grabar su reacción.

Se pasó los dedos por el pelo sin saber qué hacer. No era así precisamente como esperaba alcanzar la fama, pero no podía quedarse escondido en su apartamento, esperando a que los buitres se fueran en busca de otra presa.

Tenía la nevera y los armarios vacíos y necesitaba urgentemente un café.

Meneó la cabeza, se apartó de la ventana y se dirigió a la ducha. Si iba a debutar en la prensa del corazón, más valía que al menos estuviera guapo.

40

DESPIÉRTAME CUANDO ACABE SEPTIEMBRE

WAKE ME UP WHEN SEPTEMBER ENDS
Green Day

El taxista arrancó con un estruendo de gravilla aplastada y una mirada de desprecio (aunque puede que eso solo fueran imaginaciones suyas) mientras Aster marcaba el código de la puerta electrónica y echaba a andar por el largo camino de entrada.

Su casa parecía enorme a lo lejos, seguramente porque era enorme, una de las más grandes de la calle, y eso era mucho decir teniendo en cuenta el nivel de riqueza del barrio. Pero esa mañana en concreto la mansión de estilo mediterráneo parecía casi demasiado grande, amenazadora y siniestra, como si sus tejados rojos y sus arcadas fueran a volverse contra ella en cualquier momento y a dejar de ser un suntuoso refugio para convertirse en una prisión.

Sus tacones resbalaban sobre las piedras desiguales, y se tambaleaba, insegura. Por fin se quitó los zapatos e hizo el resto del camino descalza. Sus ojos se movían frenéticamente de acá para allá, buscando indicios de Mitra, de las doncellas y jardineros que iban a trabajar todos los días, de cualquiera que pudiera verla acechar en su propio jardín con aquel aspecto de sentirse culpable.

Normalmente entraba por la puerta del garaje, que llevaba directamente a la entrada de atrás, pero el mando del garaje estaba en su coche, y su coche ya no estaba en el aparcamiento de

Night for Night. O se lo habían robado o se lo había llevado la grúa. En cualquiera de los dos casos, la había cagado.

A veces, sin embargo, Javen dejaba abiertas las puertas cristaleras que comunicaban el salón con el jardín de atrás, sobre todo las noches en que salía a escondidas. Confiaba en que hubiera vuelto a hacerlo. Era curioso que su campaña para engañar a Mitra los hubiera unido más que nunca.

Se acercó a la parte de atrás con sigilo, giró el pomo y exhaló un suspiro de alivio cuando la puerta se abrió y entró en el salón en penumbra, con las cortinas todavía echadas. Era buena señal que las doncellas no hubieran llegado todavía, lo que significaba que posiblemente Mitra estaba aún en su cuarto, tal vez incluso dormida. Subió las escaleras sin hacer ruido, sin atreverse a respirar hasta que llegó sin contratiempos a su habitación y cerró la puerta.

Lanzó sus zapatos y su bolso hacia el mullido sillón del rincón, se recostó en la cama y miró su reflejo en el espejo de cuerpo entero. Se sentía fatal. Y tenía un aspecto aún peor. La reunión de los domingos estaba prevista para primera hora de la tarde, pero no creía que pudiera llegar, dudaba de que pudiera haberse recompuesto para entonces, y tampoco tenía planes de hacerlo. A pesar de lo ocurrido (o quizá precisamente por eso), seguía yendo en cabeza y estaba segura de que Ira no prescindiría de ella solo porque no se presentara a una reunión cuyo resultado era muy previsible.

Lo que quería (no, lo que *necesitaba*) más que nada en el mundo era una larga ducha caliente, aunque solo fuera para quitarse de la piel cualquier rastro de Ryan Hawthorne.

Borrarlo de su memoria era otra cuestión, un problema que de momento no tenía remedio.

Se quitó la goma del pelo y sacudió la melena. Tras lanzar una última ojeada a su patética imagen en el espejo, se levantó de la cama y se encaminó al cuarto de baño, pero en ese momento se abrió bruscamente la puerta de la habitación y aparecieron sus padres.

41

LÁNZAME (UN ÚLTIMO BESO)

BLOW ME (ONE LAST KISS)
Pink

Lo que menos le apetecía a Layla era asistir a la reunión dominical de Ira pero, a no ser que quisiera renunciar al concurso, ¿qué alternativa tenía? Hizo una lista de cosas aún peores. Cosas como luchar cuerpo a cuerpo con un caimán, lanzarse al vacío sin paracaídas o limpiar la escena de un crimen. Pero, comparadas con la perspectiva de enfrentarse a Tommy, Aster e Ira después del caos que había desatado al publicar las fotografías, de pronto todas esas cosas le parecían no solo preferibles, sino directamente placenteras a poco que las probara.

Nada más publicar el *post*, se habían apoderado de ella sentimientos encontrados: por un lado una sensación de triunfo absoluto y, por otro, una mala conciencia abrumadora. La respuesta de los lectores había sido inmediata: el número de visitas se había disparado de manera nunca vista hasta entonces y la sección de comentarios estaba a rebosar. Pero tan pronto comenzó a cobrar conciencia de que iba a tener que enfrentarse cara a cara con dos de las personas a las que había convertido en *celebrities* de Internet sin saberlo ellas, no pudo evitar preguntarse si no debería haber suavizado el tono de su artículo.

Claro que, siendo una bloguera de Hollywood, ¿acaso no era su deber publicar esa clase de historias?

Sacó la moto del garaje marcha atrás y se llevó un susto de muerte cuando alguien se acercó a ella de repente y dijo:

—Hola.

—¡Mateo! ¡Madre mía, qué susto me has dado! —Se llevó la mano al corazón como para impedir que se le saliera del pecho.

Él se metió las manos en los bolsillos del vaquero y la miró.

—Te veo muy nerviosa.

—Anoche me acosté muy tarde. Y tomé mucha cafeína. —Se acobardó bajo la intensidad de su mirada.

—¿Por eso no has contestado a mis mensajes?

Layla suspiró, cerró los ojos y deseó poder quedarse así, sin ver nada. Iba a llegar tarde por culpa de Mateo, pero si se lo decía quedaría fatal.

—Lo siento, estaba muy liada y… —dijo dirigiéndose a un lugar situado más allá de su hombro para no tener que mirarle.

—Sí, ya sé. Tu blog. Ya lo he leído, créeme. —Siguió observándola como si la desafiara a mirarle a los ojos.

Sus palabras tenían un matiz en el que Layla no estaba segura de querer indagar, y sin embargo no pudo evitar preguntarle:

—Y… ¿qué te ha parecido?

Sus facciones se afilaron cuando miró hacia el edificio del otro lado de la calle: una casa recién reformada que semejaba una caja de regalo con ventanas.

—Me parece que es impropio de ti ser cruel —respondió por fin.

—No es cruel si es verdad —replicó ella.

—Pero son personas que conoces, no figuras públicas. Es distinto.

Layla se ofuscó. Mateo no sabía de lo que hablaba, pero ella no pensaba quedarse allí para sacarle de su ignorancia.

—Mira —dijo, procurando que su voz no sonara demasiado áspera. Por enfadada que estuviera con él, odiaba que discutieran, y últimamente no parecían hacer otra cosa—. Tengo que irme. Podemos hablar de esto luego. —Sacó la moto a la calle e intentó hacer caso omiso de la expresión dolida de Mateo.

Ya le compensaría después. Ahora tenía que asistir a una reunión, y eso era lo primero.

Procuró mantener la mente en blanco mientras iba hacia el Vesper, pero no sirvió de nada. Le temblaban las manos, el corazón le latía a mil por hora y sabía que no se debía únicamente al efecto de la cafeína y el poco sueño. Era por Mateo. Pero Mateo se equivocaba. Aster se había arrojado al foso de los leones en cuanto había decidido robarle el novio a Madison (aunque ella, Layla, no creyera que se pudiera robar a una persona, como no fuera secuestrándola; la gente se iba por propia voluntad, o no se iba: no era un objeto que alguien pudiera birlarte cuando no mirabas). Y lo mismo podía decirse de Tommy cuando había decidido rescatar a la famosa predilecta de todo el mundo. Ella no había hecho más que lo que hacían los buenos periodistas: informar de lo ocurrido.

Y sin embargo, por más que se lo repetía para sus adentros, en la quietud de su alma sabía que no era del todo cierto. Había actuado a la sombra, desde un lugar turbio y oscuro. Había renunciado a su neutralidad, a los últimos vestigios de su integridad periodística, y había escogido el provecho propio por encima de todo lo demás. Cualquiera que tuviera un mínimo de inteligencia se daría cuenta de que Layla Harrison distaba mucho de ser inocente.

Se detuvo ante la fea puerta metálica y se preguntó si sería demasiado tarde para dar marcha atrás. Podía irse, volver a meterse en la cama y olvidarse durante unas horas de que se había metido por propia voluntad en aquel embrollo. Podía…

—¿Layla? —La puerta se abrió e Ira Redman apareció ante ella—. ¿Vienes?

Agachó la cabeza y entró. El Vesper era el más oscuro de los locales de Ira. Incluso con las luces encendidas parecía una moderna pero tenebrosa mazmorra.

—Bueno, ya que estamos todos… —comenzó a decir Ira.

Antes de que pudiera acabar, alguien gritó desde el fondo:

—¿Y Aster?

Ira levantó la mirada de su portafolios. Torció el gesto y dijo:

—Aster no va a venir. Pero te aconsejo que te preocupes por tu propia supervivencia, no por la suya.

Alguien se rio maliciosamente al fondo de la sala. En voz alta, inconfundiblemente, para que Ira lo oyera.

Su mirada acerada recorrió el local, aunque Layla tuvo la sensación de que sabía muy bien de quién procedía aquella risa. Ira decía saberlo todo. Y de todos modos solo había ocho sospechosos entre los que elegir.

—Si alguno de vosotros tiene algo que decir, le sugiero que lo diga. Las risitas pasivo-agresivas, los gruñidos, los gestitos y los guiños no se toleran aquí.

Apenas había acabado cuando alguien dijo:

—Sí, yo quiero comentar algo.

Layla vio que Brittney se levantaba de su asiento con la cara colorada por la ira.

—¿Cómo voy… cómo vamos a competir ninguno de nosotros cuando Aster y Tommy han decidido enrollarse con los principales famosos de tu lista? —Se puso el pelo rubio detrás de la oreja y miró con dureza a Tommy, que se hundió en su asiento—. No finjas que no sabes de qué estoy hablando. —Cruzó los brazos bajo sus generosos pechos y clavó la mirada en Ira—. Gracias a Layla, todo el mundo lo ha leído. ¡No se habla de otra cosa!

Layla se encogió y se corrió hacia el borde de su sillón, casi a punto de caerse. Deseaba poder doblarse en pliegues minúsculos e imperceptibles, como una pieza de origami. Las palabras que siempre había querido oír («todo el mundo lo ha leído. ¡No se habla de otra cosa!») por fin se referían a ella, solo que por motivos completamente equivocados. Aquella no era, desde luego, la victoria que esperaba conseguir.

—O nos das una nueva lista o…

—¿O? —Ira ladeó la cabeza y observó atentamente a Brittney.

Ella se quedó inmóvil, indecisa, ante él, cuestionándose sus propias convicciones mientras recorría la sala con la mirada, ansiosa porque alguien apoyara su postura. Pero todos se removían incómodos, esquivando su mirada. Estaba sola. Se había metido en un atolladero del que no había más que una salida: o seguía adelante o se daba por vencida.

—Yo solo… —Se le quebró la voz. Se tomó un momento para carraspear y rehacerse—. Es que no veo qué sentido tiene continuar si lo tengo todo en contra.

—¿Insinúas que el concurso está amañado? —Ira se rascó la barbilla con su característico gesto teatral.

—Lo único que digo es que tengo la *sensación* de tenerlo todo en contra. —Le tembló la barbilla y se le aceleró la respiración.

—Qué interesante. —Ira entrecerró los párpados. Saltaba a la vista que aquello no le interesaba lo más mínimo—. Decidme… —Los recorrió con la mirada—. Al empezar este concurso, ¿alguno de vosotros tenía alguna relación, aunque fuera muy lejana, con Madison Brooks o Ryan Hawthorne?

Layla miró a su alrededor y se descubrió negando con la cabeza, como todos los demás.

—Pues, hasta donde alcanza mi conocimiento, que es extenso, puedo aseguraros que Aster y Tommy tampoco la tenían. Empezasteis todos con las mismas oportunidades de alcanzar la victoria. Cómo hayáis decidido proceder al respecto es cosa vuestra.

—Pues discúlpame por no haberme prostituido —masculló Brittney, pero Ira la oyó de todos modos.

—Nadie te ha sugerido nunca que lo hagas. —Hizo una seña con la cabeza a una de sus asistentes. Luego se volvió hacia el grupo y llamó a Layla.

Ella levantó bruscamente la cabeza. Estaban todos tan concentrados contemplando la escena protagonizada por Brittney que no esperaba que la llamara.

Se le cerró la garganta, notó la lengua como un trozo de madera seca metido en la boca y el miedo se apoderó de su cuerpo.

—Hoy es tu día de suerte.

Ella entornó los ojos, segura de que había oído mal.

—No olvides darle las gracias a Brittney cuando salga. Resulta que va a marcharse en tu lugar.

Sus ojos se dilataron mientras veía que Brittney farfullaba algo en voz baja, recogía sus cosas y salía hecha una furia, seguida de cerca por las asistentes de Ira.

—Pero… —Layla, que por fin había recuperado la voz, miró la puerta cerrada y luego a Ira.

No se le había pasado por la cabeza que pudiera ser la eliminada. Sus cifras no podían compararse con las de Aster o Tommy, pero de momento se estaba manteniendo. *¿No?*

Ira se quedó mirándola.

—¿Pero tus cifras no son tan malas? ¿Es eso lo que ibas a decir?

Ella frotó los labios uno contra otro. Era lo que estaba pensando, pero ya no podía decirlo.

—Esta competición se basa en las cifras de asistencia, tienes razón. Siempre ha sido así. Pero también consiste en tener lo que hay que tener para triunfar, y en cómo decidáis responder a la pregunta «¿Hasta dónde estoy dispuesto a llegar para conseguir lo que quiero?». —Le sostuvo la mirada un momento, y ella se preguntó, incómoda, si esperaba que respondiera. Antes de que pudiera intentarlo, Ira prosiguió—: Parece que acabas de conseguir otra semana para aclarar tus ideas respecto a esa cuestión. Así que… —Volvió a fijar su atención en el resto del grupo—. Respecto a esa nueva lista…

Hizo un gesto a sus asistentes, que repartieron una nueva lista formada por una mezcla de nombres nuevos y otros que ya figuraban en la anterior. Era interesante comprobar que Heather Rollins había pasado a ocupar uno de los cinco primeros puestos.

—Consideradla una directriz general. Lo que de verdad me interesa es hasta qué punto estáis dispuestos a ser agresivos para mejorar vuestras cifras. Impresionadme. Asombradme. Dejadme alucinado. Pero, hagáis lo que hagáis, no me decepcionéis.

Sin decir más, salió por la puerta trasera. Al verle marchar, Layla se preguntó cómo demonios se las arreglaba uno para *dejar alucinado* a Ira Redman. No sabía ni por dónde empezar.

Salió y acababa de montar en la moto cuando apareció Tommy.

—Tenemos que hablar.

Layla puso el motor en marcha, negándose a darse por enterada.

—He leído tu blog.

Ella le observó desde detrás de sus gafas de espejo sin decir palabra.

—Lo que no entiendo es por qué me has hecho esto. —Tommy cruzó los brazos. Parecía verdaderamente perplejo.

Layla agarró con fuerza el acelerador, pensando en escapar a toda velocidad. ¿Hablaba en serio Tommy? ¿Que cómo había podido hacerle eso *a él*? Como si le debiera un trato de favor por haberla besado cuando estaba borracha… Tommy Phillips necesitaba que alguien le pusiera las cosas claras.

Se quitó las gafas para que viera su mirada cuando le explicó:

—Fuiste tú quien eligió meterse en este enredo. Tú decidiste formar parte de la historia. Pero nunca se ha tratado de *ti*, Tommy. Lo creas o no, no eres el centro de mi universo.

—¿Eso es lo que te dices a ti misma?

Layla le sostuvo la mirada, negándose a ser la primera en desviarla.

—No, solo a mí misma no. Te lo digo a ti también.

Ya le había avisado una vez de que no se interpusiera en su camino. No era culpa suya que no le hubiera hecho caso.

—No sé qué he hecho para cabrearte, pero está claro que algo tengo que haber hecho para que me castigues por ayudar a una chica traumatizada que no tenía a nadie que cuidara de ella.

Layla agrandó los ojos y abrió la boca. Su expresión de asombro recordaba a una caricatura.

—¿Alguna vez te oyes a ti mismo? —preguntó en voz más alta de lo que pretendía—. Estás completamente equivocado. *¿Que Madison Brooks no tenía a nadie que cuidara de ella? ¿Esa es la historia que te has montado en tu cabeza?* —Puso los ojos en blanco y se bajó las gafas por la nariz—. No hagas como que no te gusta toda esa publicidad —añadió, lanzándole una última pulla—. ¿No es por eso por lo que viniste a Los Ángeles, para que la gente hablara de ti? ¿Para que tu cara apareciera en todos los tabloides, en todos los blogs? ¿Para que te llovieran las entrevistas? Deberías darme las gracias, aunque no lo espero.

Sacó la moto a la calle y una sonrisa satisfecha se dibujó en sus labios cuando Tommy se quitó apresuradamente de su camino.

—No lo entiendes, ¿verdad? —Él se puso a su lado—. Tu blog es un éxito y sigues en el concurso, pero nada de eso es una coincidencia.

Debería haberse ido. Debería haber arrancado y haber salido de allí a toda prisa. Pero se quedó inmóvil mirando a Tommy, sin saber qué quería decir.

—Ira Redman puede ser muchas cosas, pero no es idiota. Sus falsos intentos de eliminarte son una farsa. Nunca ha tenido intención de hacerlo. Lo que ha pasado ahí dentro... —Señaló con el pulgar hacia el Vesper y se apartó el pelo de los ojos—. Ha sido su modo de desafiarte a subir las apuestas. La única pregunta es ¿vas a hacerlo? ¿Estás dispuesta a vendernos a todos con tal de ganar? ¿Hasta dónde estás dispuesta a llegar, Layla, para conseguir lo que quieres?

La pregunta quedó suspendida entre ellos. Layla disolvió aquel instante girando el acelerador.

—Vine aquí para ganar, igual que tú. Y eso es exactamente lo que pienso hacer —dijo, y arrancó sin mirar atrás.

42

LA MANO QUE TE DA DE COMER

THE HAND THAT FEEDS
Nine Inch Nails

Tommy vio alejarse a Layla y cerró los puños sin darse cuenta. Era lista, astuta, capaz de intuir las motivaciones de los demás de un modo que a menudo le sorprendía. Y sin embargo, en lo que concernía a Ira Redman y al juego en el que los había metido a todos sirviéndose de engaños, era como un ciego sentado al volante de un Ferrari: estaba demasiado fascinada por el poder de la máquina y por su propia emoción para ver el peligro que se cernía ante ella.

De acuerdo, quizá decir que los había metido en aquello sirviéndose de engaños fuera una exageración. Todos habían ido a la entrevista con la clara meta de conseguir el trabajo, y no podía decirse que Ira no hubiera cumplido su palabra. Pero tras observarle durante las dos semanas anteriores, Tommy había descubierto que Ira Redman no era precisamente un hombre altruista: nunca invertía en nada ni en nadie si no esperaba sacar tajada.

Había retado a Layla a seguir haciéndole el trabajo sucio, a continuar escribiendo sobre los asuntos más jugosos que tenían lugar en su discoteca sin temor a las consecuencias (al menos, a las que podían acarrearle a él).

Toda publicidad era buena y, en el mundo de los clubes nocturnos, cuanto más escandalosa y sórdida fuera la historia, tanto mejor.

Naturalmente, Tommy no tenía medio de probar sus sospechas, pero tampoco le hacía falta. Se trataba del puto Ira Redman, siempre maquinando, siempre tergiversando las cosas, todo un experto en el arte de manipular a las personas y sacar partido a cualquier situación. Como había hecho con su madre y con el embarazo que, según él, debía interrumpir. No había querido ataduras, así que había dado la orden y pasado página sin mirar atrás.

Afrontaba la vida como una gran partida de ajedrez, y el resto de los jugadores eran peones. En lo tocante al concurso, todos eran marionetas de su siniestro teatrillo, y él era quien manejaba los hilos. Las metáforas que podía utilizar Tommy para describir la situación en la que se hallaba no tenían fin, y sin embargo, por más evidente que le pareciera a él, Layla se negaba a ver la verdad.

—¿Tommy? ¿Tommy Phillips?

Agachó la cabeza, se metió las manos en los bolsillos y se dirigió a su coche.

—Eh, Tommy, solo queríamos saber si podías dedicarnos un momentito…

Si algo le había enseñado su corta experiencia con los *paparazzi* era que siempre empezaban en tono más o menos amable, como potenciales amigos que solo querían llevarse bien contigo, y que podían darse la vuelta en un instante: atacar a Madison, lanzar insultos… Lo había descubierto poco antes, cuando se había aventurado a entrar en Starbucks.

—Largo. —Miró por encima del hombro a tiempo de ver un teléfono móvil a escasos centímetros de su cara—. ¡He dicho que largo, joder!

Avanzó hacia el reportero, tapando la pantalla del teléfono. Estaba harto de blogs, de cotilleos, de tabloides y del resto de aquellas alimañas inmundas que se ganaban la vida fotografiando las miserias ajenas. Aun así, el tipo no se dio por vencido.

—¿Cómo está Madison? —gritó—. ¿Has hablado con ella hace poco?

Tommy miró fijamente su nariz, imaginándose qué aspecto tendría aplastada contra el lado derecho de su cara.

Decidió que, ya que estaba, podía darle un puñetazo para ver si el resultado final se parecía a su imagen mental. Levantó el puño, dispuesto a golpearle, pero vio que el muy cretino sonreía, ansioso por grabar la agresión.

«A la mierda». Sacudió la cabeza. «No merece la pena». Sin decir palabra, dio media vuelta, consciente de que el fotógrafo le seguía gritándole comentarios ofensivos e insultos acerca de su relación con Madison. Luchó por conservar la calma y se recordó que pronto estaría lejos de allí.

O no.

Se paró junto a su coche y miró las ruedas, atónito. Estaban todas pinchadas. Rajadas de una cuchillada.

—¿Qué co…? —Se giró bruscamente hacia el *paparazzi*, que estaba atareado fotografiando las ruedas—. ¿Esto es cosa tuya?

Corrió hacia él, decidido a darle un puñetazo en la nariz después de todo, pero en ese instante un Cadillac todoterreno negro, conducido por un chófer, paró a su lado. Ira bajó la ventanilla y dijo con voz ronca:

—Sube.

Tommy negó con la cabeza. No le interesaba Ira. Le habían pinchado las ruedas del coche y había un periodista fotografiando los daños. Aquel asunto debía resolverlo él, y lo haría, si Ira le dejaba en paz.

—No era una pregunta. —La puerta del coche se abrió de golpe.

Tommy masculló una maldición, lanzó un último amago al fotógrafo para asustarle y subió de mala gana al asiento, al lado de Ira. Escuchó en asombrado silencio mientras Ira le daba su dirección al chófer recitándola de memoria. Luego se volvió hacia él y le pasó un grueso sobre lleno de lo que solo podía ser dinero.

—¿Qué es esto? —preguntó Tommy, mirando el sobre y luego a Ira.

—En principio iba a ser mi modo de darte las gracias por un trabajo bien hecho. Pero ahora creo que deberías considerarlo una compensación con la que comprarte ruedas nuevas.

—Tú no has tenido nada que ver con eso, ¿verdad?

Tommy se giró para observar el perfil de Ira. Había hablado sin detenerse a pensar, pero no se arrepentía. Primero, porque no le habría extrañado que aquello fuera cosa de Ira. Y segundo, porque no estaba de humor para juegos. La prensa le seguía la pista, le habían pinchado las ruedas del coche y, a pesar de los momentos que habían compartido, Madison no había contestado a uno solo de sus mensajes.

Estaba preocupado por ella. Era sin duda muy dura y capaz, pero él había percibido en ella una vulnerabilidad que los demás ni siquiera sospechaban. Necesitaba saber que estaba bien. Que lo que la había impulsado a marcharse sin dar explicaciones no había tenido consecuencias negativas ni (Dios no lo quisiera) le había causado daño alguno. Si había llegado a la conclusión de que besarle había sido un error y no quería volver a verle, lo superaría. Mientras ella estuviera bien, podía superarlo. Eso era lo único que importaba.

—Bueno, ¿cómo está Madison? —preguntó Ira, haciendo oídos sordos a su pregunta.

Tommy bajó la mirada hacia el sobre. ¿Hasta qué punto era aquello un modo de darle las gracias?

—¿Cómo voy a saberlo? —Se encogió de hombros.

Ira siguió examinándole. Era justamente lo que parecía: que le estaba examinando a través de una lente muy potente.

—Teniendo en cuenta que tú eres la última persona que la ha visto, he pensado que tendrías alguna idea sobre su paradero.

Tommy vio que su boca se tensaba por las comisuras. ¿Era una sonrisa? ¿O una mueca de desprecio? En ese momento no le importaba gran cosa. Se limitó a suspirar y a mirar el paisaje abrasado por el sol que se extendía más allá de la ventanilla tintada. Hierbajos resecos, aceras levantadas, vallas de alambre caídas en torno a casas destartaladas, con la pintura descascarillada y rejas en las puertas y las ventanas. Le sorprendió descubrir que, aparte de un puñado de reductos exquisitamente cuidados, la Ciudad de Los Ángeles era ante todo un inmenso y sórdido arrabal.

—Está destrozada —dijo por fin.

Tenía que decir algo si quería que Ira dejara de escudriñarle, aunque no fuera cierto. Curiosamente, Madison no le había parecido destrozada en absoluto. En todo caso parecía casi revitalizada, liberada, como si se hallara a punto de emprender una vida más brillante y prometedora. Aunque eso no iba a decírselo a Ira.

—Conque destrozada, ¿eh? —dijo Ira con una nota de ironía—. ¿Quién iba a decirlo?

Ahora fue Tommy quien le escudriñó a él. Ignoraba adónde quería ir a parar, pero Ira hablaba a menudo sirviéndose de acertijos.

—¿Quién iba a pensar que era tan buena actriz que hasta te engañaría a ti? —La expresión de Ira permaneció impasible.

Tommy permaneció a su lado, mudo. Ni siquiera se dio cuenta de que el todoterreno se había detenido frente a su edificio hasta que Ira dijo:

—Es aquí, ¿no?

Asintió con la cabeza, sin saber qué hacer. Tenía que salir del coche, claro, y entrar en su apartamento antes de que Ira le pusiera aún más nervioso. Pero de pronto el sobre le pesaba demasiado en las manos. Necesitaba el dinero más que nunca, pero Ira no daba nada sin esperar algo a cambio.

—Ira, no puedo… —Hizo amago de devolvérselo, pero él le atajó con un gesto.

—Dejemos eso —dijo—. Haré que una grúa se lleve tu coche y que te presten uno hasta que esté arreglado.

Tommy empezó a protestar, pero Ira le cortó.

—Esto es Los Ángeles, no… ese pueblucho del que vienes. Tener coche es cuestión de supervivencia.

Tommy suspiró, dio unas palmaditas al sobre y salió del coche antes de que le diera tiempo a pensárselo mejor.

—Y Tommy… —dijo Ira cuando el coche ya se alejaba—. Estoy seguro de que encontrarás la forma de devolverme el favor, si es eso lo que te preocupa.

—Eso es justamente lo que me preocupa, sí —masculló él mientras veía perderse el todoterreno entre la nube de contaminación, y subió corriendo las escaleras de su apartamento antes de que los *paparazzi* se precipitaran sobre él.

43

OTRA FORMA DE MORIR

ANOTHER WAY TO DIE
Alicia Keys & Jack White

—¡Mamá! ¡Papá! ¡Habéis vuelto!

Su boca se movía y articulaba palabras, pero el cuerpo de Aster se había cerrado sobre sí mismo por completo. Estaba atónita, estupefacta, horrorizada: no había una sola palabra que pudiera describir cómo se sintió al ver a sus padres en la puerta de su habitación.

—Creía que aún estabais en Dubái.

Su madre avanzó con la boca contraída por la furia y los ojos entornados, escrutándola con la mirada, mientras su padre se quedaba en la puerta paralizado por la pena, y Mitra revoloteaba al fondo, tocando su colgante y mascullando plegarias en voz baja.

—¿Dónde has estado? —La voz de su madre casaba a la perfección con su expresión severa.

—¡En ningún sitio!

Aster cerró los ojos. ¿Por qué había dicho aquello? Era el mantra de los culpables: *en ningún sitio, nadie, nada.* Pero sus padres eran las últimas personas a las que esperaba ver. Su regreso estaba previsto para varias semanas después. Y sin embargo allí estaban, acorralándola en su propio cuarto.

—Quiero decir que estaba con una amiga. Con Safi. En casa de Safi.

Se estremeció al decir aquello. Había estado tan obsesionada con su nuevo trabajo y su coqueteo con Ryan que casi había prescindido por completo de sus amigas, y sin embargo allí estaba, utilizándolas como coartada.

—Hemos hablado con Safi. —Su madre cruzó los brazos sobre la clásica chaqueta de Chanel que Aster confiaba en heredar—. ¿Te importaría volver a intentarlo?

Tragó saliva y clavó la mirada en el suelo. No tenía dónde ir, dónde esconderse. Tenía un aspecto lamentable, olía a chico y su madre la había descubierto.

—¿Y qué es esa ropa que llevas puesta?

Aster movió los labios y miró su ropa (o, mejor dicho, la ropa de Ryan Hawthorne).

—Es el *look*… Ya sabes, el *look* «esto me lo ha prestado mi novio», nada más.

Su padre dejó escapar un gemido de desesperación y echó a correr por el pasillo como si su hija acabara de morir y no soportara ver su cadáver. Mitra, en cambio, se quedó donde estaba. No le importaba lo más mínimo contemplar la escena del crimen.

—¿Y quién es ese novio al que le has pedido prestada su ropa? —Su madre se acercó un poco más. Tanto, que percibió el olor a vergüenza y desesperación que envolvía a su hija.

—Es mía. —Javen entró en la habitación y se plantó delante de su madre—. Bueno, está claro que yo no soy su novio, porque… ¡qué asco! Pero la ropa es mía.

Su madre meneó una mano, incrédula.

—Javen, vete a tu cuarto. Tú no tienes nada que ver con esto —ordenó, pero su hijo no se movió.

—Te equivocas. Tengo mucho que ver. ¡Mi hermana ha saqueado mi armario sin mi permiso! Quiero que la castiguéis por eso. —Cruzó los brazos con actitud desafiante y compuso una expresión airada, rara en él.

Fue un buen intento, y Aster le quiso más que nunca en ese momento, pero no estaba dispuesta a arrastrarle en su caída. Además, su madre no se lo estaba creyendo. Hizo una seña con la cabeza a Mitra y la niñera sacó a Javen de la habitación agarrándole del brazo. El chico no paró de protestar mientras se alejaba.

Demasiado avergonzada para mirar a su madre, Aster se miró los pies y observó su pedicura, pero se puso enferma al ver la laca roja oscura que había elegido para pintarse las uñas con la sola esperanza de conseguir la aprobación de Ryan. Si confesaba la verdad, si le decía que no tenía novio pero que durante unos instantes se había permitido el lujo de creer que sí lo tenía, solo para descubrir que la habían desvirgado y abandonado sin contemplaciones, tendría que reconocer que todas las advertencias de su madre se habían hecho realidad de la manera más espantosa, dramática y pública posible.

—No tengo novio —musitó con los ojos llenos de lágrimas.

—Entonces, ¿de dónde has sacado esa ropa, si no tienes un novio que te la preste?

—Eso no importa. —Sacudió la cabeza y se preguntó cómo era posible que una noche que había empezado de manera tan perfecta hubiera acabado convertida en pesadilla.

—Al contrario. —La voz de su madre sonó rotunda como un veredicto—. Sales de casa a escondidas y vuelves por la mañana llevando ropa de un chico que no es tu novio. Yo diría que sí importa, y mucho.

Aster se obligó a seguir de pie, a continuar respirando, pero no intentó refrenar las lágrimas que corrían por su cara. Se había deshonrado, había avergonzado a su familia. Lo único que le quedaba era esperar el castigo que su madre considerara adecuado para aquella ofensa.

—Todo lo cual plantea una pregunta. Si tú llevas la ropa de un chico, ¿dónde está la tuya?

Pensó en el vestido y la ropa interior que había dejado en la papelera. Prendas que su madre nunca había visto y que con un poco de suerte no vería nunca. Su único acierto en una larga lista de errores.

—¿Importa eso? —Levantó la barbilla con los ojos enturbiados por las lágrimas mientras su madre se erguía muy derecha ante ella—. ¿De verdad te importa una mierda dónde esté mi ropa?

La mirada de su madre se endureció mientras Aster aguardaba su sentencia. Entre sus muchas faltas se contaba el haber utilizado una palabra malsonante y el haber pasado la noche con un chico que no era su novio (un chico con el que nunca se casaría). La pena sería sin duda implacable.

—Estás castigada hasta nueva orden.

Aster dejó escapar un suspiro. Creía sinceramente que iban a enviarla a un internado para chicas descarriadas o a expulsarla de la familia. Estar castigada no era para tanto, después de todo.

—No saldrás de esta casa bajo ningún concepto, a menos que se trate de una emergencia.

Asintió con la cabeza. Eso significaba que quedaba fuera de la competición, pero el concurso de Ira Redman ya no figuraba en la lista de sus principales preocupaciones. Además, no quería salir de casa. Quizá nunca más.

—De acuerdo.

Bajó los hombros, derrotada, y se dirigió a la ducha, pero oyó que su madre la llamaba.

—Te has degradado y has deshonrado profundamente a esta familia. Tu padre tardará mucho tiempo en recuperarse de este golpe.

Aster se detuvo. Sabía que no debía decirlo, pero ya había llegado tan lejos que no tenía nada que perder.

—¿Y tú? —Se volvió para mirar a su madre—. ¿Cuánto vas a tardar en recuperarte?

Le sostuvo la mirada. Fueron pasando los segundos, hasta

que su madre sacudió por fin su regia cabeza, señaló el cuarto de baño con un dedo y dijo:

—Ve a asearte, Aster. Tu padre y yo hemos hecho un viaje muy largo. Estamos agotados y necesitamos descansar.

Sin decir más, giró sobre tus tacones Ferragamo y salió. Aster se quedó mirando la puerta cerrada, consciente de que había decepcionado a sus padres y de que quizá fuera *ella* quien no se recuperaría de aquel golpe.

44

LA DULCE FUGA

THE SWEET ESCAPE
Gwen Stefani

Layla se paseaba de un lado a otro por la sala de conferencias del hotel. Con su moqueta con motivos blancos y beis, sus paneles móviles y la hilera de sillas color crema colocadas a lo largo del escenario, donde se sentarían Madison y los demás actores, la sala elevaba su decoración neutra al nivel de lo ridículo. Pero lo anodino del entorno no disminuía la emoción que le causaba estar a punto de asistir a su primera rueda de prensa. Solo confiaba en que nadie pusiera en duda su acreditación. Sería humillante que la pusieran de patitas en la calle, delante de un montón de gente a la que admiraba.

Deambuló entre los demás periodistas sin saber si sentirse aliviada o molesta porque nadie se fijara en ella. En fin, al menos había una mesa con café en un rincón. Nunca perdía la oportunidad de tomar una dosis de cafeína, por malo que fuese el café.

—Tarde, como siempre.

Miró a la mujer que había dicho aquello y estaba a punto de defenderse y alegar que en realidad había llegado temprano cuando se dio cuenta de que la mujer no se refería a ella, sino a la rueda de prensa.

—Los famosos siempre tocando las narices. —Miró a Layla como si esperara que le diera la razón.

—Sí, ya, claro —dijo, y enseguida se arrepintió. Parecía tan joven e inexperta como, en efecto, era.

Pero a su interlocutora no pareció importarle.

—Trena. Trena Moretti. —Le tendió la mano, y Layla se cambió el café de mano para estrechársela—. División digital de *Los Angeles Times*. —Meneó la cabeza y sus rizos cobrizos brillaron de un modo que a Layla le hizo pensar en la temporada de los incendios forestales—. Todavía no me he acostumbrado a decirlo. Vengo del *Washington Post*.

Layla hizo un gesto afirmativo con la cabeza.

—Layla Harrison. —Omitió a propósito el nombre de su cabecera, sobre todo porque no existía. Pero cuando Trena se inclinó hacia ella y achicó los ojos intentando leer su acreditación, añadió de mala gana—: Del *Independent*. Seguramente no habrás oído hablar de él, porque es nuevo y… independiente.

Sí, aquello había sonado superconvincente.

Trena le lanzó una mirada sagaz.

—¿Es la primera vez que cubres una de estas?

Layla estaba a punto de negarlo y a decir que había estado en muchas, pero saltaba a la vista que Trena la había descubierto.

—¿Tanto se me nota?

—Estás bebiendo ese café. —Trena sonrió—. Pero es emocionante ver una cara nueva y radiante. Me recuerda por qué me sentí atraída por este oficio.

—¿Por qué dejaste el *Post*? —preguntó Layla, y se preguntó si no sería una pregunta demasiado directa tratándose de alguien a quien acababa de conocer.

Pero ¿la labor de los periodistas no era indagar? Además, Trena siempre podía acogerse a la Quinta Enmienda.

—Tuve que dar un brusco bandazo a mi carrera por culpa de un novio traidor. Supongo que Madison y yo tenemos más en común de lo que pensaba. —Se rio, y Layla la imitó. Con su tersa piel de color caramelo y sus intensos ojos verdeazulados, era increíblemente atractiva—. Bueno, ¿y a ti por qué te interesa Madison? —preguntó.

Layla se encogió de hombros. No tenía preparada una respuesta para esa pregunta.

—Imagino que no me fío de ella —contestó sinceramente—. Y estoy esperando que cometa un desliz, que se deje ver tal y como es.

Trena tocó con su botella de agua el vasito de café de Layla.

—Ya somos dos. ¿Has visto el vídeo de la ruptura?

Layla asintió vagamente. Era un momento ideal para jactarse de sus logros, pero su credencial afirmaba que trabajaba para un rotativo inexistente.

Trena miró hacia el escenario.

—Vaya, por fin —dijo—. ¿Vamos?

Layla miró en la misma dirección. Tenía previsto quedarse allí, a más de quince metros del escenario, como dictaba la orden de alejamiento. Pero enseguida decidió que no. Pertenecía a la prensa, y a la prensa no se la podía acallar.

Siguió a Trena, feliz de haber conocido a una mujer que posiblemente podía convertirse en su mentora. Vieron cómo los compañeros de reparto de Madison ocupaban el escenario uno por uno, dejando la silla del medio (la reservada para la estrella principal) vacía. El moderador se acercó al micro y dijo:

—Les pedimos disculpas por la tardanza.

—Seguro que sí. —Trena puso los ojos en blanco y meneó la cabeza.

—Ya estamos listos para empezar, pero hay una pega. —Se detuvo como si esperara que la situación cambiara en los siguientes veinte segundos. Como no sucedió nada, añadió—: Al parecer, Madison Brooks no va a acompañarnos hoy.

Aquella afirmación bastó para provocar un estallido de gritos entre los reporteros, que gritaban sus preguntas intentando llamar la atención del moderador.

¿Dónde está Madison?

¿Qué explicación ha dado?

¿Tiene esto algo que ver con lo sucedido en Night for Night?

El moderador levantó las manos.

—No puedo responder a ninguna de sus preguntas, pero si guardan silencio podremos empezar.

Trena miró a Layla con expresión de fastidio.

—No sé tú, pero si no está Madison yo no pinto nada aquí. —Se dirigió a la puerta y Layla la siguió—. No soy muy aficionada a las discotecas —comentó mirando hacia atrás—. Pero me encantaría hablar con alguien que hubiera estado allí. Hay algo en esa ruptura que me da mala espina.

—Yo estuve. —Layla se paró frente a la puerta, reacia a abandonar su primera rueda de prensa. Con o sin Madison, merecía la pena asistir.

Trena la observó con renovado interés.

—Tú tampoco pareces muy aficionada a las discotecas.

—No lo soy. —Layla se encogió de hombros—. Por eso se me da tan mal ser relaciones públicas.

La periodista procuró mantener una expresión impasible, pero Layla sorprendió un destello fugaz en sus ojos.

—¿Qué te parece si te invito a comer y a cambio me hablas de tu trabajo como relaciones públicas de Night for Night?

—Trabajo en Jewel, otra de las discotecas de Ira Redman.

—Eso también me vale. —Trena se abrió paso a empujones, dando por sentado que Layla la seguiría.

Layla miró hacia el escenario. Estaban hablando de lo divertido que había sido trabajar todos juntos, cuando lo más probable era que se odiaran mutuamente. Más cháchara hollywoodense. La rueda de la publicidad nunca dejaba de girar.

—¡Espera! —gritó, y se detuvo el tiempo justo para tirar a la basura su café antes de salir al sol, siguiendo a Trena.

45

CHICA DE NINGUNA PARTE

NOWHERE GIRL
B-Movie

¿Fue asesinato?

Tras su estrepitosa ruptura con su exnovio, Ryan Hawthorne, al descubrir que le estaba siendo infiel con Aster Amirpour (una relaciones públicas de Night for Night, la discoteca de Ira Redman), Madison Brooks, la Novia de América y reina de la prensa rosa, parece haber desaparecido de la faz de la Tierra.

Brooks es una de las famosas más fotografiadas del mundo, de modo que su falta de apariciones públicas y el hecho de que no haya acudido a diversas entrevistas ya concertadas con programas de televisión como *Ellen*, *Conan* o *Today*, así como su ausencia en la rueda de prensa donde saltó la noticia de su desaparición, preocupa en extremo a sus allegados. La Policía de Los Ángeles, sin embargo, no parece compartir esa preocupación.

—Hay muchos motivos por los que puede desaparecer una persona —ha declarado el detective Sean Larsen—. No todas las desapariciones son producto de un secuestro. Y desaparecer por propia voluntad no es un delito. Pedimos a la prensa que lo tenga en cuenta. Probablemente, todas estas especulaciones solo están contribuyendo a que la señorita Brooks siga desaparecida. Después de lo que ha pasado, es muy posible que la pobre chica solo quiera tener un poco de intimidad.

Puede que sí. Pero según la asistente de Madison, Emily Shields, hay una cosa que Madison Brooks jamás abandonaría.

—¿Que si estaba disgustada Madison por lo que había pasado entre Ryan y ella? Naturalmente que estaba disgustada, ¿cómo no iba a estarlo? Pero aunque hubiera decidido esconderse una temporada, no se habría ido sin Blue. Ese perro es su mejor amigo. Ahora que no está Madison, se pasa el día llorando como si presintiera que le ha pasado algo malo, y a mí me parte el corazón. Si alguien sabe qué le ha pasado a Madison, por favor, por favor, que lo diga. Necesitamos su ayuda, dado que a la policía no parece importarle.

¿En qué momento despertará la Policía de Los Ángeles y se dará cuenta de lo que el perro ya ha intuido: que a Madison Brooks le ha pasado algo terrible?

Trena Moretti releyó por encima el artículo que acababa de escribir y luego ajustó la fuente hasta que el titular llenó la pantalla.

¿Fue asesinato?

¿Incendiario? Sin duda.

¿Llamativo? Decididamente.

Pero ¿acaso no se trataba de eso?

Hacía días que nadie veía a Madison, y los rumores que solía barajar la prensa no habían satisfecho su ansia por descubrir la verdad.

«Madison está rodando una película supersecreta», decían. Pero eso era extremadamente improbable teniendo en cuenta que la propia Madison había declarado que iba a tomarse un largo descanso, y por lo que Trena había podido averiguar así era, en efecto.

«Está pasando una temporada en el Golden Door, aquejada de "agotamiento"». El eufemismo que, junto con el de la *deshidratación*, empleaba la maquinaria publicitaria de Hollywood para decir que la estrella en cuestión sufría algún tipo de adicción, episodio depresivo o quizás incluso una sobredosis. Pero ninguno de esos casos era aplicable a Madison. Trena se había puesto en contacto no solo con el *spa* Golden Door, sino también con el Miraval, el Mii amo y hasta con Ashram, una casa de reposo y depuración desprovista de todo lujo que, inexplicablemente, se hallaba entre las predilectas de los famosos de primera fila. Solo a los realmente ricos y consentidos se les ocurría pagar varios miles de dólares por pasar una semana haciendo ejercicio a raja tabla, comiendo raciones minúsculas y durmiendo en austeras habitaciones con baños compartidos. Y aunque Madison era sin duda una de las estrellas más consentidas de todo Hollywood, según las fuentes de Trena no se hallaba ingresada en ninguno de esos establecimientos.

«Se está reconciliando con Ryan en una isla paradisíaca y remota». Otra posibilidad improbable, teniendo en cuenta que Ryan se estaba dejando ver más que nunca: no había ni una sola entrevista que no estuviera dispuesto a conceder. Repetía básicamente la misma cantinela inverosímil, alegando que había sentido que Madison se alejaba de él y que por eso se había enrollado con Aster Amirpour: para ponerla celosa. Era sin duda una muestra de inmadurez, y se arrepentía profundamente de ello. Según las revistas *People*, *US Weekly* y *OK!*, no pasaba un solo día sin que deseara haber manejado la situación de otro modo. Quería más que nada en el mundo que Madison regresara para poder ofrecerle la disculpa que merecía. No se hacía ilusiones, sabía que no volvería a aceptarle, pero estaba seguro de que Madison estaba en algún lugar lamiéndose las heridas (unas heridas que indudablemente le había causado él) y que aparecería en algún momento. Entre tanto, después de todo lo ocurrido, se merecía un poco de espacio y de intimidad. Hasta llegaba al extremo de rogar a la prensa que se olvidara del asunto y le mostrara un poco de respeto.

A Trena, que había leído atentamente las entrevistas, no le cabía duda de que Ryan Hawthorne estaba interpretando el papel de su vida.

Allí había en juego algo mucho más siniestro.

Madison no era la chica que aparentaba ser. Se esforzaba mucho por mantener esa imagen de chica frívola y aficionada a la juerga, pero saltaba a la vista que prefería la sobriedad. Parecía pasar gran parte de su tiempo comprando, pero gastaba muy poco dinero, dado que la mayoría de la ropa que lucía se la regalaban los propios diseñadores. Una sola fotografía de una estrella de cine luciendo determinado vestido bastaba para lanzar a un diseñador a la fama además de disparar sus beneficios, puesto que miles de fans invertían el dinero que tanto les costaba ganar en comprar la misma prenda. El resultado eran unos beneficios enormes a cambio de una inversión mínima por parte del diseñador, y Madison estaba siempre dispuesta a participar en el juego.

Por lo que había podido deducir Trena, la casa en la que vivía era el mayor lujo que se había permitido Madison. Aunque más que una casa parecía una fortaleza, teniendo en cuenta su número de verjas y sus medidas de seguridad.

¿A quién tenía tanto empeño en impedir la entrada?

¿De quién tenía miedo?

Para alguien tan famoso como ella, aquello era como esconderse a plena vista.

O lo había sido, hasta ahora.

Trena inclinó hacia delante su taburete, agarró su té chai, que se había quedado frío, y releyó el titular. No recordaba la última vez que una noticia la había atrapado hasta el punto de perder la noción del tiempo.

Se olía que allí había algo: sentía ese hormigueo intuitivo que nunca le fallaba. Aquella historia tenía mucho más calado de lo que parecía en un principio, y estaba segura de que, hurgando un poco más, descubriría que sus implicaciones eran mucho más profundas de lo que suponía todo el mundo.

¿Fue asesinato?

Alguien, en alguna parte, conocía la respuesta. Aunque Trena confiaba sinceramente en que Madison no estuviera muerta. Se había criado en la pobreza, había tenido que esforzarse mucho para conseguir todo lo que había logrado, y tenía muy poca tolerancia para con las princesitas privilegiadas como Madison. Sin embargo, cuanto más escarbaba, más la sorprendía Madison. Y aunque distaba mucho de admirarla, había algo extrañamente vulnerable en aquella chica que suscitaba en ella el impulso de protegerla. Pero ese no era su trabajo. Su tarea consistía en informar de los hechos. Correspondía a la policía proteger a los ciudadanos. Aunque de momento no había hecho gran cosa en ese sentido.

¿Fue asesinato?

Si aquello no hacía reaccionar a la policía, nada lo lograría.

Pulsó la tecla de publicar, llevó su taza al fregadero y vació su contenido.

Fuera empezaba a ponerse el sol y, cuando desaparecía la luz solar, salían a la calle los sujetos más interesantes.

Trena no pensaba perdérselos.

46

GLORIA Y SANGRE

GLORY AND GORE
Lorde

¿Fue asesinato?

El titular bastó para que Aster se estremeciera, pero no le impidió leer el artículo correspondiente. Ignoraba quién era aquella tal Trena Moretti, pero parecía convencida de que había sido, en efecto, un asesinato. O, si no un asesinato, sí algo mucho más turbio que aquel rumor que circulaba últimamente, según el cual Madison estaba en una clínica de desintoxicación.

Pero lo peor de todo, peor aún que la posibilidad de que hubiera sido asesinada (bueno, quizá no peor en un sentido amplio, y desde luego no peor para Madison, pero sí, indudablemente para ella) eran las insinuaciones según las cuales el lío amoroso entre Ryan y ella había tenido algo que ver con la desaparición de la famosa actriz.

Insinuaciones que nunca se concretaban, pero que aun así cumplían su función. La semilla estaba plantada. El peor de los escenarios posibles había quedado materializado en letra impresa. La idea de que se hubiera producido una tragedia inconcebible se había lanzado al aire para que cualquiera pudiera especular con ella y sacar sus propias y sórdidas conclusiones.

Vibró su teléfono anunciando la llegada de un mensaje, pero Aster no se movió, ni siquiera sintió la tentación de mirar la pantalla. Su móvil no había dejado de vibrar desde el día en que Layla Harrison publicó aquella historia. El vídeo y sus capturas, todo ello se lo habían reenviado sus «amigas», convencidas de que debía no solo conocer todas las cosas odiosas que se decían de ella, sino también leerlas de primera mano.

Ignoraba por qué creían necesario que tuviera acceso a los miles de comentarios anónimos que la tachaban de puta, de zorra y de golfa (unos cuantos hasta amenazaban con matarla). ¿Qué esperaban que hiciera al respecto?

Aster había reaccionado del único modo que sabía: obedeciendo las órdenes de sus padres y permaneciendo encerrada en su cuarto, reflexionando acerca de la tenue línea que separaba la fama de la infamia.

Ella había querido una cosa y había obtenido la otra, pues el azar había dispuesto que en su caso estuvieran inextricablemente unidas.

Pero, naturalmente, desde el momento en que se había despertado sola en el apartamento de Ryan nada en su vida había transcurrido como ella planeaba. La prensa la había retratado como una maquinadora sin escrúpulos, dispuesta a robarle el novio a quien fuera, y se había tragado la historia que había contado Ryan acerca de que solo intentaba poner celosa a Madison. Y sin embargo, a pesar de las numerosas entrevistas que había dado, Ryan no había mencionado ni una sola vez que Madison no era la única que había desaparecido de la faz de la Tierra esa noche.

Su teléfono dejó de vibrar, permitiéndole un breve momento de paz antes de empezar otra vez. Aster suspiró, puso cara de fastidio y pensó en apagarlo. Las llamadas y los mensajes no cesaban de llegar. Una rápida ojeada a la pantalla le sirvió para comprobar que procedían de un número bloqueado.

Sabía que no debía contestar. Deseó que saltara el buzón de voz. Pero tras verse de reojo en el espejo de cuerpo entero, algo cambió irremisiblemente dentro de ella.

Hacía días que no se miraba al espejo. Se sentía demasiado avergonzada, temía demasiado lo que podía ver. Pero tras echar una ojeada, le resultó casi imposible apartar la vista.

Se acercó al espejo y estudió su rostro. El pelo le colgaba, suelto y lacio, junto a las mejillas, tenía la piel pálida y cenicienta y los ojos envueltos en sombras. Parecía tan vapuleada, tan atormentada y acosada como se sentía.

¿Qué había dicho Ryan? Que acababa de dar el primer paso hacia la fama, o algo parecido.

También había prometido permanecer a su lado.

«No te imaginas todo lo bueno que está a punto de suceder», le había dicho. «¿Confías en mí?».

Había confiado en él, sí, y no había vuelto a tener noticias suyas.

El teléfono seguía sonando.

Tal vez pareciera vapuleada, atormentada y acosada, pero estaba cansada de esconderse.

Agarró impulsivamente su móvil. Sujetándolo con manos temblorosas, contestó con un hilo de voz.

—¿Aster Amirpour? —La voz al otro lado de la línea era grave, gutural y autoritaria—. Soy el detective Larsen, del Departamento de Policía de Los Ángeles. Quería saber si sería tan amable de venir a comisaría cuando le venga bien. Tenemos que hacerle unas preguntas relativas a la desaparición de Madison Brooks. No le llevará más de unos minutos.

Aster fijó los ojos en su portátil. Trena Moretti acababa de anotarse un tanto.

No debería haber contestado, pero ya que lo había hecho no podía dar marcha atrás.

—Deme una hora —dijo—. Dos, como mucho.

Lanzó el teléfono a la cama y entró en su espacioso vestidor. Era hora de hacer la maleta.

Había visto las suficientes series de televisión como para

saber que no se debía hablar con la policía sin tener un abogado a la zaga. Pero todos los abogados que conocía eran familiares o amigos de sus padres y, dado que no podía recurrir a ellos ni tenía dinero propio, no le quedaba otro remedio que presentarse sola. Además, en realidad ella no sabía nada respecto al paradero de Madison. De lo único de lo que se la podía acusar era de haber permitido que la ambición le nublara el entendimiento al confiar en Ryan Hawthorne cuando le dijo que sentía algo por ella. Podía ser vergonzoso pero no era un delito, y no tenía nada que ocultar.

Aunque todo el mundo sabía que había desempeñado algún papel en la muerte del tándem RyMad, no tenía nada que ver con la desaparición de Madison. Aparte de Ryan, nadie sabía qué había sucedido de verdad entre ellos dos, y puesto que él no se lo había revelado aún a la prensa, Aster calculaba que su secreto estaba a salvo.

Metió algo de ropa en una bolsa, se recogió el pelo sucio en una coleta, se puso un poco de maquillaje, echó una última ojeada a la habitación y bajó las escaleras en busca de su madre. Al detenerse en la puerta de la cocina, vio que estaba cortando las hojas de una docena de rosas recogidas en el jardín para disponerlas en un jarrón de cristal tallado.

—Siento haberos dado un disgusto a papá y a ti —dijo con voz más temblorosa de lo que pretendía—. Siento que lo que he hecho os haya decepcionado y avergonzado. Pero me niego a ser castigada por cometer errores que no son en absoluto extraños en alguien de mi edad. Puede que no estéis de acuerdo con mis decisiones, pero ya tengo dieciocho años, y eso significa que ya no podéis decidir por mí.

Se llevó una mano a la tripa, intentando calmar su estómago revuelto, mientras escudriñaba el rostro perfectamente maquillado de su madre en busca de algún asomo de emoción. Pero permaneció tan fría e impasible como siempre.

—¿Y cómo piensas mantenerte, Aster? —Dejó las tijeras de podar de mango rosa y hoja curva sobre la encimera de granito y se tiró con nerviosismo de su alianza incrustada con diamantes—. Hasta dentro de siete años no podrás acceder a tu fondo fiduciario.

Aster cerró los ojos. Había cometido la estupidez de esperar otra reacción, quizás incluso un abrazo, pero era hora de afrontar la verdad. Su madre nunca había sido cariñosa y cálida. Era fría, altanera, distante e insensible, pero ella la quería a pesar de todo. Su padre era quien se encargaba de repartir besos y abrazos, la figura a la que Aster recurría en momentos de crisis. Pero su padre ya no le hablaba, Javen no estaba en casa y Mitra, la niñera, era quien la había metido en aquel lío al alertar a sus padres y animarlos a regresar. Era difícil no guardarle rencor a la mujer que prácticamente la había criado. Aun así, aquella era su única ocasión de despedirse. Era hora de decir lo que pensaba y seguir adelante.

—No podéis retenerme como si fuera una rehén. —Se llevó la mano a la mejilla para enjugarse las lágrimas que se acumulaban en sus ojos, pero luego cambió de idea.

Se negaba a huir de sus emociones como hacía su madre. Dejaría que afloraran, se permitiría sentirlas por dolorosas que fueran.

—No podéis convertir esto en una especie de tira y afloja por el dinero. Ya no podéis controlarme. Si no quiero vivir así, no tengo por qué hacerlo. Y si no os parece conveniente darme parte de ese dinero para que pueda mantenerme, encontraré otro modo de hacerlo.

—¿Y qué hay de tus estudios?

Su madre había pasado de tirar de su alianza de boda a atusarse las puntas de la melena perfectamente teñida y peinada: el único síntoma de que tal vez no estuviera tan calmada como aparentaba.

—¿Qué pasa con ellos?

La fijación de su madre por todo lo pragmático era la mayor tragedia de la familia. La suya era una casa dominada por la represión, y lastrada por las mentiras resultantes de vivir de esa manera. Aster estaba deseando liberarse de ese peso.

—Sigo pensando en ir a la universidad, si es eso lo que te preocupa. —Se encogió de hombros, ansiosa por zanjar la conversación y marcharse—. Volveré en algún momento para recoger el resto de mis cosas. Así que…

Se acercó a darle un abrazo de despedida, pero fue como abrazar una pared, de modo que se apartó rápidamente. Antes de salir, se detuvo un momento para enviar un rápido mensaje a Javen prometiéndole que estaría cerca, que solo tenía que llamarla para que acudiera. Se sentía mal por dejarle allí solo. Era imposible saber lo que harían sus padres si llegaban a descubrir que le gustaban los chicos más que las chicas. Pero ¿cómo iba a protegerle cuando había fracasado tan estrepitosamente al intentar protegerse a sí misma?

Sin mirar atrás, metió la bolsa en el maletero del coche, se sentó detrás del volante y emprendió el camino hacia una nueva vida.

47

CALIFORNICACIÓN

CALIFORNICATION
Red Hot Chili Peppers

Tommy se sentó en la dura silla metálica y esperó a que el detective le trajera una taza de café quemado y recalentado y unos sobrecitos de leche en polvo. Era su primera visita a una comisaría, pero se estaba comportando como si pasara por allí con frecuencia.

Se había presentado sin abogado, pero estaba seguro de que no lo necesitaba. No tenía ninguna culpa en la desaparición de Madison, y solo era cuestión de tiempo que se lo metieran en las cabezotas y pasaran a investigar a alguien que sí estuviera relacionado con ella. Hasta entonces, se había propuesto mostrarse tan educado y servicial como le había enseñado su madre. Si tenía que hacer el numerito del chico de campo, lo haría. Cualquier cosa con tal de que le dejaran en paz y se pusieran a buscar a Madison.

Se había desatado una auténtica tormenta de especulaciones, acusaciones e histeria colectiva, pero Tommy se negaba a creerlo. Tenía demasiado fresco el recuerdo de Madison. Cada vez que cerraba los ojos sentía el pálpito de sus labios. Era imposible que estuviera muerta.

—¿Sabes por qué estás aquí?

El detective Larsen deslizó la taza hacia él y se sentó enfrente.

Tommy juntó dos sobrecitos de leche en polvo, rasgó las esquinas y vertió el contenido en la taza.

—Soy la última persona a la que se vio con Madison.

Se arriesgó a probar un sorbo y tuvo que hacer un esfuerzo para no torcer el gesto. El primer trago era siempre el más amargo, y le recordó lo bajo que había caído y lo veloz que había sido su caída. Su sueño de contemplar desde lo alto de un escenario a una multitud de chicas preciosas gritando su nombre había sido sustituido por la cruda realidad de un interrogatorio policial y de un montón de admiradores enloquecidos de Madison que le rajaban las ruedas del coche y le enviaban tuits amenazadores.

El detective Larsen apoyó sus gruesos antebrazos sobre la mesa y echó los hombros hacia delante. Mirando a Tommy por debajo de la frente fruncida, dijo en voz baja y confianzuda, como si fueran dos buenos amigos que no charlaban desde hacía tiempo:

—¿Y qué sientes al respecto, sabiendo que fuiste el último en verla con vida?

Tommy pasó los dedos por el borde de la taza. «¿Que qué siento? ¿Esto qué es? ¿Una sesión con mi psicólogo?». Miró el cabello rojo y áspero del policía, cortado casi al cero, sus ojos verdes claros y su piel pecosa, que daba muestras evidentes de estar perdiendo la batalla contra el implacable sol de Los Ángeles, y sus deltoides y pectorales superdesarrollados, que amenazaban con invadir su cuello.

—No siento nada. Me niego a creer que haya muerto.

Larsen juntó las yemas de sus dedos, que de pronto parecieron sartas de gruesas salchichas.

—Eres la última persona que la vio, hasta donde sabemos. Hay imágenes que os muestran dirigiéndoos al Vesper, un local al que por lo visto tenías acceso incluso cuando estaba cerrado. Las pruebas hablan por sí solas.

Tommy tragó saliva. Por lo menos no sabían lo de las fotografías de su móvil, las de Madison bebiendo una cerveza, que podían incriminarle en dos sentidos: primero, porque todo el mundo sabía que a Madison le faltaban tres años para tener la edad legal para consumir alcohol, y segundo porque no se había ofrecido a mostrarle esas fotos a la policía. A no ser que le detuvieran, jamás tendrían conocimiento de que esas fotos existían, y Tommy tenía intención de que así siguiera siendo.

La culpa de que estuviera allí, convertido en el principal sospechoso, era de Layla. No era la única testigo, claro, pero sí había sido la primera en publicarlo. La cuestión era si lo había hecho a propósito, para vengarse de él por alguna razón desconocida.

Desde el momento en que había publicado aquel vídeo, el suyo se había convertido en el blog de referencia para quienes buscaban información jugosa sobre los famosos. El escándalo Madison-Ryan-Aster-Tommy los atraía como un imán. Nunca tenían suficiente. Claro que el escándalo había hecho también posible que los locales de Ira aparecieran continuamente en la televisión, y que Night for Night y el Vesper se convirtieran en improvisados monumentos funerarios en recuerdo de Madison. La gente viajaba desde muy lejos para depositar una ofrenda en los últimos lugares donde se había visto a su estrella adolescente preferida.

Tommy volvió a fijar la mirada en Larsen. Nunca era buena idea dejar que la mente vagara en exceso.

—No creo que esté muerta. —Probó otro trago de café. Estaba frío y brutalmente amargo, pero la impresión inicial sobre las papilas gustativas se había difuminado, y tomó otro sorbo—. Y si no está muerta, yo no puedo ser la última persona que la haya visto con vida.

—Um. Eso que dices es interesante. —El detective se quedó mirando a lo lejos, como si de veras sopesara aquella idea, pero Tommy comprendió que estaba fingiendo—. Aun así, en estos tiempos de Instagram, *selfies*, YouTube, noticias por cable y blogueros tan atiborrados de cafeína que ya no duermen, es lógico pensar que, si alguien hubiera visto a Madison desde que estuviste con ella tendríamos alguna prueba fotográfica, ¿no crees? ¿No sería lo más natural?

Tommy se encogió de hombros y removió su café, viendo como el brebaje giraba por la taza, subiendo y bajando por sus costados.

—Ya le he dicho lo que pienso. Mantengo mi postura.

—Bien, entonces...

Larsen se echó hacia atrás, y su silla osciló peligrosamente. Si intentaba poner nervioso a Tommy, no lo consiguió. A Tommy no podía importarle menos que se cayera y se rompiera la cabeza. Se acabaría su café y luego tal vez pensara en pedir ayuda.

—Pareces muy seguro respecto a tu posición, lo cual me hace pensar que quizá sepas más de lo que dices saber. ¿Qué me dices, Tommy? ¿Hay algo que no nos has contado? Porque si es el tiempo lo que te preocupa, tengo toda la noche. ¿Tienes a Madison viva en alguna parte?

Tommy entornó los párpados, desconcertado. ¿De veras le creía Larsen capaz de secuestrar a Madison Brooks y retenerla contra su voluntad?

—¿La besaste?

Larsen echó bruscamente la silla hacia delante y se inclinó sobre la mesa hasta que su cara estuvo a escasos centímetros de la de Tommy. Lo bastante cerca para que viera su constelación de puntos negros y los pelos de sus cejas rebeldes.

Tommy dio un respingo y se echó hacia atrás. El aliento de Larsen olía a la bazofia que hubiera comido a mediodía, y la forma en que clavó sus ojillos en él le repugnó. Como si quisiera conocer los detalles no por el bien de la investigación, sino para guardar aquel recuerdo en su particular banco de imágenes eróticas. Tommy negó con la cabeza y se pasó una mano por la cara. Su lenguaje corporal le delataba. Estaba demasiado nervioso. Hacía que pareciera culpable. Pero no lo era. ¿Por qué no se daban cuenta? ¿Por qué demonios seguía en aquella sala?

—¿La besaste? ¿La llevaste a uno de los cuartos de atrás e intentaste aprovecharte de ella?

—¿Qué cojo…? —Tommy arrugó el ceño—. Eso son gilipolleces de pervertido, ¿a qué viene eso?

Por fin consiguió refrenar su lengua, al ver que Larsen le miraba arrugando los ojillos e inflando las mejillas, como si acabara de darle un magnífico regalo, y así era, en efecto. Había mostrado ira, la suficiente para delatar la existencia de un posible lado oscuro. Los policías vivían para instantes como aquel, y Tommy había caído en la trampa.

—No son gilipolleces —repuso Larsen—. Así que quizá deberías tomarte esto en serio e intentar contestar a mis preguntas.

Tommy respiró hondo y fijó la mirada en el gran espejo rectangular que tenía delante, que, según todas las series policíacas que había visto, permitía a quien estuviera al otro lado observarle sin ser visto. Dirigiéndose a esa persona, fuera quien fuese, levantó la voz y dijo:

—Sí, la besé.

—¿Y…?

Le repugnó el modo en que Larsen movió las cejas pero, decidido a no demostrarlo, respondió:

—Y nada.

Había intentado hablar en tono neutro, pero su voz le delató. Estaba muy enfadado, y empezaba a notársele. Aun así, lo que había sentido con Madison era mucho más significativo que cualquier sesión de magreo adolescente. Era…

—Bien, háblame de las pulseritas negras.

Tommy levantó la vista bruscamente. ¿Cómo se había enterado de eso?

—¿Sabes? —añadió el detective—, tengo que reconocer que he tardado en acostumbrarme a las redes sociales. Porque ¿quién quiere recuperar el contacto con toda esa gente a la que no soportabas en el instituto? —Le miró como si esperara que asintiera y, como no lo hizo, prosiguió—: Pero ahora que me he incorporado al mundo moderno, las encuentro increíblemente útiles.

—Miró a Tommy con dureza, deteniéndose unos instantes—. Según Instagram, tienes fama de hacer la vista gorda en lo tocante a la edad para consumir bebidas alcohólicas.

Tommy se relajó. Por suerte había tenido la prudencia de abandonar aquella práctica justo después de que Layla publicara su historia y la policía empezara a husmear. Era agua pasada. No podían demostrar nada. No había por qué preocuparse.

—Yo no soy responsable de las porquerías que la gente publica en Internet. —Se encogió de hombros como si hablara en serio.

—Puede que no, pero esas pulseritas negras son específicas del Vesper. Y muchos de esos chavales se hicieron *selfies*. ¿Es así como los llamáis, *selfies*?

Tommy cerró los ojos para no ponerlos en blanco. Larsen actuaba como si fuera un octogenario que no sabía nada de ordenadores, aunque posiblemente tenía entre treinta y cinco y cuarenta años. Todo aquello era ridículo.

—El caso es que la mayoría de los chicos que se hicieron fotos con esas pulseritas negras son menores de veintiún años. Y te aseguro que hay cientos de fotografías de esas, puede que incluso miles. He perdido la cuenta. Lo que me pregunto es si eras consciente de ello.

Tommy tragó saliva. Seguro que no había dado *tantas*, ¿verdad?

—No sé de qué me habla —contestó, esforzándose para que su voz sonara firme y serena. Ya había revelado demasiado.

Larsen se encogió de hombros como si el tema estuviera agotado, pero Tommy sabía que no era así.

—De todos modos, es curioso cómo te has tomado esta terrible tragedia que afecta a una chica a la que según tú le tenías afecto, y que a ti, por otra parte, te ha venido tan bien. Me gusta mantenerme al tanto de la cultura relacionada con los famosos leyendo los blogs y la prensa rosa. Me ayuda en mi trabajo, dado que la mayoría de esas personas viven en esta ciudad. Por lo que he podido deducir, has conseguido dar un número importante de entrevistas en muy poco tiempo. Has hablado con *People*, *TMZ* y *US Weekly*, por nombrar solo algunos medios. Viniste a Los Ángeles con intención de triunfar en la música, ¿verdad?

Tommy lo miró con el semblante petrificado, negándose a confirmarlo o a negarlo.

—Debe de ser muy decepcionante venir desde Oklahoma para acabar trabajando en una tienda de guitarras y hasta que de ahí te despidan. Por suerte conseguiste ese trabajo con Ira Redman, pero, la verdad, ¿cuánto tiempo esperas que te dure?

—Sí, ya veo. —Tommy le sostuvo la mirada—. Ha hecho usted sus deberes. Lo sabe todo sobre mí.

—No, está claro que no lo sé *todo*. De lo contrario no estarías aquí, ¿no crees? Aun así, es impresionante lo rápidamente que has conseguido hacerte un hueco en esta ciudad.

Tommy estaba furioso, pero consiguió contenerse.

—Me doy cuenta de que has hecho un trabajo de primera sirviéndote de tu contacto con Madison Brooks para atraer a grandes multitudes y ponerte por delante de tus competidores. Según las entrevistas que has hecho, conocías a Madison mucho mejor de lo que quieres aparentar. Has hablado de ella en términos casi líricos, pero cuando te he preguntado si la besaste... ¿Qué es lo que has dicho? —Se inclinó hacia él, hasta que Tommy sintió su aliento en la mejilla, como una bofetada—. Un verdadero hombre no se va de la lengua. —Se apartó y soltó una risa estentórea y gutural—. Un verdadero hombre no se va de la lengua. —Dio una palmada en la mesa, meneando la cabeza—. Y dicen que la caballería ha muerto. Me gusta especialmente esa mirada que lanzas a la cámara y que indica lo contrario. Es un puntazo. Los admiradores, los detractores, ninguno se cansa de ver esa bazofia, ejecutada al verdadero estilo de Hollywood. ¿No estás de acuerdo?

Tommy bajó los hombros, avergonzado. Había hecho todas esas cosas, y otras peores. Pero ¿qué se suponía que debía hacer?

Era joven y ambicioso, no podía dejar pasar ninguna oportunidad. Además, había intentado esquivar a la prensa, pero le habían perseguido sin descanso. Darles lo que querían solo podía reportarle ventajas. Ellos tenían su historia, y él conseguía la publicidad que de otro modo no podía conseguir. Además, por la mayoría de aquellas entrevistas le habían pagado un montón de dinero que no podía rechazar.

—Sigues señalando con el dedo a... —Larsen fingió consultar sus notas, pero no era más que otra táctica de su extenso arsenal—. ¿Layla Harrison? ¿Sigues creyendo que está relacionada con la desaparición de Madison?

Tommy cerró los ojos. ¿Creía de veras que Layla era culpable? Probablemente, no. Claro que no la conocía tan bien como había deseado conocerla, pero todo eso era agua pasada. Le había hablado de Layla a la policía la primera vez que le llamaron, intentando sobre todo que aflojaran la presión sobre él. Además, Layla no había dudado en arrojarlo a los leones al publicar esas fotografías suyas con Madison. Lo único que sabía con seguridad era que aquella chica tenía problemas de ira que resolver. Y sí, quizás alguien debiera indagar un poco más sobre ella.

Abrió los ojos y los clavó en el detective Larsen.

—En lo que se refiere a Layla Harrison, digamos que la considero capaz de cualquier cosa.

48

SACÚDETELO DE ENCIMA

SHAKE IT OFF
Taylor Swift

Aster Amirpour condujo derecha a la comisaría de policía, aparcó en un sitio libre y apoyó la frente sobre el volante forrado de cuero. Estaba nerviosa, trémula y el hormigueo que sentía en el estómago al salir de casa se había convertido en un calambre. Si no conseguía dominarse antes de entrar, malinterpretarían su angustia y la tomarían por culpabilidad.

Respiró hondo varias veces y estaba a punto de mirarse en el espejo del retrovisor cuando sonó su teléfono y el nombre de Ira Redman apareció en la pantalla.

Se quedó mirando el móvil sin saber qué hacer. No estaba acostumbrada a recibir llamadas de Ira, y temía haberse metido en un lío por abandonar su trabajo y no haber asistido a varias reuniones. Después de todo lo que había hecho Ira por ella, preocupándose de su bienestar después de la escena con Madison, eso por no hablar de los sobres llenos de dinero... Ira había creído en ella y ella le había decepcionado. Seguramente lo mejor era que la despidiera. Con su fama de zorra y ladrona de novios, se había convertido en un estorbo. Cuanto antes zanjaran aquel embrollo, mejor.

Cerró los ojos, se aclaró la voz y acercándose el teléfono al oído murmuró un saludo.

—Aster, qué bien —dijo Ira con voz atropellada y grave, como un hombre de negocios que se dispusiera a tachar una tarea engorrosa de una lista de cosas por hacer antes de mediodía—. Estás viva. Hasta ahora temía que no fuera Madison la única desaparecida.

Aster se encogió por dentro al oírle.

—Te dejé un mensaje —murmuró, y detestó lo tímida que sonaba su voz, pero Ira siempre la ponía nerviosa.

—Sí, sí, lo recibí. —Se oyó un sonido amortiguado al otro lado cuando puso la mano sobre el teléfono y habló con otra persona—. Aun así —dijo, retomando la conversación—, no era más que un mensaje, Aster. Y tu ausencia ha durado más de lo que cabía esperar.

Aster pellizcó un agujero deshilachado de sus vaqueros comprados en Barneys. Tenía gracia pensar en cuánto había pagado por unos pantalones rotos a propósito. Si al menos hubiera tenido la precaución de comprar otros menos rotos… Ahora que sus padres estaban decididos a cerrar el grifo del dinero, sus días de tiendas pasarían a ser cosa del pasado.

—¿Estoy despedida? —Tocó instintivamente el colgante que llevaba al cuello, a pesar de que todo indicaba que no le traía buena suerte.

—¿Qué? ¡No! —La voz sorprendida de Ira restalló en su oreja—. ¿De dónde te has sacado esa idea?

—Bueno, pensaba que…

—Pues no pienses. No intentes predecir mis actos, porque fallarás siempre. Sé que la prensa no te está tratando bien y quería ver si… ¿Estás bien?

Aster se echó a llorar. Se odió a sí misma por ello, pero no pudo evitarlo. Había sido ridiculizada y humillada injustamente, tanto por la prensa como por su familia. Y ahora, debido a ello, estaba sin un centavo, sin techo y hecha polvo. Y había sido Ira Redman, nada menos, el único que se había interesado por ella. Aquello era demasiado para asimilarlo en tan poco tiempo. Y cuando empezó a llorar, descubrió que no podía parar.

—Aster… ¿dónde estás? Dime que no estás conduciendo.

Hablaba como un padre: como un padre cariñoso y preocupado. Como el que ella había tenido hasta que deshonró a su familia y su padre ya no soportaba ni verla.

—Estoy en comisaría —susurró.

Agachó la cabeza y vio caer lágrimas sobre su regazo.

—¿Qué demonios haces ahí? La alarma de Ira sorprendió a Aster. Se miró al espejo y se pasó furiosamente la mano por las mejillas.

—Me han pedido que venga para interrogarme y…

—¿Y has decidido obedecer?

Se removió en el asiento al oír la pregunta, cargada de reproche.

—¿Estás con tu abogado?

Ella negó con la cabeza y, al darse cuenta de que no podía verla, masculló:

—No.

—¿Has hablado con alguien?

—Todavía no. —Miró hacia atrás y vio que varios agentes subían a un coche patrulla sin reparar en ella—. Todavía estoy en el aparcamiento.

—Mira, arranca y sal de ahí ahora mismo. Inmediatamente, ¿me oyes?

Se le saltaron de nuevo las lágrimas y no pudo contenerlas. Solo que esta vez no solo lloraba: también gemía y resoplaba con la nariz atascada.

—¿Aster? —Ira esperó un instante para que se calmara—. ¿Qué está pasando de verdad aquí?

Ella miró el retrovisor interior, frunció el ceño al ver su reflejo y giró el espejo hacia el lado contrario.

—No tengo dónde ir.

Le oyó respirar. Y aunque duró solo un momento, le parecía que el silencio se prolongaba eternamente.

—Reúnete conmigo en el vestíbulo del W dentro de media hora. Está en la esquina de…

—Sé dónde está.

—Muy bien. Y Aster…

Ya había puesto en marcha el motor y empezaba a recuperarse. Ira tenía un plan. Cuidaría de ella. O al menos la ayudaría a encontrar el modo de valerse sola, lo cual era aún mejor. En cualquier caso, si consideraba que había tocado fondo, las cosas ya solo podían mejorar.

—Todo va a solucionarse, ¿me oyes?

—Sí, lo sé —contestó. Ya empezaba a creerlo—. Hasta dentro de un rato.

49

CÁLLATE Y BAILA

SHUT UP AND DANCE
Walk the Moon

Layla cruzó la discoteca llena de gente. El ritmo machacón de la música tecno retumbaba dentro de su cabeza mientras pasaba lista a sus invitados, hasta que perdió la cuenta y lo dejó por imposible. Eran un montón. Más que nunca. Y todo ello gracias a su blog.

No podía competir con las cifras de afluencia que estaban consiguiendo Night for Night y el Vesper, pero eso solo se debía a que se habían convertido en lugares de homenaje a Madison, y Jewel no había desempeñado ningún papel en aquel drama, de modo que los buitres de la cultura pop apenas merodeaban por allí. De todos modos, estaba atrayendo a un buen montón de famosillos de tercera fila hambrientos de publicidad. Entre ellos, Sugar Mills, a la que le había mandado Aster como si de ese modo la compensara por no haber enviado a Ryan Hawthorne. Qué absurdo. Pero de eso ya se ocuparía más adelante.

—¿Te lo puedes creer? —le dijo a Zion, levantando la voz para hacerse oír por encima de la música.

—Ya, como si tú no pudieras. —La miró entornando los párpados y meneando la cabeza mientras se dirigía a su mesa repleta de modelos.

Layla le siguió con la vista, intentando decidir si aquella pulla se debía a que eran los dos únicos competidores que quedaban en

Jewel después de que la semana anterior Ira eliminara a Karly, y también a Taylor, de Night for Night, reduciendo el número de concursantes a seis; a que sabía que era su blog el que atraía a tanta gente a Jewel y estaba resentido con ella, o a que estaba furioso porque sabía que estaba abocado a perder y se resistía a aceptarlo.

Era curioso lo crédula que era la gente en lo referente a los famosos. No se daban cuenta de que casi todas las fotografías de famosas retozando en la playa con bikinis minúsculos o haciendo complicadas poses de yoga en plena naturaleza eran montajes orquestados por ellas mismas. Y últimamente le llegaban tantas peticiones de que las sorprendiera actuando espontáneamente, que entre eso y el club le quedaba muy poco tiempo para cualquier otra cosa.

A veces fingía que lo odiaba, pero casi siempre lo hacía por aplacar a Mateo. Para ser alguien que nunca había acabado de encajar en ninguna parte, que nunca había gozado de la simpatía general, tenía que reconocer que le gustaba ser el centro de tantas atenciones.

—Por lo visto te estás haciendo de rogar.

Se dio la vuelta y vio a Heather Rollins tras ella, del brazo de Mateo, que parecía consternado.

«¿Qué demonios…?».

Se quedó mirándolos. Parpadeó. Los miró otra vez. Seguro que sus ojos la estaban engañando. Mateo nunca se había pasado por Jewel. Odiaba las discotecas. Y sin embargo allí estaba, del brazo de Heather.

—El pobrecillo parecía perdido, así que se me ha ocurrido ayudarle a orientarse. ¿Dónde lo tenías escondido, Layla? —Agarró el bíceps de Mateo con las dos manos y se apretó contra su cuerpo al tiempo que sonreía con aire seductor—. Todo este tiempo contándote mis secretos y no tenía ni idea de que tú también tenías los tuyos. —Frunció los labios y le lanzó una mirada de reproche.

—No es secreto, solo es mi novio —replicó Layla, y vio que Mateo se desasía bruscamente y se colocaba a su lado.

Miró a uno y a otro y notó que una intensa oleada de calor le subía a las mejillas. Estaba nerviosa, acalorada. Debía de ser por el hecho de que sus dos mundos acababan de colisionar inesperadamente. Se esforzaba mucho por mantener su vida estrictamente compartimentada. No le gustaban las sorpresas.

—Pues deja de esconderle y empieza a traerle por aquí. —Heather miró largamente a Mateo, que posó una mano sobre los riñones de Layla y se la llevó de allí.

—¿Quién demonios era esa? —preguntó, tan irritado como Layla.

—No es tan mala como parece —contestó Layla, que no sabía qué le molestaba más: tener que defender a Heather Rollins o que Mateo se hubiera presentado sin anunciarse.

Él paseó la mirada por la discoteca. Parecía agitado, nervioso, fuera de sí.

—¿De qué la conoces?

Layla cerró los ojos y negó con la cabeza. ¿En serio quería hablar de eso cuando apenas se habían visto en toda la semana? Respiró hondo para calmarse.

—Suelo hablar de ella en mi blog, que está claro que ya no lees, o lo sabrías. —Suspiró y se obligó a suavizar el tono—. A veces nos vemos por aquí, nada más.

Mateo le lanzó una mirada incierta, pero Layla decidió hacer caso omiso y le agarró de la mano.

—No puedes reprocharle que haya intentado ligar contigo. —Se acercó un poco más y pasó los dedos por el cuello de su camiseta—. Presentándote aquí así, tan guapo…

Miró satisfecha sus vaqueros oscuros, su camiseta gris de cuello de pico y su americana negra de hilo. Normalmente vestía bermudas o traje de neopreno. Saltaba a la vista que se había esforzado, y Layla quería demostrarle cuánto se lo agradecía.

—Vamos. —Agarró las solapas de su chaqueta y tiró de él—. ¿Quieres una copa?

Él negó con la cabeza.

—¿Quieres bailar?

Mateo entrecerró los párpados.

—Tú no bailas.

—Contigo sí.

Él arrugó el ceño y apartó la mirada.

—¿Cuántos de estos chicos toman éxtasis o algo peor?

Layla suspiró. Tuvo que hacer un ímprobo esfuerzo para no poner cara de fastidio.

—No estoy segura. —Se encogió de hombros—. No he hecho un trabajo de campo.

—¿Y no te molesta que quizás estén drogados?

—Que yo sepa, no trabajo para la DEA, ni tú tampoco. —Soltó su chaqueta, cruzó los brazos y le miró fijamente—. ¿Qué es lo que pasa de verdad? —preguntó.

Mateo tenía una actitud muy extraña.

—Dímelo tú —Él movió los labios frotándolos entre sí y se pasó una mano por el pelo.

Layla frunció el ceño.

—¿Podrías ser un poco más claro?

—¿Qué ha sido de tu blog y de ese reportaje sobre el mundillo de los clubes nocturnos que ibas a escribir?

Le miró, notando que lo que de verdad quería preguntarle era «¿Qué te ha pasado?».

—Mateo, ¿a qué has venido? —preguntó, ignorando la pregunta.

No tenía forma de contestar sin que su respuesta empeorara las cosas.

Él pareció desinflarse al mirarla a los ojos.

—A verte. —Sacudió la cabeza.

—Pues aquí estoy. Delante de ti. Pidiéndote bailar. La cuestión es ¿qué vas a hacer al respecto?

Sin vacilar, la agarró de la mano, la condujo entre la multitud y la besó en los labios. Layla se acordó de aquella vez en que había bailado con Tommy, un incidente que prefería olvidar.

Pero tal vez aquel beso de Mateo lo borraría todo. O, al menos, superpondría un buen recuerdo a otro malo.

Se pegó a él, frotando las caderas contra su cuerpo y notó aliviada que Mateo la agarraba por la cintura y la atraía hacia sí.

50

LAS CADERAS NO MIENTEN

HIPS DON'T LIE
Shakira

Foco

Ryan Hawthorne, el ídolo adolescente de los ojos verdes, se ha ausentado últimamente del circuito de los clubes nocturnos, pero ¿a quién puede extrañarle? Con la racha de mala suerte que está teniendo (acaban de cancelar su serie de televisión), la embarazosa ruptura con su expareja, Madison Brooks, en la discoteca Night for Night y el aluvión de rumores que ha generado la desaparición de la famosa actriz, es comprensible que se haya tomado un respiro. Ha llegado el momento de reflexionar seriamente, y a eso parece haberse dedicado Ryan últimamente. En Foco, estamos encantados de que se haya tomado un momento para responder a nuestras preguntas.

Foco: Sin duda eres consciente de la alarma que ha generado la desaparición de Madison pero, teniendo en cuenta tu anterior relación con ella, nos gustaría saber cuál es tu teoría al respecto.

Ryan: *No tengo ninguna teoría. Y desde luego no me trago las teorías conspirativas que flotan en el ambiente. Mira, lo he dicho antes y lo mantengo: lamento profundamente cómo acabaron las cosas entre Mad y yo. Haría cualquier* cosa por recuperarla. Y haré lo que sea si está dispuesta a aceptarme. Pero de momento respeto su derecho a mantenerse apartada de la escena pública, y pido a todo el mundo que también lo respete. Lo ha pasado muy mal, sobre todo por culpa mía. Y aunque no puedo reescribir el pasado, puedo esforzarme por ser la clase de novio que merece Madison.

Foco: ¿Y qué puedes decirnos de Aster Amirpour?

Ryan: ¿Qué pasa con ella? Me arrepiento profundamente de haberme liado con Aster. Mi comportamiento, mi forma de traicionar a Madison, no tienen excusa. Estoy deseando dejar eso atrás como una lección bien aprendida y hacer lo que sea necesario para intentar redimirme.

Foco: Bien, a todo el mundo le encantan las historias de redención, así que esperaremos la tuya con ansia, Ryan. Pero, a diferencia de ciertos periodistas, pareces convencido de que Madison Brooks está viva y se encuentra bien.

Ryan: Porque así es. Es irresponsable publicar informaciones que dan a entender lo contrario cuando no hay ninguna prueba que respalde esa teoría. Pero entiendo que el sensacionalismo vende.

Foco: ¿Qué te gustaría decirle a Madison en caso de que esté leyendo esto?

Ryan: Me gustaría decirle que la quiero, que siento mucho lo que hice y que, cuando esté preparada para reaparecer, espero que quiera darme otra oportunidad.

Aster puso los ojos en blanco y lanzó la revista de cotilleos al otro lado de la habitación. «La quiere y lo siente mucho». No eran más que mentiras. Claro que Ryan era un mentiroso consumado. Solo había que ver la cantidad de mentiras que le había dicho a ella, y que ella había creído como una tonta.

Pero eso se acabó.

Intentó olvidarse de aquel asunto y entró en su vestidor. Sus dedos se hundieron en la mullida moqueta de color marfil mientras intentaba decidir cuál de sus dos nuevos vestidos debía ponerse para ir a la discoteca. Tenía gracia que hubiera empezado la semana sollozando en el aparcamiento de la comisaría, sin casa y con la cartera vacía, y que hubiera acabado instalada en un lujoso apartamento del ático del hotel W gracias a su propietario, Ira Redman. Y que, para colmo, siguiera en la competición.

Ira tenía razón: lo que en un principio había considerado su perdición era, en realidad, lo mejor que le había pasado en la vida. Sus padres seguían sin hablarle, sí, pero hablaba con Javen casi todos los días, así que al menos tenía eso. Y aunque no podía decir que fuera del todo independiente, puesto que debía su lujoso tren de vida a la generosidad de Ira Redman, y aunque no estaba precisamente orgullosa de los acontecimientos que habían provocado aquel cambio de fortuna, era innegable que el brusco aumento de público en todos los locales de Ira Redman podía atribuirse directamente a la desaparición de Madison y a su propia notoriedad. Eso por no hablar de los muchos agentes que se habían interesado por representarla, y por la cantidad de entrevistas y sesiones de fotos que había concertado ya.

Tenía la impresión de que habían pasado siglos desde el día en que, tras abandonar la comisaría, Ira la llevó a aquel apartamento maravilloso, donde la había hecho acomodarse en un elegante sofá de cuero gris, con una taza de té verde, mientras una de sus muchas asistentes se encargaba de que trasladaran sus pertenencias a su nuevo alojamiento.

—No es necesario que hagas todo esto —le había dicho a Ira, sintiéndose apocada y tímida en medio de tanto lujo.

Los ventanales que ocupaban por completo la pared ofrecían una vista espectacular de la ciudad. Los muebles eran modernos, elegantes y de la mejor calidad. Jamás podría saldar aquella deuda con Ira.

—Claro que no. —Él se había sentado en el sillón de enfrente—. Pero no he llegado donde estoy haciendo caso omiso de las oportunidades que me salían al paso, y tú eres lo bastante lista y ambiciosa para darte cuenta de lo que quiero decir.

Aster había bebido un sorbo de té y había esperado a que prosiguiera.

—Corrígeme si me equivoco, pero fue principalmente tu ambición lo que te empujó en brazos de Ryan Hawthorne.

Aster se había acercado las rodillas al pecho, se había abrazado las piernas y había bajado la cabeza, dejando que el pelo le cayera sobre la cara. Deseaba más que nada en el mundo aferrarse a la idea de que de verdad le importaba Ryan. No quería pensar que había renunciado voluntariamente a su virginidad por alguien que la quería tan poco como ella a él. Pero, si no podía engañar a Ira, ¿cuánto tiempo más podría seguir engañándose a sí misma?

—Estaba en la lista —había agregado Ira con voz neutra, describiendo lo sucedido tal y como lo veía. Era la primera vez desde el inicio de aquel embrollo que Aster no sentía el áspero aguijón de sus críticas—. Así que estabas empeñada en conseguirlo, pensando seguramente que donde iba Ryan iría también Madison, ¿no es así?

Aster se había encogido de hombros y había descruzado los brazos. Se sentía desnuda, expuesta, incapaz de ocultar la verdad. Por primera vez desde hacía días, estaba dispuesta a hablar.

—Al principio… —Miró a Ira de soslayo, buscando fuerzas para continuar—. Me gustó que me hiciera caso. Y viceversa, o eso parecía. Pero luego… —Había agarrado su té, sosteniendo la taza entre su pecho y su barbilla, mientras intentaba recordar qué era lo que había sentido por Ryan—. Creía que yo le gustaba. Me creí de verdad todo lo que me dijo.

—Ese fue tu primer error —había replicado Ira con evidente falta de compasión—. Nunca creas a un actor. Jamás. Siempre están actuando. No pueden desconectar. Tú deberías saberlo mejor que nadie.

Ella había arrugado el ceño, mirando el interior de su taza.

—Por favor, yo soy una actriz fracasada.

—¿Ah, sí?

Le miró a los ojos.

—¿O solo te estás fallando a ti misma?

Aster había bajado los hombros. Le pesaba tanto la cabeza que su cuello no podía sostenerla. Era como si la energía que la había sustentado hasta entonces se hubiera disipado de pronto, dejándola floja, inerme y necesitada de guía y protección. ¿Y quién mejor que Ira para guiarla?

—Después de que te tomes el té y te recuperes un poco, vas a ir a la comisaría. Si no cumples tu palabra, se molestarán, y eso no te conviene. Pero no vas a ir desquiciada y al borde de las lágrimas. Vas a ir con un guion cuidadosamente preparado del que no debes desviarte ni un milímetro. En cuanto eso esté zanjado, dejarás de sentirte como una víctima, dejarás de esconderte y te darás cuenta por fin de que el apuro en el que estás es en realidad lo que siempre has deseado. Y ni siquiera intentes aparentar que no sabes de qué estoy hablando, porque los dos sabemos que llevas toda la vida soñando con salir en las portadas de los tabloides y con estar en boca de todos. Puede que no haya sucedido como esperabas, pero ha sucedido, y es tu deber sacarle el mayor partido posible. Lo que te ha cubierto de vergüenza es justamente lo que puede convertirte en una estrella. Night for Night sigue creciendo, y no gracias a la labor de tus compañeros de equipo sino a la notoriedad que le ha dado todo este asunto. A la gente le chiflan los escándalos. Y da la casualidad de que tú eres la principal protagonista de esta historia concreta. Conviene que le saques el mayor partido posible antes de que surja otra cosa y caigas en el olvido.

Aster había escondido la cara entre las manos y se había masajeado las sienes mientras se tomaba un momento para asimilar sus palabras.

—Ira, ¿tú tienes hijos? —Le había mirado a los ojos.

Él se había limitado a negar con la cabeza, divertido.

—Es una lástima. Creo que serías un padre estupendo.

Antes de que pudiera acabar, él había soltado una sonora carcajada. Al calmarse por fin había dicho:

—Estoy seguro de que es la primera vez que me dicen algo así. Y de que será la última. Así que… —Volvió a centrarse en el asunto más urgente—. ¿Estás conmigo? ¿Lista para tomar el control de tu vida?

Aster había recorrido el apartamento con la mirada. No le costaría acostumbrarse a vivir así.

—Sí —había contestado firmemente—. Estoy contigo.

Él había asentido, visiblemente satisfecho.

—Bien, pues esto es lo que vamos a hacer…

Se había inclinado hacia ella y le había expuesto su plan.

Aun así, Aster no estaba preparada para la humillación de sentarse delante de aquel odioso detective Larsen, luchando por no mirar su cara rijosa mientras le hacía una serie de preguntas a las que, por suerte, el abogado que le había asignado Ira no le permitió contestar. Básicamente, se había acogido a la Quinta Enmienda hasta que Larsen se dio por vencido y le dijo que se fuera. Todavía se estremecía al pensar en lo que podría haber pasado si Ira no la hubiera disuadido de presentarse sola en comisaría.

Se sacudió aquel recuerdo y se puso el minivestido de encaje negro. Se estaba calzando cuando oyó que llamaban a la puerta. Apoyada en equilibrio sobre un *manolo*, abrió la puerta y vio que era un empleado del hotel, que le llevaba un pequeño paquete.

—Lamento molestarla, pero según dice aquí es urgente.

Aster observó el sobre. Le extrañó ver que no llevaba remite. Aunque ya llegaba tarde, introdujo el dedo debajo de la solapa y extrajo el contenido del sobre.

Era un DVD casero, metido en un estuche de plástico transparente, con su nombre escrito en negro.

Se le encogió el estómago y una oleada de angustia se apoderó de ella mientras en su cabeza se agolpaban mil posibilidades distintas, ninguna de ellas buena. Se acercó al televisor tambaleándose, incapaz de respirar, y cuando la gran pantalla plana se encendió, se dejó caer en el sofá.

Su mayor miedo se había hecho realidad.

51

NO ME SALVES

DON'T SAVE ME
Haim

Layla salió de la sala de interrogatorio y echó a andar por el oscuro pasillo, que apestaba a miedo, a angustia y a café quemado. No sabía si acababa de librarse de sospechas o si había sellado fatalmente su destino. Seguramente era buena señal que no llevara esposas ni grilletes. Pero, a pesar de que tenía la impresión de haber pasado horas defendiendo su inocencia, Larsen parecía convencido de que, entre la orden de alejamiento y los ataques de su blog, Layla tenía motivos sobrados para querer librarse de Madison Brooks. Lo único que faltaba eran pruebas.

Ansiosa por alejarse del detective Larsen, se dirigió a su moto pensando en dar un largo paseo para despejarse. Pero teniendo en cuenta cómo se estaba descontrolando su vida, seguramente podía dar varias vueltas al mundo sin que le sirviera de nada.

Además, necesitaba hablar con Aster y Tommy más que nunca. No era coincidencia que los hubieran metido en salas de interrogatorio separadas más o menos al mismo tiempo. Estaba claro que los detectives querían que se vieran, posiblemente confiando en que les entrara el pánico y confesaran toda clase de cosas que antes se habían callado.

¿Eran culpables Aster o Tommy de haberle hecho daño a Madison? Lo dudaba, en principio, del mismo modo que dudaba que cualquiera de sus conocidos fuera capaz de una cosa así. Pero

¿acaso no era ese un modo muy ingenuo de ver el mundo? ¿No era mucho más probable que, dándose las circunstancias oportunas, cualquiera fuese capaz de todo?

Era evidente que Tommy la consideraba capaz de hacer daño a Madison, o al menos eso era lo que le había dicho a Larsen. O quizá no lo hubiera dicho. Quizá Larsen solo los estaba manipulando para volverlos unos contra otros. Lo único que sabía con seguridad era que estaba más inquieta cada día que pasaba.

Dio una patada a una piedra con la puntera de la bota, miró la hora en su móvil y luego miró la puerta de la comisaría. ¿Habría salido Tommy antes que ella? No tenía forma de saberlo, a no ser que volviera sobre sus pasos y preguntara. Decidió esperar un poco más. Entre las pulseritas negras que había repartido entre menores de veintiún años y su rollo con Madison, ya había visto de lo que era capaz para ganar el concurso. ¿Quién sabía hasta dónde sería capaz de llegar ahora que estaba en juego su vida?

Oyó el ruido de un motor al arrancar y levantó la vista a tiempo de ver que el coche de Tommy salía marcha atrás del aparcamiento. Corrió hacia él gritando su nombre, pero Tommy metió primera y pisó el acelerador, y Layla no supo si no la había oído porque llevaba las ventanillas bajadas y la música alta, o porque prefería ignorarla. Solo cuando se puso de un salto delante de él pareció verla por fin.

Chirriaron sus frenos y el coche dio una sacudida, deteniéndose a escasos centímetros de ella. Tommy se asomó por la ventanilla y gritó:

—¿Es que estás loca?

Layla se apoyó en el capó y luchó por recobrar el aliento. Al menos no se equivocaba en una cosa: Tommy no era un asesino. Estaba claro que había decidido *no* atropellarla cuando muy bien podría haberlo hecho alegando que había sido un accidente.

—¿Se puede saber qué haces? —gritó él, con los ojos azules entrecerrados por la rabia.

—Tenemos que hablar. —Layla rodeó el capó y se situó junto a su puerta—. Aster, tú y yo. ¿Puedes convencerla?

—¿Crees que me has convencido a mí? —Sacudió la cabeza, mirándola como si estuviera loca.

Layla se apartó el pelo de la cara.

—No pienso pasarme la vida en prisión por algo que no he hecho, ni creo que tú debas hacerlo. Reuníos conmigo en Hollywood Forever, dentro de una hora.

Se dirigió a su moto.

—¿En el cementerio? —gritó Tommy tras ella.

Layla miró hacia atrás y clavó la mirada en él.

—Junto a la tumba de Johnny Ramone. Seguro que sabes dónde está. No te preocupes: no pienso enterrarte. Pero si no encontramos la forma de reunirnos y hablar, ellos sí nos enterrarán. —Señaló la comisaría con el pulgar antes de ponerse el casco.

Vio que Tommy se encogía y arrancaba, y confío en que fuera lo bastante listo como para hacer lo que fuera preciso.

52

PARANOICO

PARANOID
Black Sabbath

Tommy Phillips salió del aparcamiento de la comisaría y avanzó un par de manzanas antes de detenerse en una tranquila calle residencial flanqueada por casas al estilo del viejo Hollywood: de esas con tejados rojos, arcos en las puertas y amplias praderas de césped. Casas que recordaban a un Hollywood muy distinto, y a una época menos compleja. O quizá las cosas fueran entonces tan complejas como ahora. Quizá solo parecían más sencillas vistas en retrospectiva.

Se quedó mirando por el parabrisas. Necesitaba un momento para asimilar lo ocurrido y, sobre todo, lo que podía significar. Primero le habían ordenado presentarse en comisaría para volver a pasar otra vez por el mismo rollo, y luego Layla se había arrojado sobre el capó de su coche, desafiándole prácticamente a pasarla por encima.

¿A quién se le ocurría?

¿Qué demonios se traía entre manos?

Se frotó los ojos con los nudillos, recordando la cara que tenía Layla al aparecer de repente. Estaba seria. Decidida. Convencida de que no le haría ningún daño. Había sido el instinto lo que le había impulsado a pisar el freno. Cualquier persona decente habría hecho lo mismo. Aun así, no había sido su moralidad innata lo que le había impedido atropellarla. Lo cierto era que había deseado salvarla. Protegerla. Seguramente porque se sentía culpable por haberla señalado con el dedo.

Aunque eso no significaba que confiara en ella. La desaparición de Madison había borrado de un plumazo y para siempre cualquier indicio de ingenuidad pueblerina que hubiera sobrevivido a su traslado a Los Ángeles. La gente era mucho más compleja de lo que aparentaba, y Tommy se preguntaba si era posible conocer de verdad a alguien y si alguna vez llegaría a conocerse a sí mismo. Al llegar a Los Ángeles, iba pertrechado con toda clase de absurdas creencias acerca de su propia personalidad, del lugar adonde se dirigía y de cómo llegar a su meta. Después, al verse zarandeado por los caprichos del azar, había reaccionado de manera completamente imprevista.

El sonido de una llamada entrante interrumpió sus cavilaciones. En la pantalla aparecía una foto de su madre. Gracias a sus vecinos, aficionados a leer los tabloides, le llamaba constantemente. Decía que no quería que trabajara para Ira, pero cada vez que Tommy insistía en que le diera una razón cambiaba de tema y le suplicaba que volviera a casa. Eso ya no era posible, sin embargo.

Dejó que saltara el buzón de voz y se prometió que le devolvería la llamada más tarde. Luego buscó el número de Aster. Seguramente era un error. Pero siempre podían marcharse si Layla demostraba estar tan loca como él sospechaba. Giró la llave en el contacto dos veces. Cuando el motor cobró vida, miró por el retrovisor lateral y se incorporó al tráfico.

—Layla quiere que nos reunamos en el cementerio de Hollywood Forever, en la tumba de Johnny Ramone —dijo antes de que Aster pudiera hablar.

—¿Quién es?

Tommy adivinó por su tono arisco que sabía perfectamente quién era. Puso cara de fastidio, cambió el tema que sonaba en la lista de reproducción de la radio del coche y esperó a que Aster dejara de hacerse la tonta.

—La respuesta es no —le espetó ella—. No, borra eso. La respuesta es «ni hablar».

Tommy miró la pegatina del parachoques del Prius que circulaba delante de él: una llamada a la tolerancia, a la unidad, a la paz mundial. Lástima que su propietario fuera a paso de tortuga.

—Creo que deberías pensártelo —dijo.

—Ah, es una oferta muy tentadora —canturreó ella.

—Mira, no tengo ni idea de qué va esto, pero yo voy para allá. Quizá nos veamos luego.

—Es más probable que no. —Aster colgó antes de que colgara él.

Tommy tiró el teléfono al asiento del copiloto y se dirigió al cementerio, que había visitado poco después de su llegada a Los Ángeles. Quería ver el monumento que marcaba el lugar donde descansaban las cenizas de Johnny Ramone, con la estatua del músico tocando la guitarra. Había muchas flores depositadas en su recuerdo y numerosos fans rondando por allí. Incluso después de muerto Johnny parecía seguir viviendo el sueño de la fama.

Aun así, ¿por qué había escogido Layla el cementerio como lugar de encuentro? ¿Había sido al azar, o tenía algún significado más profundo y simbólico? No tenía sentido. Pero últimamente muy pocas cosas lo tenían.

Confiaba en que no cometiera la estupidez de intentar manipularle para que reconociera algo de lo que pudiera arrepentirse. Por si acaso, resolvió grabar la conversación con el teléfono. Luego, se cruzaría de brazos y esperaría a que Layla o Aster se incriminasen. Si decidían suicidarse, no lo arrastrarían consigo.

53

LAS PIEZAS QUE FALTAN

MISSING PIECES
Jack White

Lo último que quería Aster Amirpour era encontrarse con Layla y Tommy en un sórdido cementerio lleno de estrellas difuntas. A pesar de haberlo visto muchas veces en el cine, de acoger numerosas fiestas temáticas y de tener fama de ser un sitio interesante para una cita, nunca había sentido el menor impulso de visitarlo.

Una sola mirada a las praderas bien recortadas, al lago repleto de cisnes y a los mausoleos y las tumbas abigarradas que recordaban a los difuntos bastó para convencerla de que haría mejor en correr a refugiarse en su Mercedes y salir de allí a toda prisa. O bien Layla quería tenderles una trampa, o bien estaba más loca de lo que ella suponía. Le había dicho a Tommy que no se presentaría, y debería haberlo cumplido.

A pesar del calor sofocante, se frotó los brazos desnudos intentando contener un escalofrío, y fue en busca de la tumba de aquella estrella de rock muerta hacía tiempo. Las hordas de turistas que consideraban el cementerio una parada más entre sus excursiones al Grauman's Chinese Theatre y a Disneyland eran un incordio: caminaban trabajosamente por el césped con la cámara de fotos en una mano y un plano de cinco dólares en la otra, buscando el lugar de eterno descanso de Jayne Mansfield, Rodolfo Valentino, Cecil B. DeMille o cualquier otra estrella que figurara en su lista. Aster puso los ojos en blanco y estaba pensando seriamente en marcharse cuando se encontró con Tommy y convinieron en buscar juntos el monumento a Johnny Ramone.

—Al final has venido —comentó él.

Ella se encogió de hombros, sin saber aún por qué no se había quedado en casa.

—Está allí, en el Jardín de Leyendas —indicó Tommy—. Junto al lago de los cisnes.

—Déjame adivinar. No es la primera vez que vienes.

—Era un guitarrista alucinante. Quería presentarle mis respetos.

Aster le miró desde detrás de sus gafas de aviador tintadas de rosa y procuró no juzgarle. Ya había estado bastante antipática por teléfono. Quizá pudiera darle un respiro.

—Sería estupendo saber de qué va todo esto —dijo, confiando en no estar cayendo en una trampa. Estando Layla de por medio, era enteramente posible.

Tommy se encogió de hombros y echó a andar en silencio a su lado hacia la tumba, que Layla estaba contemplando desde debajo del ala de un viejo sombrero de paja.

—Habéis venido.

Se quitó las gafas de sol y los miró con una expresión de alivio y de sorpresa.

Tommy volvió a encogerse de hombros. Aster cruzó los brazos y se quedó a su lado. Convenía que Layla creyera que habían hecho frente común contra ella. Cualquier cosa con tal de que se sintiera tan desconcertada como ella.

—Me alegro de que hayáis venido —dijo en un tono mucho más inseguro del que Aster esperaba—. Tenemos que encontrar la forma de cooperar.

Aster arrugó el ceño y miró a su alrededor. El lago era bonito, sí, y los cisnes tenían un aspecto muy apacible, pero odiaba los funerales, los cementerios, todo lo que tuviera que ver con la muerte y la descomposición. Jamás entendería la fijación que tenían algunas personas con el lado oscuro, con lo macabro, con todo lo tétrico y lo fantasmal. Halloween era la fiesta que menos le gustaba. Layla, sin embargo, parecía perfectamente a sus anchas en aquel escenario. Con sus pantalones ajustados oscuros y su cazadora de motorista de cuero negro, había recreado a la perfección el estilo *chic de cementerio*, si es que existía tal cosa.

—Estamos compitiendo, por si lo has olvidado. —Aster se subió la tira del bolso por el hombro, dispuesta a marcharse.

Quería regresar a su lujoso apartamento, darse un largo baño de burbujas e intentar olvidar que se había dejado meter en aquel lío.

—No se trata de la competición. —Layla los miró a ambos—. Me refiero a la desaparición de Madison y al hecho de que la policía intente incriminarnos.

Aster suspiró derrotada y se sentó en el césped. Tommy hizo lo mismo, sin suspirar.

—Escuchad… —Layla se inclinó hacia ellos en voz baja, hablando atropelladamente—. No me cabe duda de que todos tenemos nuestras razones para no fiarnos los unos de los otros, pero tenemos que encontrar un modo de salvarnos antes de que la policía cargue contra nosotros.

Aster sonrió con suficiencia.

Layla se encogió de hombros. Luego, volviéndose hacia Tommy, añadió:

—Sé que me has señalado como sospechosa.

Aster miró a Tommy, asombrada. Era la primera noticia que tenía.

—Si no hubiera sido por tu estúpido blog, nada de esto habría pasado. —Él apretó los dientes y entornó los ojos—. Toda la culpa de este lío la tienes tú.

—¿Eso es lo que te dices a ti mismo? —Layla meneó la cabeza y dejó el sombrero en el suelo, a su lado—. ¿De veras eres tan ingenuo?

—Bien, yo diría que no hemos empezado con muy buen pie —masculló Aster—. Está claro que no nos fiamos los unos de los otros y que ese problema va a tardar en resolverse, así que ¿qué os parece si pasamos a otra cosa y vamos al grano?

Layla desvió la mirada y se tomó un momento para calmarse antes de contestar:

—Aster tiene razón. —Arrancó una brizna de hierba entre el índice y el pulgar y se detuvo a examinarla antes de volver a fijar la mirada en ellos—. Estoy convencida de que todos sabemos más de lo que reconocemos. Y si conseguimos dejar a un lado la hostilidad y contarnos lo que pasó de verdad aquella noche, tal vez descubramos algo que nos señale al culpable.

Si se tratara de otras personas, tal vez diera resultado. Pero Aster no pensaba acceder a aquello. Hasta donde ella sabía, Layla podía estar trabajando para Larsen. Quizás incluso llevara un micrófono.

—Muy bien —dijo Layla al ver que nadie se animaba a hablar—. Ha sido idea mía, así que empezaré yo. —Los señaló a los dos con énfasis—. Pero primero quiero ver vuestros teléfonos.

—¿Qué? ¿Por qué? —Aster agarró su bolso con más fuerza, como si temiera que se lo arrancara.

—Porque no quiero que grabéis esta conversación. Quiero que hablemos con libertad, sin miedo a recriminaciones.

Layla dejó su teléfono en el medio. Aster la secundó de mala gana. Y tras toquetear un momento el suyo, Tommy hizo lo propio.

—¿Qué pasa? —preguntó al ver sus caras de enfado—. No podéis reprocharme que intente protegerme.

Aster se preparó para la réplica de Layla. Siempre recurría al sarcasmo, pero esta vez decidió refrenarse.

—Muy bien. Aquí va: seguí a Tommy y a Madison hasta el Vesper.

—¿Y qué tiene eso de secreto? —la interrumpió Aster sin intentar ocultar su irritación—. Lo has publicado en tu blog.

—Está bien, puede que no sepa nada que no esté ya documentado y publicado. Pero el caso es que... Mi blog no es la mejor coartada, porque publiqué la entrada varias horas después de marcharme del Vesper. Varias horas después de que Madison se despidiera de Tommy y... —Hizo una pausa y se mordisqueó el labio como si dudara si debía continuar—. Madison me denunció por acoso y consiguió una orden de alejamiento contra mí, de ahí que sospechen de mí tanto como de vosotros.

—¿Por qué iba a hacer eso Madison? —Tommy la observó como si fuera la primera vez que se veían.

—Puede que no sea tan encantadora como tú crees —le espetó Layla mirándole con enfado.

Después fijó la mirada en el lago, donde los cisnes parecían deslizarse sobre un espejo de agua.

Tommy arrancó un manojo de hierba, con una expresión tan insondable que a Aster le recordó a Ira. El silencio se prolongó tanto tiempo que pensó en contestar en lugar de Tommy.

Layla había demostrado valor al confesar lo de la orden de alejamiento. Le sorprendía que Madison no hubiera presentado otra denuncia contra ella. Y aunque Layla no le caía nada bien, estaba de acuerdo con ella en que Madison no eran tan encantadora como aparentaba. Había algo turbio en aquella chica. Se había dado cuenta la noche en que se presentó en la discoteca. Al echar la vista atrás, se daba cuenta de que Madison había ido en misión de reconocimiento, con intención de tenderle una emboscada. Cabía incluso la posibilidad de que Ryan estuviera compinchado con ella. Fuera como fuese, ella tampoco pensaba permitir que le endosaran un crimen que no había cometido.

Se puso el pelo detrás de las orejas, carraspeó y dijo:

—Yo no recuerdo nada después de salir de la discoteca.

—¿La defensa de la amnesia? Todo un clásico. —Tommy la escudriñó con la mirada y Layla le mandó callar rápidamente.

—Lo único que sé es que, después de la escena que montó

Madison, estaba deseando salir de allí, pero Ira insistió en servirnos champán, nos dijo que estábamos mejor allí que fuera, que él cuidaría de nosotros, lo cual me pareció un poco raro…

—Porque lo *es* —replicó Tommy con aspereza, y Aster y Layla dieron un respingo—. ¿Cómo demonios se le ocurrió? —Tensó los labios y las miró sombríamente.

—Vaya, como si tú fueras incapaz de servir alcohol a menores. —Aster frunció el ceño, enfadada con Tommy y consigo misma. No había sido su intención proyectar las sospechas sobre Ira. Era el único que se había puesto de su parte: la única persona que se había ofrecido a ayudarla—. Si nadie te denunció fue porque no querían que se cerrara el local y que Ira se metiera en un lío gordo y se acabara el concurso. —Sacudió la cabeza, molesta todavía, pero se obligó a concentrarse en lo que le interesaba aclarar—. Me fui a casa de Ryan… —Respiró hondo y se obligó a mirarlos. Le sorprendió su reacción. Esperaba que la juzgaran, pero ambos parecían darle ánimos—. Y lo único que sé es que cuando me desperté a la mañana siguiente en su absurda guarida de machote Ryan se había ido.

Layla y Tommy la miraron extrañados.

Ella asintió con la cabeza y tragó saliva. Tenía un nudo en la garganta.

—No tengo ni idea de dónde fue. No he vuelto a verle. No se lo he dicho a la policía. No se lo he contado a nadie. Es demasiado humillante. Claro que el otro día… —Bajó la cabeza. Necesitaba un momento para calmarse antes de contarles lo peor de todo—. Alguien me mandó un vídeo en el que se me ve haciendo cosas asquerosas en el apartamento de Ryan.

Miró a través de su largo flequillo oblicuo, intentando ver su reacción. Layla parecía indignada. Tommy, extrañado. Al ver que no la censuraban, añadió:

—Ojalá pudiera rebobinar y empezar de nuevo.

Escondió la cara entre las manos. Ya lo había dicho. Ya no había vuelta atrás. Curiosamente, no se sintió mejor al confesarlo, pero sí más ligera, quizás incluso más unida a Tommy y Layla, lo cual seguramente no era tan malo teniendo en cuenta que estaban los tres en el mismo barco.

—¿Sabes? —Tommy se volvió hacia ella y dijo en un tono mucho más suave que unos minutos antes—: Madison me dijo que quería romper con él, pero que le daba miedo cómo reaccionaría Ryan. Cuando le sorprendió contigo, decidió arriesgarse y cortar de una vez.

Aster se quedó petrificada. Madison siempre le había parecido muy distante, una de esas personas incapaces de contar cosas íntimas a alguien a quien apenas conocía.

—Parece que se sinceró contigo. —Le observó con atención. ¿Cuánto tiempo habían pasado juntos?

Él se encogió de hombros.

—¿Qué hay de ese mensaje que recibió? —preguntó Layla—. ¿La policía no ha conseguido encontrar su origen?

—Me han dicho que no. Que lo enviaron desde un teléfono desechable.

Se pasó una mano por el pelo y movió la mandíbula. Saltaba a la vista que necesitaba un momento para ordenar sus pensamientos.

—Madison fue a Night for Night —dijo por fin casi en un susurro.

—¿Cómo lo…?

Antes de que Layla pudiera acabar, Tommy dijo:

—Lo sé porque la seguí. Bueno, no enseguida. Al principio volví a entrar en el Vesper, pero luego… Sí, salí a la calle y eché a andar en la misma dirección que ella, hasta que la alcancé, más o menos.

—¿Lo sabe Larsen? —Aster se inclinó hacia él.

Por fin estaban sacando algo en claro.

Tommy hizo una mueca.

—¿Bromeas? Bastante sospechan ya de mí. Soy la última persona que la vio. Si les hubiera dicho que la seguí, ahora estaría entre rejas en vez de aquí, hablando con vosotras.

Layla entrecerró los párpados.

—Pero la discoteca estaba cerrada.

—Madison conocía el código de acceso. —Tommy las miró a ambas.

—¿Viste algo? —preguntó Aster, intentando que su voz sonara suave y alentadora, desprovista de la expectación que empezaba a apoderarse de ella.

Tommy parecía nervioso, casi paranoico y fuera de sí, y no quería asustarle presionándole para que les contara cosas que no quería revelar.

Él negó con la cabeza.

—Intenté seguirla, pero la puerta se cerró cuando entró. Además, me daba vergüenza haberla seguido a escondidas, así que di media vuelta y volví al Vesper. Estaba muy inquieto, así que me di una vuelta y me tomé otra cerveza. Y cuando estaba cerrando me di cuenta de que tenía las llaves de Madison en el bolsillo. Pero cuando fui a cambiar de sitio su coche para que no se lo llevara la grúa, ya no estaba.

—¿Quién lo movió? —preguntó Layla.

Tommy se encogió de hombros.

—¿Y las llaves? ¿Todavía las tienes? —Aster le miró.

Él bajó la cabeza.

—Sí.

—¿Y cómo son? ¿Tienen algo de especial?

Tommy la miró extrañado.

—No sé. Son unas llaves, nada más.

Aster intentó mantener una expresión neutra. ¿Por qué los chicos sabían tan poco de las chicas y de sus cosas?

—Lo que quiero decir es qué clase de llavero es. ¿Cuántas llaves hay? ¿Tienen algún adorno, algún colgante?

—¿De verdad importa? —Tommy entrecerró los ojos, deslumbrado por el sol del atardecer.

—Puede que sí. —Aster levantó los hombros y frotó los labios uno contra otro—. Sé que es poco probable, pero puede que encontremos algo útil en esas llaves, que contengan alguna pista. Las llaves son un objeto muy personal: abren tu mundo.

—No se me había ocurrido. —Tommy miró a lo lejos, como si intentara recordar. Sacudió la cabeza y dijo—: Les echaré un vistazo y os diré algo.

Lo que de verdad quería Aster era que le dejara ver las llaves dado que no tenía ninguna confianza en sus dotes detectivescas si de chicas se trataba, pero asintió de todos modos.

—Bueno, espero que las hayas guardado en algún sitio seguro —comentó Layla—. Si la policía descubre que las tienes… —Dejó la frase en suspenso.

—Están bien guardadas —contestó él con voz crispada y expresión recelosa.

—Bueno, ya sabes dónde estábamos todos, menos Ryan. ¿Crees que Madison fue a reunirse con él? —preguntó Layla.

—¿Por qué iba a hacerlo después de confesar que le tenía miedo? —Aster se sintió como una idiota por salir en su defensa, pero era una duda razonable.

—Bueno, no es que lo dijera expresamente, más bien lo dio a entender… —Tommy se frotó la mandíbula.

Parecía cada vez más desanimado. Posiblemente dudaba de sí mismo.

—La verdad es que tendría sentido, teniendo en cuenta que Ryan se esfumó. Seguramente utilizó a Aster como coartada, pensando que estaba demasiado borracha para darse cuenta de que se iba. —Layla miró a Aster y añadió—: Sin ánimo de ofender.

Ella se encogió de hombros. Últimamente le llovían insultos. El comentario de Layla apenas tenía importancia.

Tommy clavó los tacones de sus botas en la tierra y apoyó los brazos en las rodillas.

—Mirad, ninguno de nosotros tiene la solución. Solo Madison

sabe adónde fue y de momento no ha dicho nada. Sigo pensando que este asunto no es tan siniestro como dice todo el mundo. Puede que me equivoque respecto al coche. Ni siquiera sé dónde vive Madison. Puede que encontrara una llave de repuesto y que decidiera irse de la ciudad una temporada.

Layla negó con la cabeza obstinadamente.

—¿Hay alguna forma de determinar a qué hora se fue Ryan? Aster frunció el ceño.

—Las sábanas de su lado estaban frías, así que sacad vuestras propias conclusiones.

Parecía cansada. Estaba cansada. Al principio, confesar había sido una liberación, pero ahora empezaba a parecerle justo lo contrario. Al no haberle contado a la policía lo de Ryan, podían considerarla implicada.

—¿Y la grabación? —preguntó Layla casi antes de que acabara de hablar—. ¿Se ve a Ryan en ella?

Aster negó con la cabeza.

—No, solo a mí. Soy la estrella absoluta.

—¿Aparecen la fecha y la hora?

Aster cerró los ojos. Deseaba que todo aquello acabara de una vez.

—No me fijé en ese detalle. Además, te comportas como si fuera a entregarla como prueba, y de eso ni hablar. La policía ni siquiera sabe que me fui a casa con Ryan, y prefiero que siga siendo así.

—A no ser que tengas que decírselo —repuso Layla.

—Ni hablar. Vosotros no tenéis ni idea de lo que supondría eso para mi familia. Bastante duro es ya para ellos sospechar que he tenido relaciones sexuales fuera del matrimonio. Si vieran esa grabación, me repudiarían completamente.

—¿Y si esa grabación te exculpara? —insistió Layla, y la paciencia de Aster pareció agotarse.

—Mira, yo no maté a Madison, ¿vale? Mi único delito fue

313

acostarme con un gilipollas. Nadie va a ver esa grabación, y no hay más que hablar. Si os digo la verdad, estoy empezando a arrepentirme de habéroslo contado.

—Aster... —Tommy hizo intento de agarrarla de la mano, pero ella estaba demasiado alterada y la apartó bruscamente.

Layla, por su parte, no soltaba presa. Era la persona menos atenta que Aster había conocido nunca.

—¿Qué hiciste con el vídeo?

—¿Por qué me lo preguntas? ¿Para poder robármelo? —Aster puso cara de fastidio y comenzó a recoger sus cosas. Aquello ya había durado suficiente.

—No, para que no pueda encontrarlo nadie. Espero que no lo hayas guardado en la caja fuerte de tu habitación.

—¿Qué quieres decir con eso? —Aster se levantó.

Temblaba de nerviosismo y se arrepentía profundamente de haber acudido a la cita.

—Quiero decir que vives en un hotel. Lo que también significa que no eres la única que tiene llave de tu cuarto.

Aster meneó la cabeza y masculló algo en voz baja, tan enfadada que se preguntó por qué no se marchaba de una vez. ¿Por qué seguía permitiendo que Layla la acosara?

—Mira, sé que Ira y tú estáis especialmente unidos...

—¿Qué demonios estás insinuando?

Le ardían los ojos de rabia, pero lo que sentía de verdad era miedo. ¿Sabía Layla lo de los sobres llenos de dinero que Ira le pasaba con regularidad? El hecho de que los aceptara no significaba que no tuviera mala conciencia.

—Que yo sepa, tú eres la única que vive en uno de sus apartamentos del ático.

Aster suspiró. ¿A quién pretendía engañar? No iba a ir a ninguna parte. Volvió a dejarse caer junto a Tommy.

—Si tuviéramos que votar ahora mismo, ¿a quién señalaríais como culpable? —Layla inclinó los hombros hacia delante y se metió el pelo rubio detrás de las orejas, dejando al descubierto unos pendientes de plata en forma de corazón que parecían extrañamente fuera de lugar.

Aster habría esperado que llevara calaveras, dagas o picas. Debía de ser una especie de gesto irónico, se dijo.

—Todas las pruebas señalan a Ryan, ¿no? —Tommy las miró a ambas—. Seguramente estaba muy enfadado con Madison por montar esa escena.

—¿Tan enfadado como para matarla? —Aster torció el gesto. No sabía si su resistencia a creerlo se debía a que no soportaba pensar que se hubiera ido a casa con un asesino. Ya se avergonzaba bastante de lo ocurrido. No quería añadir también aquello a la lista.

—No estoy convencido de que esté muerta —contestó Tommy con firmeza a pesar de que no tenía nada que respaldara su opinión, aparte de una mezcla potente de terquedad y esperanza.

—Bueno, el hecho de que Ryan desapareciera en plena noche resulta bastante sospechoso —dijo Layla con énfasis.

—Y además está sacando tajada del escándalo. —Aster puso cara de fastidio, asqueada por la forma en que Ryan confesaba continuamente su mala conciencia y su amor eterno por Madison, haciendo que ella pareciera un simple objeto con el que halagar su ego.

—Lo mismo podría decirse de vosotros. —Layla arrugó el ceño, miró a Tommy y añadió—: ¿Madison dijo o hizo algo que te pareciera extraño? ¿Viste alguna cosa que te llamara la atención cuando la seguiste?

Él cerró los ojos. Cuando volvió a abrirlos, contestó:

—Habló con acento.

—¿Qué clase de acento?

—De campo. De las montañas. No es de la Costa Este, como dice ella, eso está claro.

Layla asintió con la cabeza, llena de nerviosismo, y su cabello rubio se agitó alrededor de su cara.

—Un día me encontré con ella cuando estaba pidiendo un café. Dijo que se llamaba Della. Al principio no le di importancia porque en Starbucks todo el mundo usa nombres falsos, pero ¿y si Madison tiene un pasado más turbio de lo que aparenta? ¿Y si Ryan descubrió su secreto y estaba chantajeándola o algo así?

—¿Por qué iba a chantajearla Ryan? —preguntó Tommy.

—Porque han cancelado su serie, no tiene ningún proyecto a la vista, lleva un tren de vida muy caro y seguramente está empezando a entrarle el pánico. Yo solo digo que me parece muy verosímil...

—Vale, así que todos nos inclinamos por Ryan, pero ¿qué vamos a hacer al respecto, exactamente? —quiso saber Aster.

—Hagamos lo que hagamos, no podemos permitir que la policía nos divida. No digo que tengamos que ser amigos inseparables, pero tampoco debemos separarnos como enemigos. De eso no saldrá nada bueno.

Tommy fue el primero en levantarse, pero Aster le imitó de inmediato. Ya había oído suficiente por un día. Necesitaba tiempo para digerir todo aquello, para darle vueltas. Y aunque no quisiera reconocerlo, empezaba a dudar de que hubiera guardado el vídeo en un buen escondite. Confiaba en que Layla se equivocara, pero estaba decidida a volver al W y constatarlo por sí misma. En todo caso, antes de marcharse, había una última cosa que necesitaba dejar clara. Dirigiéndose a Layla, dijo:

—Si le dices a Larsen o a cualquier otra persona, aunque sea de pasada, lo de ese vídeo o que Ryan me dejó tirada, no dudaré en arrastrarte conmigo.

—¿Eso es una amenaza? —Layla la miró con las cejas fruncidas mientras Tommy las observaba con nerviosismo.

—Desde luego que sí. —Aster levantó la barbilla y se apretó el bolso contra el costado.

—Tomo nota. Lo que he dicho sobre que nos mantuviéramos unidos iba en serio.

Cuando tendió la mano, Aster estuvo a punto de rechazarla. Pero ya no le quedaban amigos, y la había conmovido descubrir verdadera compasión en el lugar más inesperado. Puso la mano sobre la de Layla, y Tommy puso la suya encima. Estaban los tres unidos, para bien o para mal.

54

CORRIENDO EN POS DE UN SUEÑO

RUNNIN' DOWN A DREAM
Tom Petty and The Heartbreakers

Tenemos que hablar, a ser posible en un sitio discreto.

Trena Moretti miró su móvil y frunció el ceño. Dentro de una hora estaría demasiado oscuro para salir a correr, y jamás usaba la cinta corredora. Tiró a un lado el teléfono y siguió atándose los cordones de las zapatillas.

El teléfono volvió a sonar.

Te aseguro que no querrás perderte esto. Escríbeme para contestar.

Maldición.

Trena miró por la ventana y se levantó un salto. Correr era su religión. Era sagrado, necesario y a menudo iluminador. Algunas de sus ideas más brillantes se le ocurrían mientras se esforzaba por sobrepasar sus límites físicos, jadeando y chorreando sudor.

Y le vendría bien un poco de claridad mental. Su artículo había cumplido lo que pretendía: no solo había zarandeado a la policía de Los Ángeles hasta sacarla de su letargo, sino que había dado notoriedad a su nombre. Pero últimamente no tenía nada jugoso de lo que informar. Aunque todo eso podía cambiar gracias al mensaje de Layla.

Con todo, le parecía impensable renunciar a salir a correr.

¿Tú corres?, escribió, y empezó a hacer estiramientos mientras aguardaba la respuesta.

Es broma, ¿no?

No, no es broma. Ponte las zapatillas y reúnete conmigo en el muelle de Santa Mónica lo antes posible.

No era su ruta preferida, pero tenía fácil acceso y con eso bastaba.

Aunque no esperaba que apareciera (Layla le parecía una de esas chicas que se pasaban los años de instituto absortas en cínicas cavilaciones y fumando cigarrillos mentolados), le sorprendió que se presentara vestida con unos pantalones de gimnasia viejos y ajados, una camiseta de tirantes gris cortada a la altura de la cintura y un par de zapatillas que parecían recién estrenadas.

—¿Te las acabas de comprar? —Trena señaló las zapatillas fosforescentes.

—Me las regaló mi padre el verano pasado, cuando soñaba con que madrugáramos y saliéramos los dos juntos a correr todos los días.

—¿Y qué tal fue la experiencia?

—La primera mañana llegamos hasta el café Intelligentsia, en Abbot Kinney. La segunda, nos quedamos dormidos. No me las he puesto desde entonces.

—Bueno, intenta mantener mi ritmo. La hora de correr es sagrada. Normalmente no dejo que nadie me acompañe. Y desde luego no permito que me retrasen.

—Entonces intentaré acabar de contártelo antes de desmayarme —repuso Layla al echar a correr a su lado por el carril de *jogging*.

—Que conste que voy a este ritmo solo cuando empiezo. —Trena la miró de reojo. Acababan de empezar y la chica ya parecía a punto de echar el bofe—. Acepta un consejo de alguien que antes también rehuía el ejercicio. Todo esto… —Señaló con el pulgar las piernas delgadas y el vientre plano de Layla—… es un regalo. Disfrútalo mientras puedas, pero sin perder de vista que, de los veinticinco en adelante, hay que esforzarse por mantenerlo.

Layla asintió con la cabeza.

—¿Has terminado de sermonearme?

—No, todavía hay más. —Trena se rio—. Pero te ahorraré la cruda verdad acerca de los estragos de la ley de la gravedad, principalmente porque estoy deseando saber lo que tienes que contarme antes de que te desplomes.

Layla entornó los ojos y miró a su alrededor.

—Tengo una pista importante relativa a la desaparición de Madison.

A pesar de que iba contra las normas que acababa de establecer, Trena aflojó el ritmo.

—Te escucho.

—Muy bien, dos cosas. Una… —Layla hizo una pausa—. Soy una fuente anónima. Tienes que prometerme que no revelarás de dónde procede esta información.

—Te doy mi palabra de *scout*. —La voz de Trena denotaba un matiz de sarcasmo del que enseguida se arrepintió.

Estaba ansiosa por llegar al meollo de la cuestión, pero sabía que no debía demostrarlo. Sobre todo ahora que estaba a punto de descubrir algo grande.

Layla asintió con un gesto, aparentemente conforme, y añadió:

—Recientemente han llegado a mis oídos algunos datos sorprendentes de los que la policía no tiene noticia. O al menos no tal y como voy a exponerlos…

—Layla, en serio, confía en mí, ¿vale? —Trena sacudió la cabeza y notó que Layla luchaba por llenarse los pulmones de aire antes de continuar.

—Es muy posible que Ryan Hawthorne sepa más acerca de la desaparición de Madison de lo que da a entender. Puede incluso que sea el responsable.

Trena asintió y procuró no parecer excesivamente interesada.

—Soy toda oídos.

—Por lo visto hubo unas horas esa madrugada para las que no tiene coartada, probablemente en torno a la hora en que se vio por última vez a Madison.

—En que la vio Tommy.

Layla estaba exhausta, pero de momento había conseguido seguirle el ritmo.

—Nadie reconoce haberla visto desde el momento en que Madison salió del Vesper hasta el instante en que se informó de su desaparición. Pero según mis fuentes Ryan no estaba donde dijo estar.

—Ryan asegura que estaba en casa. Y su portero lo ha confirmado.

Layla arrugó el ceño y miró fijamente adelante.

—A un portero se le puede sobornar. Alguien debería echar un vistazo a las grabaciones de seguridad, si es que las hay.

Sacudió la cabeza. Estaba perdiendo fuelle. ¿Era la carrera, que le estaba pasando factura, o era que se estaba replegando sobre sí misma y empezaba a arrepentirse de lo que acababa de contar? No era la primera vez que Trena veía a alguien arrepentirse de su decisión de contarle algo confidencial. Tendría que dar un paso atrás, tener cuidado de no presionarla en exceso y quizá aflojar un poco el ritmo si era necesario. Se concentró en la carrera, mirando entre las coloridas casas en forma de caja, a la derecha, y la ancha franja de arena dorada y mar azul, a la izquierda. Tenía que dejar a Layla el espacio que necesitaba para decidirse a continuar.

—Digamos que demostró ser el capullo que siempre he sospechado que era —reconoció Layla por fin.

Bingo. Trena exhaló aliviada.

Miró a la chica. Estaba empapada en sudor y tenía las mejillas coloradas, pero se negaba a bajar el ritmo. Era como si estuviera castigándose. Haciendo una especie de penitencia. Pero ¿por qué?

—La otra cosa que no sabe la policía es que, cuando Madison salió del Vesper, fue a Night for Night.

Trena no se inmutó.

—Night for Night ya había cerrado.

—Madison conocía el código de la puerta de acceso. Tal vez convenga que hagas averiguaciones, ¿no?

«Sí, desde luego. En cuanto haya corrido mis ocho kilómetros». Pero lo que dijo fue:

—¿Eso es todo?

Layla asintió, jadeante y con expresión de sufrimiento.

—Y aquí es donde te dejo.

Giró sobre sus talones y echó a correr en dirección contraria antes de que Trena pudiera darle las gracias.

55

FOTOS TUYAS

PICTURES OF YOU
The Cure

Durante todo el trayecto entre el cementerio de Hollywood Forever y el hotel W (que fue más largo de lo normal, debido al célebre tráfico de Los Ángeles), Aster se recriminó el haber confiado en Layla y Tommy cuando ellos no le habían dado absolutamente ningún motivo para hacerlo. Las cosas que ellos habían contado no eran nada comparadas con la humillación absoluta de un vídeo de índole sexual.

Dobló a la izquierda saltándose un semáforo (gracias, de nuevo, al tráfico de Los Ángeles, no recordaba la última vez que había girado a la izquierda en verde) y se aproximó lentamente al hotel. Estaba deseando llegar a su habitación y abrir la caja fuerte aunque solo fuera para demostrarle a Layla que se equivocaba.

«El vídeo estaba a salvo. Nadie había hurgado entre sus pertenencias. No tenía nada que temer».

Pero por más que se repetía aquel mantra, seguía teniendo un nudo en el estómago.

Se detuvo a la entrada del hotel en el mismo momento en que sonaba su teléfono. Miró la pantalla esperando a medias que fuera Layla, pero vio que era Ira. Sin pensarlo siquiera, pulsó la tecla de «rechazar».

Ira se había portado bien con ella. Tenía muchas cosas que

agradecerle. Pero en ese momento estaba demasiado alterada para hablar con nadie, y menos aún con Ira Redman.

Dejó las llaves del Mercedes al aparcacoches, corrió al ascensor y pulsó una y otra vez el botón de subida, hasta que una voz dijo detrás de ella:

—Dime una cosa, ¿ese método te ha dado resultado alguna vez?

Ira.

Aster se volvió. Intentó aparentar que se alegraba de verle, pero la sonrisa que compuso se difuminó al ver que Javen estaba a su lado.

—¿Qué ha pasado?

Los miró a los dos, incapaz de imaginar un motivo por el que Javen pudiera estar con Ira Redman. A no ser que les hubiera ocurrido algo a sus padres…

Ira señaló a su hermano con la cabeza y Javen la miró y dijo:

—Quiero venirme a vivir contigo.

Sonó la campanilla del ascensor. Se abrieron las puertas.

—Os dejo para que aclaréis los detalles. —Ira empezó a darse la vuelta—. Ah, y Aster…

Ella entró en el ascensor y detuvo la puerta con la mano.

—La próxima vez que te llame, no rechaces la llamada.

Aster pestañeó, soltó la puerta y contó los segundos hasta que se cerró.

—Aster… —empezó a decir Javen, pero ella levantó una mano y sacudió la cabeza.

—Aquí no —susurró, dándose cuenta de que seguramente parecía paranoica—. Sea lo que sea, puede esperar hasta que entremos.

Deseó que el ascensor subiera más deprisa. ¿Por qué iba tan despacio? Necesitaba llegar a su apartamento. No podría relajarse y concentrarse en su hermano hasta que se asegurara de que el DVD seguía donde lo había dejado.

Una vez dentro, Javen corrió a los ventanales y contempló el inmenso panorama de la ciudad mientras Aster se dirigía a la caja fuerte alojada en el armario. Conteniendo la respiración, marcó la combinación, abrió la puerta y dejó escapar un suspiro de alivio al comprobar que sus joyas, su MacBook Air, parte del dinero que le había dado Ira y el DVD seguían allí.

Cayó de rodillas. Escondió la cara entre las manos.

No estaba loca.

Su secreto estaba a salvo.

A partir de ese momento, las cosas ya solo podían mejorar.

—¿Estás bien? —Javen estaba en la puerta y la miraba preocupado.

—Sí. —Se pasó las manos por las mejillas y se levantó apresuradamente—. Bueno, cuéntame, ¿qué ha pasado? ¿Qué haces aquí? Y no lo digo porque no me alegre de verte.

—Mamá y papá están locos —gruñó él mientras Aster le conducía al salón.

—Eso ya lo sabíamos.

Le revolvió el pelo, le acomodó en el sofá y entró en la cocina. Buscó en la nevera algo que ofrecerle, pero ¿a quién quería engañar? No había ido a hacer la compra desde que vivía allí.

—¿Qué te parece si llamamos al servicio de habitaciones? —preguntó.

—Me parece que es otro motivo por el que quiero vivir contigo. Vives en este sitio tan bonito y haces lo que quieres…

—Sí, bueno, te llevo tres años de ventaja. Me lo he ganado. Pero no te dejes impresionar demasiado. Nada de esto es mío. Todo esto es temporal. No sé cuánto tiempo va a permitir Ira que me quede.

Los hermosos ojos castaños de Javen se fijaron en los suyos. Sus espesas pestañas prácticamente le barrían las mejillas cada vez que parpadeaba.

—¿Qué más le da a él? Casi es el dueño de esta ciudad. Te dejará quedarte todo el tiempo que quieras.

—Las cosas no funcionan exactamente así.

Aster frunció el ceño, tomándose un momento para mirar a su hermano. Se le encogió el corazón al pensar en las pruebas que aún tendría que afrontar. Había estado tan absorta luchando contra las absurdas expectativas de sus padres que no se había detenido a pensar en la lucha de su hermano. Javen tenía alma de artista, pero sus padres le empujaban tercamente hacia una profesión más rígida. Le gustaban los chicos, pero ya le estaban buscando una esposa conveniente. En su mundo minuciosamente estructurado, la improvisación no tenía cabida. Y pese a su juventud y su belleza, las expectativas que habían puesto en él empezaban a pasarle factura.

—Vamos a hacer un trato —le dijo. Deseaba más que nada en el mundo ayudarle, pero era consciente de sus limitaciones—. Si me prometes llamar a papá y mamá y decirles que estás conmigo, dejaré que te quedes. Llamaremos al servicio de habitaciones, veremos películas y nos quedaremos despiertos toda la noche si quieres. Pero mañana tendrás que irte a casa. ¿Te parece bien?

Su hermano le lanzó una mirada cansina.

—¿Es negociable?

—No. —Le lanzó la carta del servicio de habitaciones—. Pide lo que quieras. Yo voy a darme un baño. Después, soy toda tuya.

Javen se hundió en los cojines, apoyó los pies en la mesa baja y se zambulló en la carta mientras Aster entraba en el baño, donde se puso a llenar la bañera echando gran cantidad de sales. Después se metió en el agua y apoyó la cabeza en la almohada especial que había comprado durante su segundo día en el hotel. No había nada como un buen baño caliente para aliviar las preocupaciones. Por primera vez desde hacía mucho tiempo, comenzó a relajarse. Se hundió un poco más, dejando que el agua acariciara su barbilla y empapara su pelo hasta las orejas. Tal vez no fuera el *jacuzzi* que estaba acostumbrada a usar en casa de sus padres, pero era un buen sustituto.

Acababa de cerrar los ojos y estaba a punto de dejarse llevar por la imaginación a un lugar muy lejano cuando Javen tocó a la puerta y dijo:

—Acaban de traer esto.

Metió un sobre de color marrón por la rendija de la puerta.

El DVD había llegado en un sobre idéntico a aquel.

Al verlo, una oleada de pánico se apoderó de ella. Salió trabajosamente de la bañera. Chapoteando y resbalando por las baldosas de mármol, se acercó al sobre, introdujo el dedo bajo la pestaña e hizo una mueca de dolor cuando el filo le cortó la piel. Se chupó la herida y su boca se llenó de sangre al mismo tiempo que tiraba el contenido del sobre al suelo. Contuvo un gemido de horror al ver una fotografía suya desnuda, retorciéndose. Una instantánea tomada del vídeo.

«No».

«¡No!»

Descolgó una toalla, la apretó contra su cuerpo y se acercó tambaleándose al armario. Necesitaba revisar de nuevo la caja fuerte. Tenía que verificar que el DVD seguía de verdad allí. Pero, de todos modos, eso no garantizaba que alguien no lo hubiera sacado en algún momento, o que fuera el DVD original.

¿Lo había sacado alguien de la caja fuerte, había hecho una copia y luego lo había devuelto a su lugar?

¿O había ya una copia circulando por ahí?

A simple vista, parecía estar tal y como lo había dejado. Pero ella era mucho más meticulosa que la mayoría de la gente en lo tocante a sus pertenencias, y recordaba claramente haber dejado el sobre lleno de dinero al lado izquierdo de la caja fuerte, y no al derecho, donde estaba colocado en ese instante. Había sentido tal alivio al constatar que el DVD seguía allí que no se había percatado de que sus cosas no estaban en el mismo lugar que antes.

Contó su dinero: estaba todo allí. Inspeccionó la bolsa en la que guardaba las joyas: estaba tal y como la había dejado.

Pero alguien había abierto la caja fuerte.

Alguien había hurgado en sus cosas.

Guardó el DVD en su bolso. En cuanto Javen se marchara, encontraría un escondite mejor.

Su lujoso alojamiento podía parecer maravilloso como decía su hermano, pero ella sabía que no lo era, que nunca lo había sido.

56

TE DIGO ADIÓS

GOODBYE TO YOU
Scandal

Mateo y Layla recorrieron lentamente la galería, viendo la exposición de su padre. Eran sus mejores obras hasta la fecha: vibrantes, llenas de vida, sus formas enérgicas parecían saltar del lienzo. Así que, ¿por qué nadie las compraba?

—Ha venido mucha gente. —Mateo entrelazó los dedos con los suyos—. Quizá tu padre pueda empezar a relajarse.

Layla frunció el ceño.

—Olvídate de la gente, lo que necesitamos son compradores.

Se apoyó en su hombro, disfrutando de su firmeza. Necesitaban más momentos como aquel. Entre el concurso y el drama que se había desatado en torno a Madison, apenas se veían y, cuando se veían, actuaban con extrema cautela. Como si el más ligero tropiezo pudiera hacer descarrilar su endeble relación. Layla se alegraba de estar con él, aunque solo estuvieran viendo la exposición.

Miró a su padre a hurtadillas. Tenía buen aspecto, estaba más guapo que nunca. Pero Layla se había topado últimamente con varios extractos bancarios preocupantes y diversas facturas sin pagar, y sabía que soportaba una enorme tensión. Si no vendía al menos una pieza importante, la facultad de Periodismo tendría que esperar. Tendría que quedarse allí y utilizar el dinero que había ganado con el blog para ayudar a salvar la casa hasta que se les ocurriera una solución. Estaba más que dispuesta a hacerlo (haría cualquier cosa por su padre), pero confiaba en que las cosas no llegaran a ese extremo. Ello pospondría su sueño y la haría sentirse una fracasada.

Sonó su teléfono anunciando la recepción de un mensaje y los dedos de Mateo se crisparon al instante. Había intentado con todas sus fuerzas ser paciente, pero su paciencia estaba a punto de agotarse. Aun así, ella seguía en el concurso y tenía que mantenerse informada.

Pulsó el enlace que le había enviado Trena y contuvo la respiración cuando el titular apareció en pantalla:

Hallada sangre en la azotea de Night for Night. Podría pertenecer a Madison Brooks.

Debajo del titular había una fotografía de Ryan Hawthorne rodeado de hombres trajeados, con la mano levantada para proteger su cara de las cámaras mientras entraba en la comisaría de policía.

Mateo miró por encima de su hombro, la enlazó por la cintura y la atrajo hacia sí.

—Bien —dijo—. Se acabó. —Intentó frotar la nariz contra su cuello, pero Layla le apartó—. Pero tú sigues con eso…

—Es solo que… —Odiaba que se enfadara con ella, pero si le daba un segundo podría dedicarle toda su atención—. Solo tengo que…

Antes de que pudiera acabar, él sacudió la cabeza y se dirigió al bar.

—Voy a por algo de beber —dijo—. Cuando vuelva, quizá puedas intentar no hacer caso de ese chisme.

Layla frunció el entrecejo y revisó de nuevo el artículo. Al parecer, Trena había conseguido que la policía investigara y, gracias a ello, Tommy, Aster y ella habían quedado fuera de sospecha. Sintió que se quitaba un enorme peso de encima.

—Parece que no eres la única que recibe mensajes interesantes.

Mateo sostuvo su teléfono delante de ella y Layla entornó los ojos y vio una fotografía de ella y Tommy besándose en medio de la pista de baile de Jewel. Llevaba la fecha y la hora sobreimpresas.

Cerró los ojos, deseando poder rebobinar el tiempo. Cuando volvió a abrirlos, las cosas habían empeorado. Mateo parecía tan hecho polvo como ella. Pero él era la víctima, y ella la culpable. Su dolor no era el mismo.

—Lo siento —dijo, y se encogió por dentro al sentir lo inadecuadas que eran aquellas palabras. Le debía mucho más que un encogimiento de hombros y una disculpa torpe, aunque sincera—. Ni siquiera sé qué decir.

Las ideas se le agolpaban en la cabeza, girando en torno a la espantosa verdad: alguien la estaba espiando. Alguien la odiaba hasta el punto de haber fotografiado su más lamentable error y haberlo usado contra ella.

Alargó la mano hacia Mateo, tocó su piel, pero ya le había perdido.

—¿Quién te ha mandado eso? —Le agarraba tan fuerte que le estaba dejando marcas rojas.

—¿Eso es lo que te preocupa? —Se apartó de ella—. Eres tú, ¿no?

Layla cerró los ojos y asintió. Era absurdo mentir.

—¿Y él quién es?

—Tommy. Tommy Phillips. —Notó que le fallaban las piernas y luchó por sostenerse en pie—. Es uno de los concursantes, y esa fue la primera y la única vez que ocurrió. Te lo juro.

—Esto fue hace semanas, ¿y acabo de enterarme? ¿Qué más me has estado ocultando?

Ella negó con la cabeza y recorrió la galería con la mirada. Aquel mensaje no podría haber llegado en peor momento. Nunca había un buen momento para algo así, pero aquella inauguración era muy importante para su padre. Layla no podía permitirse hacer una escena.

—Mateo —le susurró—, no te he ocultado nada. Te lo juro. ¡Creo que alguien me ha tendido una trampa!

Él desvió la mirada como si ya no soportara mirarla. Después de aquel asunto de Madison, estaba harto de teorías de la conspiración. Pero por primera vez Layla se dio cuenta de que tal vez la cosa no acabara ahí. Quizá por fin se había hartado de ella.

—A mí no me parece que te estuvieran obligando a besar a ese chico. —Clavó la mirada en ella.

Layla le arrancó el teléfono de la mano, pero el número estaba bloqueado. Seguramente habían enviado el mensaje desde un móvil desechable.

—No lo entiendo. ¿Por qué haría alguien algo así? —masculló hablando consigo misma.

Por desgracia, Mateo la oyó.

—¿Tú oyes alguna vez lo que dices? —Estaba furioso. Bueno, furioso para alguien que jamás se ponía furioso—. ¿Eso es lo único que te preocupa, lo que te han hecho *a ti*? Te da igual lo que me hayan hecho a mí, a nuestra relación. Layla…

Ella le miró. Normalmente le encantaba cómo sonaba su nombre en labios de Mateo, el deje de su voz cuando la llamaba después de una larga ausencia, su matiz profundo y grave cuando estaba atenazado por el deseo. Nunca le había oído dirigirse a ella como si fuera poco menos que una desconocida, ni siquiera al principio de su relación.

A diferencia de la mayoría de los chicos con los que había salido, Mateo nunca se escondía detrás de una fachada de virilidad impostada, nunca fingía que el corazón era un músculo atrofiado en el interior de un cuerpo bien tonificado. Era absolutamente sincero. Afrontaba la vida de una forma tan auténtica que la maravillaba. Ahora, en cambio, Layla deseó que fuera capaz de disfrazar sus sentimientos, como todo el mundo, aunque solo fuera para no tener que verle entornar los ojos, desconcertado, como si intentara encontrar el mejor modo de asimilar una revelación que inevitablemente revocaba todo cuanto creía saber de ella y de su relación.

Tal vez su amor fuera demasiado puro.

Tal vez la quería de un modo que ella no se merecía.

Y tal vez su amor por ella le había cegado, impidiéndole ver que Layla no era la persona maravillosa que él creía.

—Tengo la sensación de que ya ni siquiera te conozco.

Una sola lágrima rodó por la mejilla de Layla. No hizo nada por detenerla.

—Creo que deberíamos darnos un tiempo.

A ella le tembló la barbilla, le ardieron los ojos. Aun así, le miró a los ojos y asintió con un gesto. No podía decir nada que no empeorara las cosas. Había mentido, le había escamoteado información y por más que le quisiera (y le quería, seguramente siempre le querría), la verdad era que había tenido un pie en la puerta desde la noche en que se conocieron.

Mateo se merecía algo mejor.

Con un poco de suerte, ella también tendría lo que merecía.

Le vio marchar. Alejarse como un fantasma.

Intangible.

Indiscernible.

Inalcanzable para ella.

Se acercó el dorso de la mano a las mejillas, negándose a llorar, al menos en público. Sus sentimientos podían esperar. Su padre necesitaba que la inauguración fuera un éxito.

Se dirigió al bar, tomó una copa de vino tinto y fue en busca de su padre. Casi se le paró el corazón cuando le encontró en un rincón, hablando con Ira.

—Le estaba diciendo a tu padre cuánto admiro su obra. —Ira sonrió.

Layla compuso una media sonrisa y miró a su alrededor. El propietario de la galería estaba deambulando entre los presentes, ensalzando los cuadros, pero de momento nadie picaba.

—Estoy pensando en ampliar el Vesper. En añadir una espacio VIP reservado. Uno de los murales de tu padre podría darle muy buen ambiente. Estábamos negociando los términos cuando te has acercado.

Layla miró a su padre. Aparentaba calma, pero estaba claro que deseaba con todas sus fuerzas aquel encargo.

—Mi padre es un pintor magnífico. No te decepcionará.

Tragó saliva con esfuerzo y los miró a ambos, un poco mareada. Como si hubiera penetrado en el interior de uno de los cuadros de su padre. Luego, abrazando a su padre con fuerza, añadió:

—Os dejo para que habléis.

Deseó poder decir algo más, advertirle de que no siguiera adelante, de que seguramente el proyecto llevaba aparejadas un montón de ataduras de las que no sería consciente hasta que fuera demasiado tarde y estuviera absolutamente enredado en las redes de Ira Redman. Pero necesitaban urgentemente un salvador, y si Ira estaba dispuesto a pagar y a librar a su padre de deudas y del peligro de perder su casa, ¿quién era ella para impedirlo?

Además, cabía la posibilidad de que estuviera comportándose de manera totalmente irracional. Después de lo que había ocurrido con Mateo, era del todo posible.

Salió de la galería y bajó por la acera atestada de gente, elaborando mentalmente una lista de todos los motivos por los que debía sentirse feliz.

«¡La temperatura era de veintitrés grados, como a ella le gustaba!».

Pero al día siguiente haría un día caluroso y soleado y casi llegarían a los cuarenta.

«¡Su blog había sobrepasado sus expectativas más ambiciosas, la había puesto en el mapa y le estaba dando beneficios!».

Pero todo eso acabaría en cuanto la echaran del concurso y dejara de tener acceso a información privilegiada.

«¡Ira iba a encargarle un mural a su padre y ella podría ir a la facultad de Periodismo en otoño!».

Pero le preocupaba que su padre se viera atrapado en el mundo de Ira Redman.

«¡Ahora que Mateo la había dejado, ya no tenía que sentirse culpable por mudarse a Nueva York!».

Pero Mateo la había dejado.

¿A quién pretendía engañar? El pensamiento positivo no era lo suyo. Por cada idea positiva, se le ocurría otra mucho más pesimista.

Solo al entrar en su cuarto se le ocurrió una idea positiva que no tenía un lado malo: «¡gracias a su amistad con Trena, ya no era sospechosa de la desaparición de Madison!».

Y sin embargo, sin Mateo, hasta eso fue incapaz de animarla.

57

BANG BANG

BANG BANG
Nancy Sinatra

Parado en la acera tachonada de estrellas rosas y oro, frente al Vesper, Tommy se protegía la cara del sol implacable del verano, que brillaba en lo alto como un cruel ojo censor. Era otro día seco y abrasador y, gracias a la sequía y a los vientos de Santa Ana, toda la ciudad parecía en llamas. Había incendios en Griffith Park, en La Cañada Flintridge, en Los Angeles National Forest y, más recientemente, en Malibú, donde se quemaba el monte bajo. El aire era más acre de lo normal y el cielo se enturbiaba como chamuscado por las llamas y dejaba caer una lluvia de cenizas que cubría la ciudad con un manto de hollín.

De momento, las lujosas casas de primera línea de playa no habían caído víctimas del fuego, pero todo el mundo sabía que, si no se encargaban de ellas los incendios, lo harían los terremotos.

Tal vez fuera la amenaza constante del Armagedón lo que daba a los californianos su fama de ser francos y cordiales. Tal vez vivir al borde de la destrucción y saber que el sueño podía acabarse en cualquier momento daba a su existencia una intensidad que faltaba en otros sitios.

Tommy solo sabía que, pese a las caras serias del canal de noticias local, en Hollywood Boulevard reinaba el ajetreo de siempre. Los autobuses turísticos de dos pisos desfilaban sin descanso por el bulevar mientras actores en paro vestidos de Shrek, R2D2 y Supermán acosaban a los turistas ofreciéndose a fotografiarse con ellos, y Aster se inclinaba hacia Layla tambaleándose, temblorosa y con los ojos enrojecidos, y agitaba el teléfono delante de su cara.

—Has sido tú, ¿verdad?

Layla asintió con la cabeza sin inmutarse al ver a Aster cernerse sobre ella furiosa, ajena al circo de Hollywood Boulevard, que seguía bullendo a su alrededor.

—Me prometiste que no lo harías, y te fuiste derecha a contarle todos mis secretos a Trena Moretti.

Aster temblaba de rabia. Su ira era tan palpable que Tommy estaba seguro de que era cuestión de segundos que se viera forzado a separarlas, y no estaba del todo seguro de poder hacerlo. El calor le dejaba sin energías, le aletargaba, y el aire saturado de humo le dificultaba la respiración. Tal vez el Increíble Hulk quisiera echarle una mano.

—No exactamente. —Layla permanecía impasible, lo que solo aumentaba la rabia de Aster—. No he divulgado ningún dato personal. No le he dicho de quién obtuve esa información.

A oídos de Tommy, aquella aclaración sonaba lo bastante sincera como para zanjar la discusión. Y era una suerte, porque estaba ansioso por escapar del calor abrasador y volver al interior oscuro, hermético y refrigerado del club. Pero a juzgar por cómo apretaba Aster los dientes y por su mirada llena de odio, la explicación de Layla no obró su efecto. Sin embargo, justo cuando estaba a punto de intervenir, vio con asombro que Aster parecía derretirse ante sus ojos.

—No estoy segura de si debo darte las gracias o maldecirte.

Descruzó los brazos y un asomo de sonrisa iluminó su cara. Tommy se preguntó si no se lo habría imaginado todo. Pero lo que acababa de presenciar había sido el comienzo de una pelea, ¿no?

Una cosa estaba clara: seguía sin entender al género femenino y, sinceramente, dudaba de que llegara a entenderlo alguna vez.

Aunque era un pacifista declarado, se alegró sobre todo de haberse ahorrado una escena potencialmente violenta entre dos personas con las que empezaba a encariñarse.

Layla asintió con la cabeza, tomándose con toda calma el cambio repentino de Aster. Su semblante de Teflón no dejaba traslucir nada. Tommy había visto otras veces aquella mirada. Era la máscara que se ponía cuando estaba decidida a poner coto al caos que la rodeaba. Era una pena que las cosas se hubieran torcido entre ellos. Pero ahora que el concurso estaba perdiendo fuelle y que la policía había centrado sus sospechas en Ryan Hawthorne, tal vez pudiera perdonarle por dirigir hacia ella las sospechas de Larsen.

La miró con expresión esperanzada y ella reaccionó poniendo los ojos en blanco y torciendo los labios en una mueca que le recordó exactamente con quién estaba tratando. Sus posibilidades de obtener el perdón eran ínfimas. Pero no por ello pensaba darse por vencido. La encontraba atractiva hasta cuando estaba acalorada, irritada, oliendo a humo y envuelta en sudor. Era un sentimiento que no lograba sacudirse de encima.

—Por otro lado —Aster se inclinó hacia ellos y bajó la voz hasta el punto de que tuvieron que esforzarse por oírla—, la implicación de Ryan sin duda va a hacer que vuelvan a interrogarme. Puede que incluso me consideren cómplice por no haberles informado de que se marchó. Pero si Ryan de veras le hizo algo a Madison, merece estar entre rejas. En todo caso, ahora que el misterio se ha resuelto, tengo otro que es potencialmente peor. O al menos peor para mí. —Bajó aún más la voz, hasta hacerla apenas audible—. ¿Recordáis ese DVD del que os hablé?

Tommy se puso tenso y las miró a ambas, pero antes de que Aster pudiera continuar se abrió la puerta del Vesper e Ira les pidió que pasaran.

—Cambio de planes.

La expresión de su cara era tan hosca como su tono de voz, lo contrario de lo que Tommy esperaba. Normalmente, Ira se tomaba las reuniones de los domingos como una actuación: le encantaba divagar, sermonearlos y hacerles perder su precioso tiempo hasta que por fin iba al grano y eliminaba al concursante peor calificado. Esta vez, sin embargo, tras lanzar una mirada de desconfianza a su alrededor, escudriñando los cubos de basura como si temiera que alguien apareciera de pronto detrás de uno de ellos, los hizo entrar y les indicó que se sentaran a una de las mesas. Cuando cerró la puerta, fue como si cerrara el mundo, dejándolos a su merced.

—Estoy seguro de que habéis visto los titulares.

La voz de Ira sacó a Tommy de sus cavilaciones y le devolvió al presente. Esta vez no había podio, ni equipo de hermosas y jovencísimas asistentes, ni ceremonias, ni jerarquía de ninguna clase. El espectáculo habitual se había reducido a Ira vestido de manera informal, con la camisa arremangada hasta los codos y los antebrazos musculosos apoyados sobre la superficie rayada de la mesa. Aquella era una faceta suya que Tommy no había visto aún y que le ponía nervioso.

—Night for Night está cerrado. —Se le tensó la mandíbula, sus dedos tamborilearon sobre la madera gastada de la mesa—. El club está lleno de policías. Hasta nueva orden es oficialmente la escena de un crimen, y no hay forma de saber cuánto durarán los procedimientos. La policía de Los Ángeles no está de humor para cooperar.

Se le oscureció el semblante, su mirada se volvió distante y sombría. Era imposible adivinar qué estaba pensando.

—Dicho esto… —Desplegó las manos sobre la mesa y se detuvo un momento a observarlas. Después, fijó de nuevo la mirada en ellos—. Creo que es justo que pongamos fin al concurso.

A su lado, Aster sofocó un gemido y Tommy sintió que el miedo empezaba a apoderarse de él. Necesitaba más tiempo para asegurarse el primer puesto. Por culpa de lo sucedido en torno a Madison, había estado descentrado. Y aunque las cifras combinadas de los tres eran mejores que nunca, después de todo lo que les había pasado el final se estaba haciendo agónico. Quizás el menos maltrecho de los tres fuera el ganador.

—¿Qué hay de Zion, Sydney y Diego? —preguntó Aster, recorriendo la sala con la mirada como si sospechara que tal vez no los había visto.

—Les he dicho que no se molestaran en venir —contestó Ira sin dar más explicaciones—. En principio tenía pensado montar una celebración espectacular para poner fin a la competición, pero eso lo dejaremos para otro momento. —Su pesar parecía sincero, pero le encantaba actuar, de modo que era difícil saber qué había de verdad en lo que decía—. Todos habéis logrado sobrepasar mis expectativas. Las molestias que os habéis tomado son impresionantes. Sabía que teníais ese ímpetu, por eso os contraté. Y sin embargo uno nunca sabe de lo que es verdaderamente capaz otra persona hasta que la pone a prueba. Los tres habéis superado obstáculos que no podíais prever y habéis conseguido manteneros centrados y seguir adelante sin descanso, quebrantando algunas normas por el camino.

Tommy se encogió bajo su mirada reconcentrada. ¿Así que había sabido desde el principio lo de las pulseritas negras y no había hecho nada por impedirlo? Muy arriesgado, teniendo en cuenta los problemas que podía haberle causado. Claro que Ira no era de los que se arrugaban ante una apuesta, ni él tampoco. Al parecer tenían más en común de lo que había creído en un principio.

—En algunos ámbitos, esas cualidades no se consideran recomendables —prosiguió—. Pero en mi mundo son algunos de los rasgos que más admiro. —Juntó las cejas y tocó su pulsera de ojo de tigre—. No me cabe duda de que estáis ansiosos por saber el nombre del ganador, así que, sin más demora, Layla Harrison…

Clavó la mirada en ella y Tommy los miró a ambos. Era imposible que la ganadora fuera ella. Había tenido suerte de llegar hasta allí.

—Estos dos te han vencido sin paliativos. —Ira meneó un dedo, señalando a Tommy y Aster—. Estabas fuera de tu elemento y debería haberte despedido la primera semana. Pero después del bache del principio conseguiste encontrar tu ritmo y al final te has mantenido muy dignamente en la competición.

Layla asintió con la cabeza, preparada para encajar cualquier cosa que le lanzara Ira.

—Dicho esto, hoy iba a eliminarte.

Ella se apresuró a reconocer su derrota.

—Me lo imaginaba. —Miró de reojo primero a Aster y luego a Tommy.

—Aster Amirpour…

Al oír el nombre de Aster, Tommy se sentó más derecho y los miró alternativamente. Ella parecía agobiada, vulnerable, pero eso solo conseguía realzar su belleza. Ira, como de costumbre, permanecía impasible.

—Tus cifras han sido buenas en todo momento, y has conseguido anotarte a algunos de los principales nombres de la lista. Además, te has mostrado dispuesta a hacer lo que fuera necesario para ganar…

«Espera…». El miedo que había sentido Tommy al inicio de la reunión se había convertido en un zumbido constante. ¿Iba a despedir a Aster? Porque aquello no parecía lo que se le solía decir a alguien antes de sacar el hacha y cortarle la cabeza.

El concurso no podía terminar así. Necesitaba ganar más que nunca. No tenía ningún otro proyecto, y no había viajado desde Oklahoma para preparar cafés personalizados a la exigente clientela de Starbucks. Ira se lo debía. Si había algún momento propicio para el nepotismo, era aquel. El problema era que Tommy nunca le había confesado cuál era su vínculo, así que ¿cómo iba a saber Ira que debía dar por vencedor a su único hijo?

Tal vez hubiera llegado el momento de hacer una revelación…

—… y por eso la victoria del Concurso Unrivaled Nighlife es indiscutiblemente tuya.

Espera… ¿Quién era el ganador? Tommy miró a Ira y a Aster, maldiciéndose por haberse despistado. Pero una mirada a la cara sonriente de Aster bastó para confirmar sus temores.

Sacudió la cabeza y clavó la mirada en la mesa. Después de todas las normas que había incumplido, de todo el dinero que había ganado para Ira… No había conseguido atraer a Ryan Hawthorne al Vesper, pero ¿y qué? Tal y como habían resultado las cosas, Ira debería alegrarse de ello, no quejarse… ¿Y qué demonios había entre Aster y él, de todos modos? Debería haberlo imaginado. Era muy propio de Ira joderle la vida, aunque claramente merecía vencer. Se había ganado la victoria a pulso. Y que le ahorcaran si iba a dejar que Ira le…

—Tommy Phillips…

Tommy soltó un profundo suspiro. Se obligó a mirar a Ira a los ojos. Le dieron ganas de responder con sarcasmo «¿Sí, papá?», pero no lo hizo.

—Me recuerdas a mí a tu edad.

Bueno, era lógico…

—Eres tenaz, ambicioso, un poco indomable y estás dispuesto a probarlo casi todo. Y aunque no has ganado la competición, me vendría muy bien contar con alguien como tú en mi equipo.

Tommy pestañeó sin saber qué decir. Ira era muy astuto. A menos que hablara en términos claros y concisos, no había forma de saber adónde quería ir a parar.

—Por eso te ofrezco un puesto en Unrivaled Nightlife. De hecho, es una oferta que hago extensiva a los dos, a Layla y a ti. Consideradlo un premio de consolación por un trabajo bien hecho.

Tommy miró a Layla: parecía tan desconcertada como él.

—Tommy, si estás interesado, te ofrezco la posibilidad de dirigir esa sala privada que me sugeriste. Es una buena idea. Estoy dispuesto a probar. Y Layla... —Se volvió hacia ella—, hay un hueco en el departamento de marketing de Jewel. Creo que encajarías bien allí. Aster, te invito, naturalmente, a seguir trabajando como relaciones públicas. Recibirás un porcentaje semanal de los beneficios según el público al que atraigas, solo que esta vez se basará en el gasto que hagan en la discoteca. Ay, y por si acaso pensáis que lo he olvidado...

Desapareció detrás de la barra y regresó un momento después con un ordenador portátil nuevo para Layla y, para Tommy, la guitarra que había comprado aquel fatídico día en Farrington's.

—He pensado que tú le darías mejor uso —dijo al entregársela.

Tommy tomó la guitarra y tocó algunas cuerdas. Había que afinarla. Era evidente que las clases de Ira, si es que había tomado alguna, no habían llegado muy lejos. Pero estaba tan emocionado por tener al fin la guitarra en su poder, que no supo qué responder.

—Y Aster... de ti tampoco me he olvidado.

Ira se metió dos dedos en el bolsillo de la camisa y sacó un cheque que deslizó hacia ella.

Tommy se inclinó, esforzándose por ver la cantidad. Contó un montón de ceros, Aster sofocó un grito de sorpresa y se tapó la boca con la mano.

—Gracias —farfulló—. ¡Dios mío, gracias! —dijo desde detrás de sus dedos temblorosos.

—Ah, y Layla, esto no está relacionado con el concurso, pero ya que estás aquí... —Ira se metió de nuevo los dedos en el bolsillo y le entregó otro cheque—. ¿Puedes darle esto a tu padre? Estoy deseando ver qué se le ocurre para ese mural.

Layla miró el cheque con los ojos como platos y expresión indecisa mientras Ira se frotaba las manos y decía:

—¿Qué os parece si lo celebramos con champán? Tommy, ¿haces tú los honores?

Tommy dudó. Sin duda Ira sabía que en el Vesper no se servía champán. Su público bebía licores más fuertes.

Ira se rio, soltando una carcajada aparentemente espontánea, no ensayada ni forzada, lo cual hizo que sonara aún más extraña.

—He conseguido sacar a escondidas una botella de Night for Night cuando los polis no miraban. Por lo visto, todo podría ser una prueba material.

La naturalidad con que se refirió al crimen escandalizó a Tommy, sobre todo después de todo lo que les había sucedido a raíz de la desaparición de Madison. Claro que Ira no era un sentimental, y convenía que Tommy se fuera acostumbrando si iba a seguir trabajando para él.

Buscó en las estanterías, pero no había copas de champán, así que tendrían que conformarse con jarras de cerveza. Las agarró y había echado a andar hacia la mesa cuando Ira se acercó a él y añadió:

—Solo quiero que sepas que no tienes de qué preocuparte.

Tommy se detuvo, desconcertado.

—No irán a por ti. Me he encargado de las pruebas.

Tommy miró a Layla y Aster, que parecían ensimismadas, y volvió a fijar la mirada en su padre.

—¿Qué pruebas?

—El vídeo de seguridad que te muestra parado justo enfrente de Night for Night segundos después de que entrara Madison.

Ira agarró la botella fría por el cuello y la sostuvo entre ellos.

—Está todo arreglado. Por suerte me dio tiempo a borrar esa parte antes de que llegara la policía. Ahora nunca sabrán que estuviste allí.

—¡Pero yo soy inocente! —A Tommy se le quebró la voz. Parecía perplejo y frenético—. No tengo nada que ver con eso.

—Claro que no. —Ira le lanzó una mirada poco convincente—. Mira, yo estoy de tu parte. Creo que mis actos lo demuestran. El caso es que ya no tendrás que defenderte ante nadie.

Así pues, finalmente se estaba mostrando paternal y cuidando de su hijo sin siquiera saberlo. Tommy sintió la tentación de decírselo para dejarle tan petrificado como le había dejado él. A fin de cuentas, Ira había destruido las pruebas en su beneficio. Estaban juntos en el mismo barco.

—Ira —comenzó a decir, pero él ya había vuelto a la mesa y Tommy no tuvo más remedio que seguirle.

—Bueno, ¿qué me decís? —Los miró a los tres—. ¿Estáis dispuestos a uniros oficialmente al equipo de Unrivaled Nightlife?

Layla fue la primera en aceptar, lo que sorprendió a Tommy. Creía que iba a decirle que se quedara con su oferta, o algo peor. Tal vez tuviera algo que ver con el cheque.

Ira le miró enfáticamente y, al igual que Layla, Tommy aceptó de mala gana. Se alegraba de no haberle confesado que era su hijo. Pronto llegaría el momento de hacerlo.

Aster fue la última en responder. Tommy contempló las emociones que desfilaban por su rostro mientras miraba fijamente el cheque que tenía entre las manos. Tal vez le preocupaba que la consideraran cómplice del crimen de Ryan, o quizá su reticencia estuviera relacionada con el DVD y con lo que había estado a punto de revelarles cuando Ira los había interrumpido para hacerles pasar. Tommy solo sabía que dudó demasiado tiempo y que Ira tuvo que insistir para que le diera una respuesta.

Aster curvó el cheque hasta que le cupo cómodamente en la palma de la mano y cerró los dedos a su alrededor.

—Claro. —Compuso una sonrisa deslumbrante—. Creo que estoy un poco aturdida. No estaba segura de que fuera a ganar. Ha sido difícil vencer a Tommy.

Su sonrisa se hizo más amplia, todo un anuncio de pasta dentífrica, pero Tommy notó que su mirada se apagaba y sus labios se tensaban cuando miró a Ira.

¿Había sucedido algo entre ellos? Antes de que Tommy pudiera reflexionar sobre ello, oyeron un estruendo. Alguien estaba golpeando con los puños una superficie metálica.

—¡Abran! ¡Departamento de Policía de Los Ángeles! —gritó una voz desde el otro lado de la puerta.

Tommy se quedó paralizado sin saber qué hacer, pero Ira permaneció tan sereno e impasible como de costumbre.

—¿Qué os parece si tiramos el champán mientras me acerco lentamente a la puerta?

Les lanzó una mirada que les hizo correr hacia la barra y verter el carísimo champán en el fregadero. Después metieron apresuradamente las copas en el lavavajillas y corrieron a sentarse de nuevo a la mesa, como si no hubiera pasado nada.

—¿Qué puedo hacer por ustedes? —preguntó Ira al entornar la puerta.

El detective Larsen miró más allá de su hombro guiñando los ojos.

—Buscamos a Aster Amirpour.

Tommy alargó instintivamente el brazo hacia ella. Se había quedado fría y tiritaba, paralizada por la impresión de escuchar su nombre en labios del policía.

—¿De qué se trata? —Ira se mantuvo en sus trece, haciendo lo posible por retrasar la entrada de Larsen.

Aster tuvo el tiempo justo para meter la mano en su bolso, sacar un sobre y pasárselo a Tommy.

—Pase lo que pase, no dejes que vean esto. —Parecía angustiada. El olor del humo se pegaba a su piel—. Por lo menos hasta que tengas noticias mías. —Le temblaron los labios y le costó articular las palabras, pero su significado estaba claro.

Tommy asintió con un gesto y empezó a esconder el sobre debajo de su camiseta, pero se lo pensó mejor y se lo pasó a Layla, que lo guardó atropelladamente al fondo de su bolso mientras Larsen intentaba abrir la puerta a empujones.

—Conmigo no juegue, Redman —bramó el policía—. Si

está aquí, le conviene entregárnosla. Me da igual quién sea usted. Si intenta ocultarla, le acusaremos de obstrucción a la justicia.

Sin decir nada más, Ira abrió la puerta de par en par, dejando entrar una oleada de luz y calor. Con el semblante afilado y la mirada sombría, casi pareció disolverse en las sombras mientras un enjambre de agentes de policía rodeaba a Aster.

—¿A qué viene esto? —Ella miró frenéticamente de Ira a Larsen—. ¿Por qué me ponen las esposas? ¡Yo no he hecho nada!

—Aster Amirpour —Larsen se sonrió, regodeándose en cada palabra—, queda detenida por el asesinato de Madison Brooks.

Aster palideció mientras intentaba desasirse violentamente, sin conseguirlo.

—¡Eso es una locura! Yo...

—Tiene derecho a guardar silencio —prosiguió Larsen—. Cualquier cosa que diga podrá ser utilizada en su contra...

—¿Con qué base? ¡Yo no tengo nada que ver con esto! ¿Qué les ha dicho ese cerdo de Ryan Hawthorne?

—Ryan tiene una coartada sólida.

—¡Pero eso no es posible! Estuve con él esa noche... ¡Pero se marchó y no volvió!

—Tiene derecho a un abogado. Si no puede pagar uno, el tribunal le asignará uno de oficio...

—¡Estuve con él! ¡Salí de la discoteca con Ryan Hawthorne!

—Ryan Hawthorne salió de la discoteca con unos amigos y regresó a su casa con esos mismos amigos. El portero y las cámaras de seguridad así lo confirman. Usted no aparece en ellas.

—*¡Pero Ryan no tiene portero!* —gritó Aster, y retrocedió asustada cuando Larsen acercó su cara a la suya y sus ojillos brillaron de expectación, ansioso por oír lo que estaba a punto de revelar.

—Hay testigos que la vieron salir de Night for Night, pero no con Ryan Hawthorne. Hemos descubierto la ropa que llevaba puesta esa noche, y está cubierta de sangre de Madison Brooks.

Layla sofocó un gemido de sorpresa y Tommy la agarró instintivamente de la mano. Vieron ambos cómo Aster se derrumbaba ante sus ojos. Su cuerpo se desplomó, doblándose sobre sí mismo. Parecía tan perdida y derrotada que no guardaba ya ningún parecido con la chica fuerte, sensual y rebosante de seguridad a la que Tommy había conocido.

—Eso es imposible —sollozó con voz ronca, reducida a un susurro—. ¡Yo no tengo nada que ver con eso! —Levantó la barbilla y miró a su alrededor frenéticamente hasta que encontró a Ira—. Por favor —gimió—. ¡Díselo! ¡Llama a mi abogado y sácame de esto!

Su cara se iluminó, llena de esperanza, cuando le vio acercarse, pero volvió a hundirse en la desesperación al ver que Ira estiraba el brazo y le quitaba el cheque de los dedos.

—Yo te lo guardo —dijo con mirada impenetrable mientras volvía a guardárselo en el bolsillo.

Los policías sacaron a Aster a empujones de la sala y la condujeron a través del gentío de turistas y de los *paparazzi* que se habían congregado como buitres, entre el fogonazo de los *flashes* y el suave resplandor de una lluvia de cenizas.

Fue todo un placer escribir este libro, y ello gracias a las siguientes personas: mis encantadoras y asombrosas editoras Katherine Tegen, Claudia Gabel y Melissa Miller, que hicieron posible esta novela; mi maravilloso agente, Bill Contardi, la combinación perfecta de sentido del humor e inteligencia; y, como siempre, mi marido, Sandy, que me enseñó que todo es posible para quien tiene fe.